夕照街

于宇 著

云南出版集团

云南美术出版社

图书在版编目（ＣＩＰ）数据

夕照街 / 于宇著 . -- 昆明 : 云南美术出版社，
2024.1
ISBN 978-7-5489-5320-3

Ⅰ . ①夕… Ⅱ . ①于… Ⅲ . ①散文－中国－当代
Ⅳ . ① I267

中国国家版本馆 CIP 数据核字 (2023) 第 088821 号

责任编辑：方　帆　赵异宝
责任校对：温德辉　韩　洁
装帧设计：书点文化

夕照街

于宇　著

出版发行：云南出版集团
　　　　　云南美术出版社（昆明市环城西路 609 号）
印　　装：四川科德彩色数码科技有限公司
开　　本：880mm×1230mm　1/32
印　　张：13
版　　次：2024 年 1 月第 1 版
印　　次：2024 年 1 月第 1 次印刷
书　　号：ISBN 978-7-5489-5320-3
定　　价：89.00 元

☆　谨以此书献给我的贤妻。　☆

步入老年，就像行走在一条洒满夕阳的街道，沿途既有风尘拂面，落叶飘零，更有欢歌笑语，五彩斑斓……

在生活沃土里灿然开放的文学之花

——读于宇的新著《夕照街》

陆建华

1959 年，一直生活在江苏高邮农村的于宇 15 岁，是一个没见过什么世面的懵懂少年。大约受刚过去的全民写民歌的风潮影响，他心血来潮哼了几句顺口溜，投给家乡的《高邮报》，居然发表出来了。这该是他的处女作吧。没有人注意他，他自己也不当回事，没有把报纸保留下来。如今他已想不起写了什么内容，但从那时对文学产生了兴趣。1962 年，于宇初中毕业不久，参军入伍，部队文化学习条件比农村好得多，他把习武练兵的空余全部用来读诗与写诗。功夫不负有心人，只不过三年光景，在 1964 年底至 1965 年间，于宇相继在《人民前线》《解放军报》《解放军文艺》《山东文学》《解放日报》等报刊上发表了主题为"侦察兵生活速写"等诗篇。这是于宇的文学道路上的丰收年，也是他真正的处女作。半个多世纪的沧桑岁月过去了，几度夕阳红，江山已巨变，当年的懵懂少年，已经成为白发老翁。我们重看他的处女诗作，可以一眼看出诗中的朴实与稚拙，同时也能感受到作者在诗中显露出来的宝贵的真实与真诚。要知道，这三首处女作，是在全军最高级别的文艺杂志上发表的，起点不低呵，自然鼓舞着于宇从那时至今，一直持之以恒不屈不挠地在文学道路上努力奔跑，笔耕不辍地走到今天。

　　于宇是我名副其实的同乡，他的家离我的家很近，也就是三五里路。我不认识他，却与他的哥哥于美峰同在临泽镇中心小学六年级同班读书。小学毕业后，美峰喜好理工，我爱文学，两人就此分道扬镳，一直没见过面。改革开放新时期到来后，我一直在宣传文化部门工作，20世纪80年代初调省工作，从事文艺方面的服务与研究，常在报刊上看到于宇的诗作，后来意外知道于宇就是于美峰的胞弟，很为家乡有这个爱诗的同乡高兴。真正接触于宇，是在他退休后到南京定居。今年初夏，于宇郑重其事地找我，他告诉我，再有两年他就八十岁了，想将几十年来发表的作品选编成一本书，希望我写个序。我素来怕写序，既因为自己水平不高，也因为痛切感到写序是很辛苦的事，尤其是我私下有个看法，时下不少书上的序，不代表作者的真正水平，很可能因为写序者怜惜自己的名气，又不好意思拒绝登门求序者，只好虚与委蛇，所写的序也就谈书稿少，恭维话多；实在话少，虚浮话多。求序者指望的是名家捧场，没有想得太多，不介意，而读者则因常见到空洞无物的序，司空见惯，也不见怪。就因为这些因素，"序"在文艺界、特别在广大读者中口碑不佳。于宇找我为他的书稿写序时，虽然还没有看到书稿，我却一口答应了，是因为想到他是我的同乡，他的兄长是我的小学同学。但因为不了解他的真实水平，心中多少有点忐忑。

接到于宇的书稿时，正遇上南京多年少见的高温，我认真地用四天时间，将他的总共十几万字的书稿仔细读完。我理解他期待的心情，先给他发去一条谈总体印象的信息，肯定他的书稿"质量不错"。这其中固然有鼓励之意，但绝不是随意恭维。因为我了解到，他少年时一直在农村生活，仅在乡镇初中读过三年书（80年代初通过自学考试获得大专文凭）。对广大青少年来说，许多孩子都是在语文教科书上与文学邂逅，这是文学的启蒙，而后多数在离开学校后就与文学匆匆分别。于宇情况有所不同。首先，同样是启蒙，他从语文教科书上的经典美文中领略到文学的美与力，心灵的大门因文学而开启，产生对文学的喜爱，并进而暗自产生到文坛闯荡一番的勇气。其次，很多文学爱好者最初的写作都是从身边的事写起，于宇也是这样，但由于他一开始就认识、接受文艺源于现实生活的真理，此后一直坚持走在健康正确的写作道路上。写作不为名不为利，是为了享受写作之乐，只写自己亲身经历过的事，自己真切感受到的情，自己反复思考、终于明白的生活道理，无论叙事、抒情、说理，他都努力求真、杜假、防伪。

我在读书稿时，常常情不自禁地想到自己也曾走过的、其经历与于宇大致相同的文学之路。我俩都是在基本相似的农村环境里长大，但我比他幸运，一直读书，特别是到大学中文系读了四年；而他只读到初中就去当兵，且主要靠自己的摸索与探寻。我1952年12岁时离开家乡外出求学，一直读到大学毕业，在书本课堂知识不断增长的同时，对家乡农村也逐渐疏远；于宇是1962年18岁时离家入伍的，在此之前，他一直在农村生活，与家里人一起参加田间劳动。仅此简单地比，于宇比我多在农村生活10年。还有，12岁的我是少年，18岁的于宇是青年，两者对现实生活的认知与理解，自然会存在很大的差距。到了写同样以家乡农村为题材的作品时，这种差距就更加明显了，不在于数量的多少，而是在作品中抒写家乡生活的灵气、地气、鲜气、活气等方面，其保真度有明显差别。我这样说，于宇可能感到不安，但我不是谦虚，说的是真话，心里话。也正因如此，读于宇的书稿，我会比任何阅读者多一份亲切、理解与深爱，他写的父老乡亲、农村风景，包括故乡的一事一物、一草一木、一沟一河，我都熟悉，读着读着，我就回到了童年，亲切、感动、惆怅！这是偏爱吗？有一些，但不完全是。

对文学的爱和志在攀登高峰的勇气，使于宇敢闯敢试。他从写诗开始，入伍后为适应部队宣传要求，写通讯报道，以后顺理成章地写散文、散文诗、短评、杂谈，还写小说。在长达数十年的多方尝试中，散文和诗应是于宇的写作重点。就文学写作而言，除了要有生活，另一个最基本的、也是不可缺少的条件，是要有饱含真善美的激情。在《我的自画像》一文中，于宇笑说自己是个"好老头"，坦言为人"简单，朴实，豁达，还有一点点风趣"。这个性格特点，使他笔下的诗与散文都激情洋溢，但不尽相同。于宇写诗比写散文早，先写的诗不及后来写的散文。他的诗激情有余，诗味不足，这与他自幼在农村长大，读书不多，对中华古典诗词的丰富营养吸收得不够有很大关系。激情能让他在特别时间、特别环境中一挥而就，数量颇多，也在报刊上发表不少；激情同样有助于他写好散文，但他的散文中多了丰富、实在、深厚的农村生活体验做基础，这就加重了他的散文分量。他从小到长大成人从未脱离过田间劳动，历经无数风吹雨打、日晒夜露，与家人同心合力田间奋斗，初心是取得好收成，为了战胜可怕的饥饿和改善困难的家境，不敢稍有懈怠掉以轻心。而今一旦到了写作时，他当年那些刻骨铭心的农村生活经历，就会变成源源不断的写作素材，喷薄而出，化成可圈可点的散文佳作，一切都在情理之中。

读于宇的散文，特别是他写的以故乡生活为题材的作品，真的觉得有一股浓郁的乡村气息扑面而来。可以听到父老乡亲的欢声笑语，可以看到，嗅到，享受到唯真正乡下才有的鸟语花香。因为他是写亲身经历过真正的农村生活，无须提醒他、叮嘱他，他不会在作品里将农村写成世外桃源，而是有甜有苦，有笑有泪。甜是微甜，苦是苦趣，笑和泪都是发自内心，都保存着农村才有的原真，所以令人信，令人服，令人动情。他在著名老牌期刊《雨花》发表过的一篇约7000字的《乡村物语》，是由每篇仅数百字或上千字的多篇短文组成，分别写了昔日农村举目皆见的推磨、舂碓、踩车、撑船、蒲鞋、烧灶、串门等，都是平凡农活、农具、农俗，于宇把这些寻常人和物写美了，写活了，写绝了。且说舂碓。不仅在以前，就是1949年以后很长一段时间，农村吃的米都依靠人工，更别说机械化自动化了。人们一日三餐都是吃饭或喝粥，将那一粒粒稻谷脱壳变成米，都得依靠舂碓。这是一项需要费时间、花气力的粗活，即便将二三十斤稻谷舂成米，也需要半天工夫。没有人喜欢舂碓，可是为了吃饭，没一个人离得开它。介绍"碓"是什么，用一二百字就能说明白，但如何进而说得生动形象却是一个难题，需要巧思与生动的描写。聪明的于宇这样写道——

舂碓不问年龄大小。我八九岁时就常帮家人舂米，只是当不了"主力"，"主力"是我嫂子和姐姐。她们舂碓时，我就挤在她们中间，伸出一只脚使劲儿踩。这时她们不会要我滚，因为多一个人的力，她们就可以省一点儿劲。春碓时，常有邻居来串门。有一回，我和嫂子春碓时，有个爱说玩笑话的光棍逗我，说我跟嫂子春碓是"验大腿"。我不懂"验大腿"是什么意思，两眼木木的，嫂子大我十岁，她懂，就骂人家："放屁，人家还是个毛孩子！"

简直是一个绝妙小品。仅三四个人物，却包括生、旦、丑三个行当。那个光棍嬉皮笑脸地说小弟与嫂子一起春碓是"验大腿"，自然粗俗，但此处用以形容劳动者春碓的动作却是绝妙传神；嫂子对光棍的呵斥也不乏粗俗，但其中包含的对幼小弟弟的怜爱与保护令人动情。

于宇写的另一篇散文《三棵树》，也可作为他的代表作品作分析。三棵桑树，就在他家屋后，"高数丈，树干最粗的部位，两臂都抱不过来，最细的，也如碗口。尤为奇特的是，这三棵树的根紧紧盘绕在一起，而根部向上则各自兀立，那些茂密的树枝和树叶就常年错落有致地厮守在一起，其态如仙，其影如烟，成为我家屋后的一道美丽的风景"。于宇是看着这三棵树长大的，夏天，他与童年伙伴在桑树下捉迷藏，挖蚯蚓，掏喜鹊窝，玩累了，就爬到树上摘有葡萄那样大、差不多甜的紫色的桑葚吃。多么伟岸、美丽、可爱的大树呵！可是，当时，三棵树被无情地砍了。"听父亲说，是给村里造桥用。"他写，"锯树那天，父亲脸色严峻，我更是泪水涟涟……三棵树伐去后，只剩下三个光秃秃的树根，它们似乎忍着剧烈的伤痛，紧紧地搂抱在一起，相依为命。"生长多年的三棵树被砍了，后来好不容易树根上重新长出些小苗苗，家中大人小孩萌生新的希望，但后来家里穷得揭不开锅，只好刨树根去卖钱。于宇写：

"三棵树年代久了，树根埋得很深。我和父亲刨了好几天，才将它们一一肢解后刨了出来，而那些失去母根的小苗苗，则可怜兮兮地躺在地上，像是哭成一团！"

于宇的散文《三棵树》用童年视角叙述三棵树的遭遇、借树写人和反映当年农村的真实与苦难，这种创作手法不是于宇的首创。值得注意的是他通过精彩的比喻将树写成人。先是将伐倒的三棵树写成"搂抱在一起相依为命"的大人，几年后，刨树根卖，刚长出小苗苗，在于宇笔下成为失去母亲的"哭成一团"的孩子。这两次比喻并不太神奇，但稍微深想一下，就会自然想到那两次遭难的树，是两代人，还会进而想到世世代代农民的生存艰难，怎不唏嘘，怎不感动，怎不震撼！

于宇是一个单纯真诚的文学爱好者。为了回顾总结自己数十年的挚爱与艰辛同在、快乐与痛苦并存的业余写作生活，他站在即将到来的八十高龄的生命点上，将自己半个多世纪呕心沥血写出的作品选编成新著《夕照街》。书中没有老之将至的惆怅，却诗情十足地说自己"就像行走在一条洒满夕阳的街道，沿途既有风尘拂面，落叶飘零，更有欢歌笑语，五彩斑斓"，何等豁达，何等真诚！《夕照街》中的作品有一条清晰可见的红线，那就是爱，一以贯之，一爱到底。由于他长期生活在农村，又长于学习和观察，在他的作品中，鲜活的语言、生动的比喻、形象的描写，随处可见。这是由于他的勤奋学习，更是现实生活给予他的丰厚的回报！

我个人认为，《夕照街》是真正从生活沃土里灿然绽放的文学之花，值得读者期待。我还认为，由于作者动笔时一直坚持将真实放在第一位，其所写题材，又无一例外地反映家乡、亲友以及后来参加工作后接触到的同事与朋友，这使《夕照街》

呈现出在其他散文和诗著中很少见到的真实美。长期以来，于宇在写作中对真善美的坚持，已经到了固执的程度，这种专心与专一，好处是防止了假和虚，缺点与不足则是题材略显单一、单调。须知文学的任务不是只为抒写生育和抚养自己长大成人的故乡、家庭，以及供职单位的现实生活。我曾婉转地向于宇指出，作为一个文学爱好者，不但要爱文学，始终如一地从生活出发努力写作，更应该重视和自觉履行文学的神圣职责，目光更深远些，境界更宽广些，特别是要在作品中努力增大与当今时代密切联系的时代强音。他认为我说得对，点头称是，并坦陈过去没想到那么多。感谢他邀请我为他的新著写序，我忍不住借此机会，把曾经对他说过的、自以为重要的话再重复一遍，算是共勉吧。

2022 年 8 月，大暑之日，写于金陵勉耕斋

（作者系原中共江苏省委宣传部文艺处处长，著名作家、文艺评论家）

目录

1

银发风景

卷首：优雅地转身
——题一张银发老人的照片

像一首很经典的诗
朴实而含蓄
删去所有的虚词

与大树站在一起
与夕阳融为一体
拐杖　撑起一片深邃

哦　且优雅地转身吧
——看银发飘飘
又一副升级版的英姿

（刊《金陵晚报》2018 年 11 月 14 日）

我的自画像

临近八十岁的时候，终于有人开始叫我"老"了："老于""于老""老爷子"。在此之前，我可一直被人称"小"："小于""小于叔叔"……

既然到了被人称老的年纪，就该为自己画画像。——不是真的挥毫泼墨，而是对自己作点点评。李白有诗："却顾所来径，苍苍横翠微。"诗中的"顾"，即回顾。人老了，但尚未到盖棺定论的时候，总得对自己的"所来径"做个回望，就像给自己画像一样，看看自己像啥。

八十岁的我，像什么呢？好公仆？有点勉强，我属芝麻绿豆官，而且，政绩也平平，离"好"的标准差得远呢。像好老师？也不像。教师的定位是博学为师，身正为范。我曾在党校当过十多年哲学教员，自认为"身正"还可以，"博学"就谈不上啦！那么，作家呢？更不像。作家要著作等身，我只出过两本小册子，就像鹅毛落在水面上，半点动静也没有。想来想去，忽然脑袋瓜灵光一闪：像不像好老头啊？

好老头，这形象好！虽有点俗，但不沾粉尘气，又跟"老"

的身份匹配。我以前的微信名字就是好老头。

好老头，如果是自画像的话，应该是简笔画：简单，朴实，豁达，还有一点点风趣，这倒颇像我的性格。

那年过七十岁生日时，我曾写过一篇《致八十岁青春》的文章。时光飞逝，转眼我已到了耄耋之年，虽然早过了"被人称小"的黄金时段，但尚未老态龙钟，相反还老当益壮。这得益于我能吃能睡。家人说我一上床就打呼，一上桌就奔肉；又说我能吃能睡就是不爱动。——是的，我喜欢静坐。静坐，能量消耗少，所以肚子就大。还有一大：嗓门大。说话，招呼人，声音洪亮，更喜欢哈哈大笑，仰天大笑，柔声细语与我无缘。有时屋里有孩子正做作业，急得老伴和儿媳连忙朝我捂嘴、打手势："轻一点……轻一点……"这既是坏事，也是好事：说明我中气足，精气神好。

汪曾祺调侃老友林斤澜，平时总爱打哈哈，经常有事没事莫名其妙地"哈哈哈哈！哈哈哈哈！……"这，我有点像。

人的一生，从某种意义上说，就是一直在为自己画像，并且总希望把自己画得很优秀、很完美。这其实很难，譬如我，怎么画也画不出高大。但我尽力矣。

离八十岁生日没有几天啦！我就给自己画张"哈哈哈哈好老头"的简笔画吧！

致八十岁青春

七十岁生日一过，我就将启程"奔八"了。儿女们笑我"冒进"，我说："不，爸是在抢福！"

"奔八"是个什么概念？六十岁称作花甲，七十岁叫作古稀，八十岁为杖朝，九十谓之耄耋，百岁呢？称之为期颐。你看，八十岁还排在中间呢！

记得过七十岁生日那天，我曾当众朗诵过一首《水调歌头》的词，其中一句云："百岁可登攀。"七十岁离一百岁还早呢，正所谓"花样年华"矣！所以，即便到了八十岁，也不过是爬山才过半山，击水刚至中流。有人说，青春从六十岁始，太保守啦！姜子牙八十岁才邂逅周文王而被重用，齐白石七十几岁刚显山露水，我的老乡、已故作家汪曾祺也是七十岁后才开始写小说。健在的，也不乏其人。前不久央视"挑战不可能"栏目里，介绍鞍钢的一位老先生，八十九岁啦，还自称"大龄青年"，英姿飒爽地骑着摩托赛车，成功穿越百米"火龙阵"哩！……

怎么样，够奇葩的吧？

有人怕老，有人怨老。而我大概属于"恋老族"吧！人老了怎么啦？人老是成熟，老是资历，老是福分。不然，怎么会被称作"寿星"呢？再说，老与不老，是个相对的概念，看你和谁比、怎么比。相对二三十岁的年轻人，我们是"老"了点，而面对百岁以上的老者，我们还好意思称"老"吗？

妻子和孙女、外孙女祝贺作者七十岁生日

到了八十岁，我会长成啥模样呢？是鹤发童颜还是老态龙钟？是长眉大目还是两眼昏花？是矫健挺拔还是瘦骨嶙峋？不得而知。但我自信是前者。而如果是后者，我也不会惶惶然，因为那些都是外表，都不重要。重要的是心态，是精神，是洋溢在我内心的青春之美。

十八罗汉中，有一以"布袋"为号者（即因揭陀）。此君常背一布袋，笑口常开；而笑口常开者，百病不生也！我不是布袋罗汉，但有其精神指引。所以，到八十岁时，我还会继续好好学习、天天向上，还能大口吃饭，大碗喝茶，不会有人背后问：此人老矣，尚能饭否？更不会有人因我八十大龄而不敢留宿。指不定我还能玩几下单、双杠，跨几回三步栏哩！而且，因为乐观豁达，我会变得更加单纯，更加透明，更加返璞归真。我会像小树苗一样郁郁葱葱，像小溪流那样活泼酣畅。

诚然，此时的我，早已是老年社会的"资深会员"，而人生之途波谲云诡，命运多舛。但我始终对生命充满信念，不曾萌生过对死亡的念想，更没有一丁点儿对悬着的死亡之剑的恐惧。我认为，死亡是很不容易的，人有顽强的生命力，何况，现在的人，生活环境优越，医疗条件又好，活个九十岁、一百岁根本不成问题。退一万步说，即使哪一天我提前病入膏肓，将要没了，我也会含笑面对亲友和家人，并套用音乐巨人贝多芬逝世前的最后一句话说："鼓掌吧，朋友们，我的喜剧落幕了！"

呵呵，人生就是一部大戏，确切地说，是一部大型连续剧。到八十岁时，如果我的身体真的还很硬朗，我会演好此后的每一集，作为芸芸众生中的一员，我还会继续我的青春之梦——

我想携着老妻的手，去欧洲、美洲或非洲进行一次环球之旅，抑或背一大捆书，到遥远的深山老林里去边学习、边实践、边游玩，当一回"半仙"。

我想多邀一些老友，去已经小康和即将小康起来的"老少边穷"地区，搞几次社会调查和实地考察，饱览一遍当地的民生、民风、民情。

我还有雅兴和野心，计划再出版一本充满激情和浪漫的散文诗集，不瞒你说，书名我已经拟好，就叫"夕照街"或"致八十岁青春"吧。

　　到过八十岁生日那天，如果天气晴好，我要请最好的摄影师，在我们小区的假山前或雪松下，拍几张色彩斑斓的全家福和朝气蓬勃的风景照、寿星照。我想象，此时的我，像被众星捧月似的，端坐在一大群儿孙们中央，笑得很青春，很灿烂，也更好看。

　　哦，青春的八十岁，我正大步向你走来！请接纳我，拥抱我！

（刊《银潮》2016 年第 4 期）

银发族与正能量

　　小区里有一位老人，我常见他早晨和傍晚，骑着一辆自行车在路上转悠，途中见到落下的树叶就捡，看见垃圾桶里有废纸盒和旧报纸就倒腾出来，捆放在自行车的后座上。我原以为这老人大概是没事找事做，抑或是为了挣点外快贴补家用。哪晓得后来知道的事，让我瞠目结舌：原来老人是一位义务环卫工，近年他还几次将卖废品的钱捐献给了市里的慈善机构，据说加起来有一两万元呢！

　　当下，有一个热词，叫作"正能量"。网上说："正能量指的是一切予人向上和希望，促进人不断追求，让生活变得圆满、幸福的动力和感情。"简言之，正能量即一种积极向上、乐观阳光的行为和态度。前面提到的那位老人，就是向人们传递了了一种正能量吧！

　　在现实生活中，传递正能量的人无所不在。而且，还有许许多多的人正源源不断地加入传递正能量的行列中，其中也不乏银发人。

　　南通有位叫徐超的94岁老党员，生病住院期间，做的"最后一件事"，就是将自己几十年省吃俭用积攒下来的 100 万元巨款捐给了慈善事业，用于资助贫困学生。他说："我的工作和待遇是人民给的，我要回馈给人民。"

陕西咸阳市纺织厂有个叫张兆瑜的八旬老人，不顾年迈，不辞辛劳，将建筑工地上的碎砖石料等收集起来，变废为宝，义务修路 4 年，为附近街道和居民修了一条 3 米宽 300 米长的马路。

这些银发人传递出的正能量，无不让人感动和震撼。他们的担当和情怀，与我们身边某些人自叹"老朽""人到晚年万事休"的心态，有着多么大的反差？

正能量，不一定都是感天动地的英雄壮举，也不只是捐善款，做好事。传递正能量有多种方式，而这种传递方式常常就在我们身边，就在人们的日常生活中。它可以是当别人遇到危难时的一次援手，可以是面对坏人作案时的一声喝止，可以是邻里间发生矛盾冲突时的一番疏导，也可以是参加社区组织的一次有意义的歌咏和竞赛活动……

共筑中国梦，需要全国人民同心同德，攻坚克难，励精图治，也需要广大银发人融入其中，积极担当，发挥余热，添砖加瓦。

可以想象，亿万银发大军，意气风发地行进在共筑中国梦的洪流中，该是一种什么样的气势啊！其所激发和传递出的正能量，山可摧，海可填，天地动容，何愁梦难圆？

为传递正能量的银发族们喝彩吧！

（刊《银潮》2017 年第 2 期）

倚老说老

老伴

在公园里，在菜市场，在小区的景观前，常见一对对银发老头老太，他们有的牵手前行，有的并肩而坐，有的谈笑风生，有的互相拍照留影……此时此景，让人既羡慕又感动。

他们是老伴。

人至暮年，需要有老友、老窝（房子）、老本（积蓄），而最最需要的，莫过于老伴了。老友可以有许多，但老伴只有一个；老窝可以花钱买，但老伴却是无价之宝；老本可以多可以少，而少了老伴就像天缺一角！

认识一位老哥，前年老伴去世后，整个人都变了，原先乐呵呵的他，突然变得沉默寡言，饭不思，茶不饮，还经常深夜独坐在床上发呆，吓得子女们只好轮流值班守护……可见，晚年的老人，有老伴守着、陪着，多好！

老伴之所以是"无价之宝"，就在于他（她）是你生命中的唯一，是自始至终陪伴你的"另一半"。想想吧，一对男女，从青丝到白发，从青年到中年直到老年，其间，风风雨雨，坎坎坷坷，能不离不弃、携手并肩地走到今天，多不容易！

作家冯骥才曾创作过一幅叫"老夫老妻"的画，画的是大风雪的天气里，两只鸟儿互相蜷缩在一起，相依为命。作者还题了一首诗在上边："南山有双鸟，老林风雪时。日日常依依，天寒竟不知。"这幅画其实是他和未婚妻结婚那天惨状的写照。当然，老夫老妻的内涵要比这幅"画"深远悠长得多，正如该画作者所说：这是一种心灵的历史。

古代诗词中，不乏咏叹晚年夫妻情爱的诗句。"老人须老伴，旧事可重论。今古不同调，后生难与言。"（宋·姜特立）"竹院新晴夜，松窗未卧时。共琴为老伴，与月有秋期。"（唐·白居易）"与妻常忆少年时，漫看流光岁月惊。濡沫尘中知世味，落花声里共窗灯。"（北宋·曹组）……字里行间，饱含着老夫老妻间的深情与挚爱。

老伴间有时也会闹点小矛盾。这很正常。即使再好的夫妻也有磕磕碰碰的时候。而这，也许还是家庭生活的"调味品"呢！

不久前，微信朋友圈里疯传一首《老伴》的歌，还配了图，蛮好玩的。"那天我骑着三轮车你睡着了，到家了我叫你你还生气了，你说人家刚睡着你就给整醒了，你咋那么烦人哪！……当饭菜端上来你又生气了，你说这菜咋整得这么咸哪！……"你说，这老两口彼此是疼？是爱？是撒娇？是抱怨？说不清，道不明，旁观者只能"呵呵"了。

"有老伴的地方才是家。"

"最好的鞋子穿着合脚，最亲的老伴陪着贴心。"

"生活就像一杯白开水，老伴就是糖，只有他（她）在的日子才叫甜。"……

这些看似粗俗直白的巷语村言，却道出了人世间的真性情、真感悟。

所以，我们要珍惜和老伴在一起的每一天。老伴间的爱不需要轰轰烈烈，但可以细水长流；不一定要甜言蜜语，但要情真意切。譬如，一杯热茶，几句寒暄，捶捶背，揉揉肩，外出时给他（她）加件衣服，烦闷时陪他（她）散散步，逗逗乐……就这么简单，但能如影随形、润物无声般的日复一日，年复一年，谁能说，这不是人间的真爱、大爱呢？

（刊《金陵晚报》2020 年 6 月 12 日）

老友

古运河畔，绿树丛中，魁星阁下，几位银发老人相约围坐在一起，一张报，一杯茶，或一壶酒，边品边聊，海阔天空，自由自在，"古今多少事，都付笑谈中"……

——我这里描绘的是，在我家乡高邮，几位老友聚会时的场景。

所谓老友，亦即平时能合得来，谈得拢，玩得好的人。老友不可或缺。人是最怕孤单的动物。九十多岁高龄的著名作家、画家黄永玉说："好朋友在一起，总嫌光阴不够。"相信许多人都有此感悟。

　　我的老友颇多，而来南京定居后，经常来往的就那么几个，大多是些"文友""笔友"。但活动频率颇高。每隔一段时间，我们都聚在一起，或聊聊家常，或谈谈国事，或讨论新作，有时还围在一起包饺子……其乐融融。

　　作者和文友们在一起。左二为著名作家、评论家陆建华，左三为著名诗人、前扬子江诗刊主编子川，右一为南京市博物院前副院长、楹联专家、作家金实秋

　　老友中也有感情甚笃，危难时，能雪中送炭的。前年夏天，吾妻不幸遭遇车祸，有位陆姓好友得悉后，特意冒着酷暑，辗转几班公交，前来医院探望。当他拎着两大包东西，大汗淋漓、气喘吁吁地出现在我面前时，我真的被感动得要流出泪来！此后，他还经常打电话或发短信来，询问吾妻的手术和康复情况，鼓励我和老伴坚定信心，渡过难关。这就是老友，患难时的精神支柱！

　　老友要常走动。我母亲生前就说过："亲戚之间，要互相多跑跑，不然，日子一长感情就淡薄了。"说的是亲戚，其实朋友亦然。老友经常碰碰头，说说话，能彼此交流，互通信息；能相互勉励，增进友情；能消除寂寞，化解烦恼……

我每次回老家，常有老友邀我参加他们的"活动日"。所谓"活动日"，就是大家定时定点在一起聚聚，每周或每旬一次，大都在早上，十来个老友围坐一桌，吃早茶（此地流行这个）。吃完早茶后，再分散开，聊天的聊天，下棋的下棋，打拳的打拳，还有商讨下一步的活动计划……什么寂寞，什么抑郁，什么烦恼，都荡然无存。

俗话说：邻居好，赛珠宝。我这里要说：老友好，胜珠宝。我七十岁生日时，亲友们聚会，其中就有好几位老友赶来助兴。宴席上，我即兴朗诵了一首《水调歌头》的词，最后两句是："老友常聚首，百岁可登攀！"你看，我把老友看得有多重。

（刊《扬子晚报》2014 年 6 月 27 日）

老本

去年在老家，与几位老年朋友聊天，当聊到晚年生活时，有人说到了"老本"。其实，这个词，我在许多年前就听说过，无非是指存款之类。记得那时还流传一个顺口溜："××万贫困户，××万才起步，××万才叫富……"总之，老人钱越多越好，只要有了钱，就能过上快乐、幸福的生活。我不知道这个"××万"是怎么计算出来的，有点科学依据吗？

不怕你笑话，我和老伴兜里的积蓄少得可怜。所谓多少万多少万，对于我俩都是天文数字。虽然当了多年的公务员，但在小县城，工资低，也没有其他任何经济来源。2000 年前后，我和老伴相继退休，随子女来南京定居。尽管那时的房价比现在便宜得多，但也花光了我们所有的积蓄。要说"本"，我俩几乎无"本"可言，肯定是在"贫困户"之列了。

有一次，去一位老友家做客，老友知道我刚来南京不久，也知道我和老伴的收入情况，问："下一步有什么计划？"我问："什么计划？"他说："退休后的计划呀，比如积攒多少钱养老。"我实话实说："计划我还真的没有，顺其自然吧，能有个十来万也就心满意足了。"老友听罢，半天无语，两眼直直地瞅着我。他大概是认为我不识时务吧？就这点钱还养老？其实，他哪知道，即便这点钱，我们老两口还得省吃俭用，还得努力争取呢！

晚年生活，的确需要一些"老本"，只是，我们不能把它片面化、绝对化。我有一位亲戚，做过多年房地产生意，钱很多，银行卡能拿出一大沓。但他晚年并不快乐，甚至还很凄惨。因为儿女们不争气，一个久染毒瘾，屡进戒毒所，一个因犯赌博罪坐了班房。他自己也浑身是病，三天两头跑医院。结果，60岁刚出头，就驾鹤西去。生活中，这样的例子比比皆是。就像小品《不差钱》中说的："钱还在，人没了。"你说，这样的"本"再多，又有什么意思？

苏联有个叫杰普莉茨娅的教育家说过："良好的健康状况，美好的愉快心情，是幸福的最好资金。"美国著名思想家、作家爱默生也说："健康是人生的第一财富。"看到了吧？不是我不识时务，也不是我孤陋寡闻，古今中外许多名人都有这样的感悟和亲身体验。

所以，在我看来，人的晚年，要快乐，要幸福，有多种要领，用于养老的钱固然多多益善，但也要量力而行，适可而止，不要好高骛远，更不要被所谓"贫困户""才起步"这样的流言所左右，这些话是别人说着玩的，你可别当真。再说，国家经济发展这么快，社会福利这么好，各种保障措施逐渐配套、完善，现在又正在推行全国医保"一卡通"……总之，"锅"里有，"碗"里一定会有，你还担心什么？还是借用赵朴初老先生《宽心谣》里的几句话共勉吧：日出东海落西山，愁也一天，喜也一天。每月领取养老钱，多也喜欢，少也喜欢。全家老少互慰勉，贫也相安，富也相安。

（刊《金陵晚报》2018 年 7 月 21 日）

老窝

许多老人爱把自己住的房子叫作"老窝"，有点自谑，却也不乏幽默，还很形象，就像结伴旅行的人，被戏称为"驴友"一样。

我和老伴的"窝"，原先在老家的县城。那年因为拆迁，又因儿女们都在南京工作，退休后我们就选择来南京定居。

与现在比，那时的房价很便宜，每平方米也就三千多，但我们手头的积蓄不多，只买了个八十几平方米的两室一厅。当时，我和老伴还挺满意，觉得够住了。哪晓得，后来问题来了：平时老两口住住还行，可一到双休日，儿女们和他们的小孩过来，"窝"就嫌小啦。尤其逢年过节，亲友们相聚，更显得捉襟见肘，常常是客厅里、房间里、厨房里，全是人，连阳台也被充分利用。老伴有时就抱怨说："看看，那时要咬咬牙，拉点债，买个大一点的多好！"又说，"现在房价涨得这么快，像我们这房子已经翻了好几倍了。"我笑："你把房子卖了，我俩住野地里去？"

实事求是地说，与别的大户人家比，我们的房子是小了点，特别是最初那几年。但房子大小是相对的。记得我们那时在乡下，在县城，就那么两间破旧不堪的小屋，一大家子，连父母，五六口人呢，成年累月地蜗居在一起，但照样过得惬意，过得快活。怎么现在住的条件好多了，还要这山望见那山高呢？

有一句广告词说："房子是用来住人的，不是用来炒作的，够住就行了。"这话很实在。其实，房子小也有小的优点。你看，我家的客厅里，沙发、桌椅、各种电器应有尽有，房间里，墙壁上、橱柜上，置放着一件件装饰品和名人字画，阳台更是花团锦簇，长满了各种花花草草……真应了那句"室雅何须大"的诗。亲友们来玩时，常夸奖说："整洁，雅致。"

几个月前，上小学的孙女儿去花鸟市场买了一对珍珠鸟，细心的儿媳还用稻草、布条给它们编了个鸟巢，有拳头一般大。每天清晨，公鸟和母鸟就从窝里钻出来，沿着笼子飞啊，跳啊，唱啊，快活死了。而一到晚上，它俩就一声不响地钻进自己的窝里，紧紧地依偎在一起，让人动容。

后来，有一天，公鸟的右腿负了伤，血流不止，一连几天，都蜷缩在笼子的角落里，而那只母鸟则不再像以前那样活泼，整天期期艾艾的，呆愣在一边。直到公鸟伤腿痊愈，它俩才又恢复了往日的欢乐。

"你看，它俩多恩爱！多温馨！"我不无感慨地对老伴说。

顾鸟及人。人也和鸟儿一样，鸟巢也像人住的房子。我和老伴在屋子里走来走去，忙这忙那，就像鸟儿从鸟巢里飞进飞出，自由自在……

杨绛先生在其《我们仨》一书中写道："我们这个家，很朴素；我们三个人，很单纯。我们与世无求，与人无争，只求相聚在一起，相守在一起，各自做力所能及的事。"文中所说的"朴素""单纯"，我和老伴也是；而"相聚""相守"，则更是我俩孜孜以求的。这和房子能扯得上吗？能啊！你想，房子小一点，更便于老夫老妻互相交流，互相照应，互相体贴，就像那两只钻进窝里的珍珠鸟一样，紧紧依偎，亲密无间。所以，房子不在大，够住就行；"老窝"不怕小，温馨就好。

说来也"怪"，近年我们家又出现了一个新情况：房子经常空荡荡的，老伴不再抱怨"小"了。原因是，儿女们都有了自己的新"窝"，他们的孩子，有的上中学，有的出国留学，学业很紧张，即便有时几个大人过来，也只是"点个水"就走，之后，剩下的还是我和老伴，成了名副其实的"空巢老人"。

为了排解寂寞，我和老伴常回过去的老家看看，或约几对老夫老妻出去旅旅游，于是，"窝"就不时地空着。你说，房子大有什么用？不过，外面的山山水水再好、再迷人，我俩也不会"乐不思蜀"，还是惦记着自己的家。"金窝、银窝，哪比得上自家的老窝！"老伴常这样自我调侃说。

（刊《金陵晚报》2017 年 12 月 15 日）

机关三老

陶老

陶老，我们单位的原"一把手"局长。1998 年"届满"后不久，过起了退休生活。

他在任时，与我接触最多，因为我当时是办公室主任，又是人事科科长，还是机关的党支部副书记。

陶老退休后，曾一度因无所事事，不适应。无事就想找事。他常对新班子提提建议，有时也会说几句过激的话。新上任的"一把手"虽然很敬重他，但也不可能事事都照着办。遇到几次不顺后，他便决心仿效老本家晋人陶渊明的样子，想隐居起来。然，隐居也非易事——毕竟局长时间当长了，忙惯了，静不下心来。先是练书法，练了几回，没兴趣了，说整天闷在家里，像蹲"号子"。继而到公园跟人学打拳。打拳有套路呢，他常常记住前面，忘了后面。他说，得，别丢人现眼的了！于是，又学养花。谁知花也没养好，院子里每隔几天，就有一两盆枯黄的盆栽被扔了出去……

一天，陶老夹个包慢悠悠地踱进我的办公室。见老领导来了，不能怠慢，我连忙招呼他坐下，又给他沏茶。

"忙吗？忙什么呢？"他问我。

"不忙。"我说，"正在看一份文件。"

他一向对我很客气，见我不忙，便边喝茶边和我东南西北地扯了起来。扯了一会，他拉开包，从里面抽出一沓纸，攥在自己手里。

"有件事想麻烦你，不知你肯不肯帮忙？"

我说："都老领导了，还这么客气！什么事你就交办吧。"

他说："我最近闲着没事，写了篇文章，想投稿。"

我一听，乐了。这是我没想到的。过去他在任时，大会小会的讲话稿大多是我替他写，现在老局长竟然自己动起笔来了，而且还要投稿！于是，我问："您有这兴趣？"

他笑："我是写着玩玩，拜你为师呢！"

说着，他把稿子递给我。

陶老的文章，是谈老年人如何健身养老的，一共五张纸，抄写得很认真，我一时来不及细看，就对他说："好，大作先放我这儿，我马上拜读。"

他笑："还拜读呢！你抽空帮我看看，能改就改。"

我说："好，好，需要改就改。"

但，陶老的这篇文章很难改。一是立意不新，都是些人云亦云的东西，老掉牙了；二是官腔重，通篇就像领导作报告似的，还伴有几段社会上流传的顺口溜。但既然老领导请我帮忙，我还是硬着头皮修改，部分段落甚至另起炉灶。尽管如此，我还是觉得难以出手。但陶老对修改后的文章似乎非常满意，说：

"不经厨师手，难免油腥味。"他问我把稿子寄往哪家报刊，我想了想说："就寄《中国老年报》吧。"

稿子寄出后，隔三岔五的，陶老就要找我，不是人来，就是电话询问："有消息吗？""不会写错地址吧？"他真有意思，仿佛把投稿当作他在任时签字、画圈，下面的人就得不折不扣照办似的，哪有这等好事？

两个多月过去了，陶老的稿子还是石沉大海，杳无音讯。其实，我心里清楚，这篇稿子根本就不可能用，但我还是不忍心向他说破。有时被他追问太紧了，我就"弯弯绕"似的暗示他："时下爱写会写的人太多，就是名家也有落空的。"他听我这么一说，追问是不再追问了，却又连续赶写了几篇稿子送给我看。有时见我工作忙，他干脆向我索要报刊地址，自己直接寄。说心里话，我真想劝他别再折腾自己了，但几次话到嘴边又咽了回去——我怕伤了老局长的自尊心。

这样，陶老在一次次的期盼和失望中，度过了一段日子。但这以后，他找我的次数渐渐地减少了。

有一天，我下班后带几本杂志去陶老家，顺便想和他聊聊单位里的事。谁知陶老的夫人告诉我，他出去了。我问："又是寄稿子？""不是。"陶夫人说，"他去街道的棋牌室了。"我笑："他有这雅兴？什么时候学会的？"陶夫人说："就是最近，听说他的牌技还不错呢！"我听罢，暗自松了口气，心里有一种如释重负的感觉。

陶老现在生活得很好，整天乐呵呵的。有时和我谈起以前写稿子的事，还有点不好意思呢，说："我哪是这块料，只是让你费心了。"

（刊《银潮》2006 年第 9 期）

韩老

　　韩老年轻时显得老，年老时反显得年轻。我记得，他刚调来我们局时，也不过四十几岁，却已谢顶，头发稀疏而花白，脸又黑又瘦。可打从副局长的位置上退下来后，他倒有点返老还童的态势：身材"苗条"而挺拔，尤其脸上气色很好——红通通的。问他养生的秘诀，笑答："钓鱼。"

　　恕我直言，我对某些机关干部下乡钓鱼，一直存有戒心，特别是个别当领导的，因为他们十有八九是到人家鱼塘里钓。鱼塘提前一天禁食，那饿急了的鱼哪有不频频上钩的！韩老也是这样的人吗？我不信！

　　果不其然，后来有人告诉我，韩老钓鱼和别人不同，他是到野河里去钓。我大笑："嗨，这才像咱韩老！"然，笑过之后，我又纳闷：野河离城那么远，空荡荡的，能钓到什么鱼呀？找罪受啊？

　　但韩老却乐此不疲。不但自己钓，还把老伴也"俘虏"上了。他还自己改装了一部三轮车，每天清晨出发，直到傍晚才回家。我有几次在下班路上遇见过他俩。韩老踩着三轮，他老伴抱着鱼竿，那些"战利品"就活跃在红色塑料桶里，不时地发出"哗啦哗啦"的声响。我有时忍不住把头伸近塑料桶看，见都是些指头大的小猫鱼，颇有不屑，但韩老却很兴奋，还自圆其说道："你别嫌它们小，吃起来可鲜呢！"

　　韩老过去常是我讴歌的对象，记叙他先进事迹的报告文学，还获得过全国性大奖呢！去年，我又以他钓鱼为题材写了篇题为"清水河边"的文章，刊登在一家大报上。内容大致是：夏日的某一天，一场暴雨后，韩老和老伴又来到了城外的野河里钓鱼。那天的鱼特别好钓，频频地上钩，且都是些巴掌大的鲫鱼，还有圆滚滚、重实实的青鲲。他老伴乐不可支，韩老却满脸的惊异。后来一打听，是夜里的暴雨把附近的鱼塘淹了。鱼塘都是村民个人承包的。韩老就像犯下大错似的，后悔不已，急忙"命令"老伴，把桶里的鱼一条不剩地送回附近的鱼塘里……

文章见报后，韩老找到我，说："这点儿小事，也值得宣传吗？"接着纠正道："那天钓鱼的河，不叫清水河，叫……"我说，这是文艺作品，象征性的。他听罢，"噢"了一声。

是啊，韩老就像一条清水河，那么清澈，那么光亮！

（刊《银潮》2006 年第 9 期）

张老

我认识张老是在 1989 年。那时我刚从另一个单位调来，而张老已退休七八年了。他常为房子的事与我打交道。最初的印象是，此人有点烦人，而且脾气很倔，动不动就发火。但毕竟是老领导（退休前任副局长），我也拿他没办法，只好平时忍着点，躲着点。

后来我渐渐地改变了对张老的看法。

记得是 1990 年的事。当时，局机关拟发展一名新党员。

召开党员大会那天，我作为支部副书记，又是这位发展对象的入党介绍人，在经过前面几个程序后，按照惯例，在举手表决前，还得征求一下与会党员们的意见。于是，我说："在座的党员同志们还有没有不同意见？"说这话时，我用目光"搜索"了一下会场，好像没有人想发言，便准备进行表决。哪晓得，我刚要讲话，张老敲敲桌子，大嗓门嚷开了。他当着那位发展对象的面，一口气提了他四条意见，最后的结论是：这个同志目前入党还不够格。在场的五十几名党员面面相觑，我也很尴尬。好在只有张老一票反对，按照少数服从多数的原则，他的意见最终被否决。起初我还以为张老与该发展对象有个人恩怨呢，后来了解到不是，他就是这样一个人，倔强而直率，从不隐瞒自己的观点。而当这位发展对象被批准为预备党员后，他又主动地向对方表示祝贺，并提醒他今后应该注意的几个方面。这件事对我震动很大，想不到一个早已退了休的老同志，竟然当着当事人和众人的面，不但不栽"花"，反而专找"刺"栽，且面对的是 1 ∶ 54 的悬殊劣势，可想而知，他的党性，他的品格！

　　张老是个"扛过枪，渡过江，受过伤"的"老革命"。他身上留有多处疤痕，他的一条右腿就是在一次激战中受伤致残的。对于这样一位老同志，那么多年没有解决住房问题，组织上感到深深的内疚，我也曾多次向张老表示过歉意。张老很豁达，当他了解到单位的难处后，态度变得很宽容，说："你们怎么不早说清楚呢？"直到1996年，他的住房问题才得到解决。有了住房的张老，消除了后顾之忧，就像变了一个人，整天乐呵呵的。他很少再来我的办公室，只有党员活动日或单位发工资那天，才能看到他一瘸一拐的身影。张老很自律，平时大事小事从不肯用单位的车，即使自己生病住院也如此。机关有时发点煤气、水果什么的，我要派人用车送上门去，张老坚决不答应，他说："你们忙，不麻烦了。"他的残腿来去不便，就特地买了部铁壳小三轮车，有事总是自己来回蹬。

有一件事我至今印象还很深。一天上午，张老拉着一位老同志的手一拐一拐地走进我的办公室。那位老同志我见过一面，是省作协的作家。张老和他是老战友，曾一起在高邮、兴化一带打过游击。张老带他来，是想为老战友新近出版的一本书做些宣传和促销。但他强调三点：第一，战友的这本书是好书，很有教育意义；第二，不许单位用公款购买；第三，能买多少就买多少，全凭自愿。张老这么一说，我不仅如释重负，还有点自责，想：该死，我还担心张老会给我下任务呢！

中午，我准备以单位的名义招待二老，但张老不允，说："又不是为公事，哪能要单位破费？我们俩早说好了，到我家里吃饭。"说着，拉着老战友的手上了三轮车，老战友坐在后面的车斗里，张老在前面蹬。他那条蹬三轮车的残腿向外一拐一拐的，幅度很大。见此景，我的眼睛不由自主地湿润了。

（刊《扬子晚报》2006 年 11 月 5 日）

杨绛可鉴

杨绛先生离开我们已经有一段时日了。她的照片就存放在我的电脑显示屏上。所以，每天只要一打开电脑，这位可亲可敬的老人，就仿佛坐在我身边，与我唠叨，与我谈心。

许多年前，我还是个文学青年的时候，就开始接触到杨绛，知道她是著名学者、《围城》作者钱锺书的夫人，还不止一次地拜读过她的作品，包括译著，最初读到的好像是由她夫君题写书名的《将饮茶》吧？

这位"最贤的妻，最才的女"，留给我们太多的感慨和念想。

作为妻子，杨绛对其夫君钱锺书的"贤"，无不让人感动；作为学者，杨绛的"才"，无不叫人折服。而她的"贤"和"才"，其实都聚焦在她的崇高品格上。

杨绛先生的品格是多方面的——

她很谦逊。虽然一生光彩熠熠，无论是人品还是文品，都广受社会赞誉，却还自称"走在人生的边上"。

她对工作、对事业很忘我，很执着，甚至呕心沥血。她精通英语、法语，但为了更准确地翻译西班牙作家塞万提斯的著名骑士小说《堂·吉诃德》，47岁的她刻苦自学西班牙语。跨入新世纪后，她受出版社委托，起早贪黑，整理编辑钱锺书的遗作和书信，又创作了《我们仨》和《洗澡之后》等作品。

她很低调，生活尤其简朴。美国首任驻华办事处主任洛德的夫人，读了《干校六记》后，提出要见杨绛。出于礼貌，杨绛见了他们夫妇一次，此后美使馆多次要请她喝茶、吃饭、看电影等，她只去了一次茶会。再后来，洛德夫人想请杨绛为她的作品写一篇书评，也被她婉言拒绝。她说："我没有'登泰山而小天下'之感，只在自己的小天地里过平静的生活。"

她很坚强。女儿和丈夫都先后离世，这对她的打击是可以想象的。但她却顽强地挺了过来。她说，是不灭的信念，对真善美的道德观念的追求，给了我孤单生活下去的勇气……

这就是杨绛，一位可歌可泣可敬的女性！

我家的书架上，有不少杨绛和钱锺书的书。这段时间，我常找出来，慢慢地翻看，细细地品味，颇觉受益匪浅。我的读书日记上，记下了许多杨绛的"语录"——

"你的问题主要在于读书不多而想得太多。"

"人要成长，必有原因，背后的努力与积累一定数倍于普通人。所以，关键还在于自己。"

"一个人不想高攀就不怕下跌，也不用倾轧排挤，可以任其天真，成其自然，潜心一志完成自己的事。"

"如要锻炼一个能做大事的人，必定叫他吃苦受累，百不称心，才能养成坚忍的性格。好比香料，捣得愈碎，磨得愈细，香味愈浓烈。"……

毋庸讳言，杨绛既是这些做人和处世之道的倡导者，更是其践行者。须知，在当今这个物欲横流充满诱惑的人世间，一个人要不改初心，保持平常心，坚守宁静之心，谈何容易！而杨绛就是这样的人。

杨绛先生活到 105 岁，是名副其实的"寿星"了。这也是上天对她的褒奖吧！

现在的人也真会炒作，记得就在杨绛先生去世的次日，便有人在报纸上刊出文章：《杨绛的养生汤你喝了吗？》。文中所说的"养生汤"，即黑木耳加猪骨熬制的汤，说是有补肝益血之功效。我不知道杨绛先生一生喝过多少次这样的养生汤，也不想考证这样的汤是否真的有如此功效。姑且吧。不过，我想说，杨绛先生的长寿，最根本的还是得益于她的崇高的品行，平和阳光的心态。

杨绛是布衣，是作家，是学者，但她更是我们做人的一面镜子。

"大姐夫"

　　我和妻都叫他"大姐夫"，其实我俩跟他并不沾亲带故，就因为他的夫人和吾妻都姓贾。当然，这是随口叫着玩玩的，他也不客气，每次这样称呼他，他都是重复那个神态，或欣然应答，或哈哈一笑。

　　我们俩是同乡，都是高邮人，而且两人老家相距仅几华里。2004年初，我和妻退休后，随子女来南京定居。不知道他是从哪里得知这个消息，连忙兴冲冲地打电话给我。他就像个老大哥似的，叮嘱我俩：你们现在是小鱼游入大海，要逐步适应这里的生活。还询问我俩退休后的工资情况，说南京的消费水平可不像小县城哦，有什么不方便的及时和他联系云云。

　　他曾是政府部门的官员，主管文艺，也是研究高邮籍著名作家汪曾祺的专家，退休十几年来，依然笔耕不辍，甚至忙得更欢了。前不久的一期《银潮》杂志，曾以"倾情文学，青春永驻"为题，生动地介绍了他退休后的"诗意生活"，读来让人亲切感奋。其实，我和他在写作上早就有"互动"了。来南京后，他知道我也酷爱写作，所以，每隔一段时间，他就有新著寄赠予我，有时甚至亲自送上门来，还再三催促我，尽快学会用电脑写作。而我每每有文章在报刊上发表，他常是第一时间打电话给我，或祝贺，或鼓励："《雨花》月刊这期连发你七篇散文，不简单啊！""你那篇《临泽三条街》写得很不错啊！"……

快乐、风趣、幽默，是他的性格"特质"。和他在一起，总有说不完的笑话，虽然他早过古稀，却依然如故。说个小细节吧，有一次，他发给我的电子邮件迟迟未到，我便让女儿打电话催问，他不知从哪儿来的"灵光一闪"，笑道："噢，别急别急，快到中山门了！"逗得我和家人哈哈大笑。

有时，他还会"婆婆妈妈"的，爱唠叨，爱管我们家的琐事、闲事。是呵，谁让他是我们的"大姐夫"呢？他唠叨时，快人快语，且满口的家乡方言。"小贾呀（指吾妻），今天中午吃什么咸（小菜）啊？""于宇啊，你可要对老婆多'孝敬'点哩，不是她，你哪会这么快活！"去年底，他听说我和老伴为儿子工作调动的事烦恼时，便接二连三地发短信、打电话给我："瞎说，你们要放下儿女情，积极支持儿子远走高飞，千万不要拖他的后腿啊！"

"乡情如清风，友情如流水，亲情如桂花酒……跳动其中的是一颗几经沧桑历练的平常心。"这是某位评论家对他文章的点赞。其实，不只是作文，他做人也如此。

他是个热心肠的人，故乡情怀特别重，对老家来的人，不管是"大人物"还是"小人物"，都一样真诚、热情。尤其对家乡热爱写作的人，更是关爱有加，常为他们"做嫁衣裳"而乐此不疲，如修改、推荐作品，为新人新书写序等。他和爱人也不怕烦，一年到头家里就像个"接待站"……

　　一晃，我和妻来南京十多年了，我们从老乡到相知相识，直到直呼其"大姐夫"，可谓友情日渐浓厚。记忆特别深刻的，是那年夏天，吾妻遭遇车祸，他得悉后，顶着炎炎烈日，辗转好几个公交站台，赶到医院探望……此后，还一次次地打电话或发短信给我，问这问那，关怀备至。而他，对自己却十分"苛刻"，近年，他和妻子几次生病住院，都想方设法瞒着我们，生怕我们为他破费或给我们添麻烦。

　　呵呵，他就是这种人！

　　他姓陆，名建华。

　　作家储福金曾用高邮方言夸他："建华不丑。"省作协主席范小青说他："陆老不老。"而我则要说："陆大哥不错，他还真有当姐夫的范呢！"

老照片

　　家里保存了许多老照片，有我自己的，有妻子的，也有儿子、女儿的，还有亲朋好友的，厚厚的几大本呢！老照片虽然陈旧，但很珍贵，只是平时想看不方便。便决定挑出其中拍得最好、最有收藏价值的，按专题做成光盘。这是件细活儿，从筛选、立意、分类，到刻成光盘，前后耗去十几天时间。为增强效果，光盘做成后，又配上了背景音乐，都是些妻年轻时爱唱的歌曲：《茉莉花》《拔根芦柴花》《看见你们格外亲》等。

　　试放一遍，效果挺好。从此它就成了我们家的"保留节目"，隔三岔五拿出来放放。妻很有意思，每次看光盘时，都要把我拉到旁边，说："你也来看看，不是说要'重温经典'吗？这也是经典。"

　　我笑。就我家的这些老照片，"经典"嘛，还谈不上，但有空常看看还是应该的。

　　喏，这是我的妻子年轻时的老照片：她梳两根短辫，笑容可掬。

作者爱人年轻时老照片

　　喏，这是她在舞台上的演出照：头裹花绸巾，腰扎蓝围腰，上身前倾，双手张开，那天她正在唱《茉莉花》哩！

贾晓贤演出照

　　噢，这是我们的全家照，还是20多年前，在东湖度假村拍的：碧水边，树丛中，我和妻，还有儿子、女儿，站立在一起，笑得多青春、多灿烂！……

033

作者夫妇和儿子、女儿

许多年过去了，拍这些老照片的是谁？是家人？是同事？是朋友？已经记不得了。但不管是谁拍的，也不管拍的技巧如何，反正当时的好模样、好心情全留在它里面了。

经常翻看老照片，能帮助人回首往事，重温峥嵘岁月，能增添生活乐趣，激发爱情、亲情、友情，但有时也会扰人情绪，引发伤感。我老伴就是这样，每当浏览这些老照片时，她总是浮想联翩，感叹连连，有时甚至还会流下眼泪。

"唉，我那时多年轻，多苗条啊，现在竟成老太婆了！"她常这样自言自语。

真是多愁善感啊！世间万事万物哪有亘古不变的？人也是这样。不是说"物是人非"吗？美国好莱坞著名女影星费雯·丽，生前留下让人"魂断"和"乱世"的美照知多少！可最后不也人瘦珠黄、香消玉殒？还有，我当兵时曾认识过一位女明星，她那年到我们部队演出时，在剧中扮演春妮，善良、朴实、甜美，真让人"惊艳"！她和我还有一张合影呢，也算是"老照片"了吧？可不久前我在电视上看见她时，她竟变得老态龙钟，面目全非，让我唏嘘不已！这就是大自然的法则啊！不管你的神通多么广大，不管你的地位、名气多么显赫，也不管你如何保养、健身、美容，都不可能抵御这个法则而使自己青春永驻。

"不变是相对的，变是绝对的，长生不老的人，大自然的法则不会容忍他。"我常这样笑着宽慰老伴。

"仁者见仁，智者见智。"对老照片，各人有各人的视角和态度，因而获得的感受也会有所不同。有人从老照片中寻找到的是快乐，有人从老照片中寻找到的是亲情，有人从老照片中寻找到的是感悟，也有人从老照片中寻找到的是惆怅……这些都可以理解。但在我看来，老照片留给人们的，不光是一些昔日的影像，还有更重要、更深层次的那种看不见、摸不着的东西。就说我家留存的这些老照片吧，它们都是在特定环境下的留影，无论是摆拍，还是随机拍摄，无论是单人照，还是集体照，无论面部表情是欢笑、是淡然或是伤悲，都定格着一段人生、一番经历、一则故事、一个难忘的瞬间。正因为这样，我每次翻看老照片时，都会"触景生情"，都会引发遐想，尽管有时也会像我老伴那样，萌发伤感和叹息，但让我最专注、最感动的，还是隐含在其中的那些看不见的精神，即当年那种不怕吃苦、坚韧不拔的意志品质，那种单纯朴实、与人为善的生活态度，那种奋发努力、昂扬向上的奋斗精神。这大概就是人们常说的"初心"吧？要说老照片珍贵，依我看，从中寻找到的"初心"，才是最最珍贵的！

（刊《金陵晚报》2017 年 9 月 26 日）

克服惯性

虽说已踏进老年的"门槛"，可我一度还循着以前的惯性。遇有机会，总爱往年轻人的堆里钻——打球、玩牌、聊天，甚至逛舞厅……别人邀请，也从不拒绝。自以为很有"魅力"，殊不知是我走入了"误区"。

一次，有位年龄比我小三旬的同事举办生日晚会，也给我发了请柬。晚上，我衣冠楚楚地步入宴会厅，只见满眼俊男靓女都在引吭高歌或翩翩起舞。当我一出现时，整个大厅忽然安静了下来，这个起身让座，那个忙着沏茶，连晚会的主人夫妇也从舞场上下来，陪我寒暄……原来的热闹气氛陡然"降温"。我向大家摆摆手，示意他们照旧，可任我怎么动员，那气氛就是活跃不起来。后来，我意识到了什么，连忙找个借口，进了里间，果然大厅里冷却的场面又"复活"了！

"噢——噢——"年轻人又蹦起了舞蹈。音乐骤然响起，主人夫妇亮起了歌喉："年轻的朋友们，我们来相会……"

我的心被这样的声浪撞击着，似乎受到了很大的伤害。我不知道是自己的原因，还是这些年轻人有点——不够意思？

其实，这种尴尬许多人也遇到过。

我有一位同事，不久前，因为旧城改造，他家的房屋要拆迁，便想去苏州买房子，和儿子生活在一起，以便日后互相关照。可儿子的回答却让他大失所望，儿子说："爸，你和妈都这么大岁数了，还是在老地方待着好，不是说落叶归根吗？"

想和儿子生活在一起，与爱往年轻人堆里钻，我们俩患的是同一种"病"：老年惯性病。患这种"病"的人，往往自己没有感觉，还以为是"放下架子"和年轻人"打成一片"。我起初也持这种想法，及至连连遭遇尴尬后，才逐渐有所醒悟。

罗素在《论晚年》中说，老年人要提防的危险是老想和青年人一起生活，指望从他们的活力中补足元气。知道了吗？"老年惯性病"不仅是一种"病"，而且还很"危险"呢！这种"危险"就在于，它反映了老年人的彷徨和一种依赖心理，同时还容易对年轻人的"活力"造成束缚和伤害。老年人要摆脱这种"危险"，就要努力克服惯性。

根据我的体验，克服惯性，首先要实事求是地给自己定好位，人老了就是老了，不要不自量力地去"充嫩"。年轻人有年轻人的生存空间和生活情趣。他们有时表现得爱接近你，只是出于礼貌和尊敬，你可千万不要当真。这倒不是说老年人和年轻人水火难容，而是说要适当加以节制。其次要老有所为。不要光想到"老有所养"，也不要光顾"老有所乐"。著名作家林希说：老有所为、老有所忙，空巢就不"空"了。这话说得很对。老年人心中有追求，手中有事做，就会觉得日子过得快，时间不够用，何来"凄凄惨惨戚戚"？再次，要逐渐形成自己的一套生活方式和生活习惯。老年人不必跟在年轻人背后亦步亦趋，还是应当保持几分自信和矜持。我现在就是这样。

当我从原来的"惯性"中挣脱出来后，养花、读书、写作，成了我每天的"必修课"。不久前，有朋自远方来，见我整天忙得不亦乐乎，羡慕得不得了，说："老于第二个春天来喽！"

　　所以我说，老年人有老年人的养老方式、生活方式，要逐步学会去适应它、驾驭它。让我们满怀信心地描绘自己晚年的风景吧！

（刊《中国老年报》2007 年 2 月 27 日）

忙和闲

生活中的哲学无处不在，老年生活亦然。就说我和老伴吧，前年退休来南京定居后，经常面对的一对矛盾，就是忙和闲——她忙我闲。但也并非一成不变，就像哲学上说的事物具有相对性一样。她有时也会闲，叫忙里偷闲；我有时也会忙，叫闲里找忙。

别看只是字面上颠倒了一下，却是两种不同的生活状态。忙里偷闲，忙是主要方面，闲是次要方面，闲要受到忙的制约，所以要"偷"；而闲里找忙就不同了，闲是主要方面，忙是次要方面，忙要取决于闲的人当时的心态、情绪，心情好时，便会主动地找事做，心情不好时，"油瓶倒了也不扶"。我平时注意观察，小区里这两种情况的老人都有。

我和老伴经常呈现的状态是：她常年在儿子、儿媳那边忙。带小孙女，买菜做饭，料理家务，整天忙得不亦乐乎，其间，还要抽空回来看看我。遇到节假日，她也会参加一些近距离的旅游。我呢，独自在家"看守老营"，不过也不是从早到晚全闲着。喏，我的眼睛还挺好使，可以读书看报。我的手脚还很麻利，可以养花种草。我的思维也还不算迟钝，隔三岔五地，还可以写点文字……由于是闲里找忙，所以，这样的"忙"，没有任务，没有压力，也没有功利，悠哉悠哉。

无论是忙里偷闲，还是闲里找忙，其实都是由个人的具体条件决定的。不是吗？同为退休后的老人，也有个"三六九等"呢。有的人刚从岗位上退下来，正处于"老与不老"的尴尬年龄段，"惯性"未消，精力尚充沛，不忙，反而难受。我老伴一度也是这样，她比我小5岁，退休那年才50来岁，劲拽拽的，又没病，闲在家里像热锅上的蚂蚁，整天唉声不断。有的人年纪虽大了点，但还没有"老"到那个程度，且无病无痛，于是就得闲里找忙。即使年事已高，疾病缠身的老人，也需要进行一些适当的劳动和运动。时下流行一个词语，叫"休闲"。但休闲并非仅指休息、闲着，而是泛指一种养生保健的活动方式。有些休闲活动，譬如跳舞、打球、登山、旅游，还挺累人呢！

总之，人不可太闲，太闲，久而久之，就会精神恍惚，意志消沉，就会多愁善感，"才下眉头，又上心头"，甚至还会惹是生非。再者，往大的方面说，上了年纪的人，还有一个发挥余力，继续为社会、为家庭、为自己创造业绩，实现自身价值"最大化"的想法。为此，就得闲里找忙。

老年人其实也挺注重自己的"成就感"的，当做出一点成绩时，就会"老小孩"似的乐滋滋的。我老伴每次从儿子那边回来，虽然嘴上也抱怨："唉，忙死了！忙死了！"但一说到儿子家里的趣事，特别是说起活泼可爱的小孙女来，总是滔滔不绝，嗓门大大的，恨不得让全世界的人都知道，因为这里面有她的一份功劳。这种心态，不少老年人都有。我也是。每当看到自家阳台上的花草郁郁葱葱，花繁叶茂，每当想到前段日子又做成了几件有意义的事，心里便有点儿乐不可支。特别是前年，我原先工作过的单位邀请我回去帮忙整理、编辑书稿，尽管工作量很大，且天气炎热，吃了不少苦，但当一册35万字，散发着油墨香的正式出版物《风雨盾牌红》，呈现在我的面前时，真的有一种"成就感"呢！

有人说："最喜夕阳无限好，人生难得老来忙。"老年人把价值观经常装在脑子里，就会自觉地闲里找忙，而这种"找忙"，其实也是在"找乐"。

当然，对于老年人来说，忙和闲都要适可而止，恰到好处。哲学上不是有个"度"吗？老年人毕竟不是年轻人，不能再像年轻时那样整天风风火火，忙忙碌碌。老年人辛苦了大半辈子，已到了"行至水穷处，坐看云起时"的佳境，理应多清闲一点，就像刘欢那首歌里唱的"该歇息了"。不久前，央视"电视诗歌散文"栏目朗诵女作家毕淑敏的散文《女人什么时候开始享受》，字字句句情真意切，娓娓动听。其实，不只是女人，男人也应该有所感悟，尤其是上了年纪的人。该忙的时候要忙，该闲的时候就要闲，该享受的时候就得抓紧享受。而忙和闲最终都要落实到两个字上：健康——健康的心灵，健康的体魄，健康的生活方式。

潮水有涨有落，生活有张有弛。老年人经常忙忙闲闲，晚年生活才充满活力和情趣。

（刊《金陵晚报》2020年7月1日）

疯女人的字画

　　妻喜欢傍晚出去散步。有时我也陪着她。最近，我发现妻出去散步时，臂弯总套个小塑料袋，也不知道里面装的什么。有一天傍晚，她拎起塑料袋又在催我："哎，出去散会儿步吧。"我说："我马上要看新闻联播呢。"妻说："不就个把小时嘛，新闻晚上还会重播的。"我一想，也对。

　　散步还是走老路。走到一处十字路口时，妻忽然停住了，手向右边一指说："哎，到那边看看。"我知道那边是一片小树林，地上尽是杂草乱石，便说："那地方脏死了，有什么好看的？"她说："去看一个人。"我一怔，问："看谁？"她说："到那儿就知道了。"我很纳闷地跟在她后面。妻好像路很熟，七拐八弯地就来到了小树林附近。我四周看了看，除了一个背着身坐在地上的女人外，其他什么也没有，便问妻："你要看的人呢？"妻莞尔一笑，用手指着那女人说："她不是人吗？我这几天散步时都来看看她。"

　　那女人听见背后有人说话，把脸转了过来，我这下才看清，这女人蓬头垢面，衣服褴褛且脏得发亮，还赤着一双脚。

"天哪，就为看她！"我一脸的惊讶，忙拉妻子想赶快离开。妻说："你急什么？人家也是人！"说着，她从套在臂弯的塑料袋里取出两个馒头和一瓶矿泉水递给那女人。奇怪，这女人见了我妻，就像遇见救星似的，顿时兴奋起来。也许是饿极了，她接过馒头后，忙不迭地往嘴里塞，另一只脏兮兮的手则在我妻上衣的下摆处摸来摸去。我埋怨妻说："你不嫌脏？"妻说："脏了回去洗一洗就是了。"那女人见我和妻说话，大概猜到了我俩的关系，竖起两个拇指，嘴里咿哩哇啦地不知说什么。但妻听得懂，说："她是在夸奖我俩是天生的一对呢！"

离开那女人后，妻一边走路一边告诉我，那个女人是个疯子。她原先是乡下的小学教师，后来因为丈夫背叛了她，搭上了别的女人，使她受到强烈刺激，就疯了。不过，是阵发性的，不发病的时候，头脑很清醒。我问妻是怎么知道的？妻说，这几天散步，趁这女人清醒时，常和她拉呱。妻接着问我："你刚才看见了吗？她嘴里的四颗门牙都没有了。"我说："见到了，为什么呢？"妻说："是讨饭时被人家打掉的呗！"妻说这话时，轻声地叹了口气，眼圈红了。

此后，妻每天散步时，都照例去看看那个女人，去时，总忘不了带些吃的喝的，有时还带一两件旧衣服。我知道妻是个菩萨心肠，便不再干预她，有时我还会主动找点吃的东西和妻一起来看那女人。说心里话，我渐渐地也关心起这个女人的命运来，比如，晚上她睡在哪里？病了怎么办？冬天她如何熬过？……

可不久，当我陪同妻又一次去看望那个女人时，她已经不在老地方了。第二天又去，仍无她的踪迹！她到哪儿去了呢？

　　我和妻站在那里发愣。还是妻眼睛尖，她突然用手指着地面说：
"哎，这是什么？"我低头一看，只见地上有几道深深的印痕，
像是用手指或树枝划下的，细看，是一幅女人的头像，旁边还
有几个歪歪斜斜的字："你是个大好人！"

　　这大概是那个疯女人头脑清醒时留下的"手迹"吧，我想。

　　　　　　　　　　　　　（刊《老人世界》2002 年第 3 期）

散步

作者和妻子近照

　　每当天色向晚、倦鸟归林的时候，我和妻总习惯出去走走。城市的郊外很美，树木和花草在黄昏的宁静中轻轻摇曳，星星和灯光在清清的河水中闪烁，编织出傍晚散步时的诗情画意。我们一边浏览，品尝，一边聊着天，聊现在，聊将来……一副从容不迫的样子。

年轻时，我们都忙于生计，哪有这样的闲情逸致？如今，我和妻都到了退休的年龄，儿女们也都长大成人，就像鸟儿一样，他们都有了各自的"窝"。除了逢年过节偶尔回来看看，偌大的居室，就剩下我们俩，不免显得寂寞和孤独。只有出门散步时，我们才能暂时摆脱这种心绪，使自己变得快活和充实起来。

我们并肩走着，仿佛又回到了从前，虽少了年轻时的浪漫与缠绵，却也是对逝去岁月的一种补偿啊！

散步不像走路。走路时总是奔着一个既定的目标，马不停蹄地跑呀跑，跑了一程又一程，始终没有时间停下来，松口气，缓缓劲，或是休整休整。散步更不像过去上班时赶路，忙忙碌碌，风风火火，忙得不亦乐乎。更兼沿途红尘扑面，乱花迷眼，急火攻心，以致许多佳境美景在赶路中匆匆擦肩而过。而散步就从容得多啦！既可以走走停停，也可以坐坐聊聊，还可以不时地回过头来，对走过的路品头论足……

对于爱想入非非、多愁善感的我来说，散步还能激发许多遐想和灵感。古诗云："路漫漫其修远兮。"人生之路是没有尽头的。在经历了几十年风风雨雨之后，现在审视一下过去走路时留下的脚印，有的正、有的斜、有的深、有的浅、有的已被岁月销蚀殆尽……散步时，往往能深刻地感受到这一切。

散步时的最佳状态是从容。从容地踱步，从容地注目，从容地聆听，而且因为从容，目光所及，便有了另一种意蕴。既有"采菊东篱下，悠然见南山"的野趣，也有"蝉噪林愈静，鸟鸣山更幽"的空灵，更有"行至水穷处，坐看云起时"的超然。在郊外散步，我常情不自禁地哼起那支外国名曲："深夜花园里，四处静悄悄……"

日复一日，我和妻就这样悠闲地踱着步，从容地走过一条条马路，一座座木桥，一垄垄田园，既饱览了大自然的美好风光，又聆听到野外草木丛中的鸟叫蛙鸣，更感受到城市乡村的跳动脉搏。而这一切都是待在家里或过去坐在办公室里所享受不到的野趣。

散步是心灵的放飞。

散步是对污染过的身心消毒。

散步是生命节律的一部分。

外面的世界多好，经常出去散散步吧！

（刊《健康与生活》2001 年第 5 期）

让座

公交车上让座是常有的事。让座有两种情形：一种是你给别人让座，另一种是别人给你让座。我退休后最初几年，外出坐公交车很少有人给我让座。记得有一次，我和妻兄去仙林玩，中途换车，一位小伙子见我俩上来，连忙起身让座，我因为走在妻兄前面，便把屁股凑了上去，谁知小伙子把我衣服一拽说："哎！哎！"又朝我妻兄做了个手势——原来是我"自作多情"，人家是给我妻兄让座的！不过，难堪归难堪，但我还是有点儿得意，这说明我还没有"老"到那个程度呢！

此后，有很长一段时间，只要坐公交车，我都习惯站着，有时有空位也不坐。老伴便瞎操心，她小我几岁，眼疾腿灵，上车后，见没有空位，或没人给我让座，她就一路留意，一旦发现有人中途下车，便忙不迭地朝我招手："哎——过来！"她嗓门尖，常吸引车上的乘客扭头张望，让我怪不好意思的。没法子，我只好故意把脸别过去，置之不理，心里话："就几站路，至于吗！"

岁月不饶人。这几年吧，我头上的白发渐渐多了起来，加之两三年前，南京 60 岁的市民有了"老人卡"，坐公交半价，70 岁以上老人全免。自从有了这卡，再外出坐公交车时，给我让座的人陡然多了起来。

不过，起初的"老人卡"设置有点毛病，每次刷卡时，喇叭里传出的那三个字，让人觉得有点儿刺耳，甚至毛骨悚然。

"老人卡！"

声音大大的，怪怪的，有让老人"示众"的感觉。好在此情不长，很快就改了，将"老人卡"三个字换成了"您好！"这一改，好啊！有点人情味了。而且，效果也好，只要听到一声"您好！"别人就知道是老年人上车了，于是就会有人自觉给你让座。这是题外话。

不瞒你说，最初有人给我让座时，我还真有点儿不适应。老话不是说"无功不受禄"吗？你想，人家坐得好好的，凭什么要把座位让出来给你坐？这不是强人所难吗！再说，我还没有真的"老"呢！所以，每当有人给我让座时，我总是再三推辞，实在推辞不了，就只好坐下。坐下后，我也老是心里不安，总觉得亏欠人家似的。

这好像有点自寻烦恼，实则是，我是有点自知之明。别人给你让座，是出于对老人的礼貌和尊敬，而非法律意义上的"义务"，你可别把这当成"特权"，更不要倚老卖老，连声"谢谢"都不说。再者，人与人之间的感情是互动的，不是有句名言叫"老吾老以及人之老，幼吾幼以及人之幼"吗？人家越是尊敬你，你就越要自觉、自律，越要注意自己的长者形象。这些年，公交车上乘客让座几乎成了常态，其中也有不少是老年人，我也是其中之一吧。每回坐公交车，只要遇见年纪比我大的，或孕妇、残疾人，我都会主动让座。这也是我们这些老人对社会及他人的一种关怀吧。

据说，礼貌的日本人坐电车和地铁时，没有彼此让座的习惯，尤其是老年人，觉得别人给自己让座，是给人家"添麻烦了"，不愿意接受别人的人情。还有些日本老人性格好强，不希望自己成为"被照顾的人"。当然，这是在国外。中国有中国的国情。中国是礼仪之邦，人与人之间礼貌谦让，自不待言。

让座，看似生活中的细节，而它折射的是社会的风气和大众的美德。你想，车厢外阳光明媚，车厢里彼此关爱，这社会该有多美好！

（刊《银潮》2014 年第 6 期）

老有所爱

在某些"传统"的人看来，谈情说爱是年轻人的"专利"，上了年纪的人，再奢谈或涉足爱情，似乎有点"肉麻"或"老不正经"。其实，这是一种偏见。爱情与年龄无关。人到老年，虽然已经没有了年轻时的体魄和精力，但爱情的闸门并没有关闭，只不过表达的方式与年轻人有些不同罢了。一般来说，年轻人喜欢浪漫，老年人喜欢持重。年轻人喜欢直露，老年人相对含蓄。年轻人情绪好波动，老年人情感执着而深沉……就我和妻子而言，如今我们虽早已退休，但仍有"爱"可言，有"情"可牵。当然，此时的这种"爱情"，不再是花前月下的依偎，也不再是海誓山盟的缠绵，而是通过日常极细微、极琐碎的"片段"表露出来，甚至在一颦一笑中，传递出浓浓的爱意，从而使日子充满温馨。

爱情是连接夫妻心灵的纽带。上了年纪的人也莫不如此。不是说"千里姻缘一线牵"吗？我理解，这根线就是爱之线，情之线。它不仅是指一对陌生男女最初的相识相爱，还应包括老夫老妻晚年的相厮相守。人到老年，断了这根线，其晚年不仅是枯燥的，而且是可怕的。我生活的小城，就有一对夫妻，男的从领导岗位上退下来后，就像换了一个人，成天板着一副面孔，很少和妻子说几句知心话。有时妻子主动逗他，他还嫌不耐烦，说："都这么大年纪了，还嬉皮笑脸的！"妻子孤寂得受不了，于是迷上了麻将，经常彻夜不归，撇下丈夫一个人在家看守"老营"。日子一久，丈夫竟得了抑郁症。所以我想说，人到老年，能做到老有所养，老有所依，以及拥有子女的爱，是不够的，还要有老夫老妻间的至情至爱。时代不同了，生活也不同了。老年人要勇敢地顺应时代的潮流，不要把自己的爱心禁锢起来，不要在子女面前束手束脚，也不要害怕别人说三道四。爱是人的本能，也是人的权利，尽管很自然地释放出来。老伴秉烛夜读时，不妨捧一杯香茗与之相伴。老伴身体不适时，不妨替他揉揉腰、捶捶背。老伴外出访友时，不妨挽着他的胳膊送他到巷口……泰戈尔说："即使爱只给你带来了哀愁，也信任它。不要把你的心关起。"善哉斯言。

　　许多年前听过一则故事，我至今难忘。山东省枣庄市U城区王庄乡有一对老夫妇，50年来坚持每天在村口吻别。这似乎有点不可思议，但这是真的。男的叫郑尚友，时年71岁，女的叫耿氏，69岁。50年前，他俩从山西省私奔到王庄乡落户。婚后两人一直如胶似漆。夫妻俩常年靠做豆芽生意过活。每日丈夫外出卖菜，妻子总送至村口，再送上一个甜甜的吻。晚上丈夫回来，妻子又在村口迎接。风风雨雨，从未间断过。这对夫妻的爱情真够让人羡慕的，尤其到了晚年，还能每天恪守如斯，更是催人泪下。我们虽不能做到像郑尚友夫妇那样大胆而执着，但从他们身上，我们感受到老有所爱的激情和欢愉。

　　老有所爱，爱是一壶陈年的老酒，一把共撑的雨伞，一簇彼此相映的烛光。上了年纪的人，有爱情贯穿晚年，便能保持一份健康、快乐的好心情。

（刊《爱情婚姻家庭》2001 年第 9 期）

穿儿子的旧衣

儿子在外地工作，每次探家，总要带回一些淘汰的旧衣服，日子久了，越积越多。一次，老伴在整理儿子的旧衣时，对我说："你就挑几件穿穿吧。"我想也对，这么多半新半旧的衣服，送人家，人家也不要，闲着也可惜。

穿起儿子的旧衣，心中感慨多多。是欣喜？是伤痛？是自嘲？是无奈？说不清，道不明，抑或兼而有之。是啊，当年我无微不至呵护过的儿子，如今已长成了大人，而我却老了，儿子的衣服穿在我身上正合身。无独有偶。记得我年轻的时候，每次衣服穿旧了，都是父亲的"专利"。起初，父亲身高腿长，穿我的旧衣，总是紧巴巴的；后来，父亲渐渐地老了，瘦了，穿起来正合身；再后来，我的衣服他就不能穿啦，因为我的体型越来越粗大，父亲的身子却日渐佝偻，只好由母亲改了再给他穿。也就是二三十年光景吧，我竟步入了当年父亲的年龄，竟也像当年父亲那样穿起了儿子的旧衣。

儿子的旧衣服穿了一件又一件，内心的感受也一层深似一层。

现在想来，人的生命也和这衣服一样，其实是一个过程。新衣服穿久了，就会变旧，旧衣服再利用一阵子，必然要淘汰。人的生命也如此，有年轻的时候，也有衰老乃至死亡的时候。谁能阻挡得了人生的脚步而让青春永驻呢？

芳林新叶催陈叶，流水前波让后波。

这是对新陈代谢法则的形象诠释。人类社会正是在川流不息的新老交替中绵延繁衍，并呈现出五彩缤纷的。

无庸讳言，今日的我已不再是昨日的我，就像未被最终淘汰的旧衣一样，我已迈入生命两极中的过渡阶段。虽也偶有"无可奈何花落去"的感慨，但更常有"似曾相识燕归来"的惊喜。我们获得的远比失去的多，此生无悔！曹操诗："老骥伏枥，志在千里。"刘禹锡诗："莫道桑榆晚，为霞尚满天。"或豪放，或浪漫，都是英雄本色，也是智者的追求。由此想到，既然儿子的衣服穿旧了，还可以为我所用，人到老年，不也还有发挥余热的时候么？是了是了，黄叶化作沃土，可令枝繁花荣；细流归入大海，可叫洪波涌起……

旧，是美丽的升华；老，是青春的凯旋。

人的一生穿过无数件衣服，无论新衣旧衣，也无论是自己的衣服还是儿子的衣服，都该是一幅幅珍贵的人生画卷！

（刊《中国工商报》2001 年 2 月 23 日）

趣说养兰

兰花，青翠、芳香、高雅。一盆兰花在室，顿觉蓬荜生辉。但兰花难养，民间有"一年苗，二年草，三年了"的戏言，说的就是兰花。

我在种植兰花上付出的心血和精力多矣！夏天头顶烈日用旧铁锅炒过土，为的是给兰土消毒。花盆也不敢马虎，从市场上买回家后，总要用烧得滚开的水烫了又烫，或用高锰酸钾稀释后泡了再泡，似乎这样才保险。倘若是一盆高档名兰，那就更呵护有加啦！早晨探望，中午探望，傍晚探望，恨不得一天能冒出满盆新芽来。如遇刮风下雨，夜里也得起床"视察"好几回。养兰书买了一本又一本，至于像"春不出，夏不日，秋不干，冬不湿"这样的养兰秘诀，鄙人更是滚瓜烂熟，每每与友人交谈，总是"口若悬河"。可是，光会说没有用，我家的兰花就是养不好，不是三天两头烂根，就是叶片上莫名其妙地生出许多黑斑来！不得已，碍于面子，只好背着家人去花鸟市场再买几株回来充充"门面"。刚买的新兰当然生机盎然啦，家人还表扬我养兰有了长进呢，殊不知我在一旁暗自叫苦：唉，这兰花，真的是"难花"！

兰花不好养，其他的就好养吗？不见得。我还养过龟。龟是从县城老家带来的。起初是十几只，大的有一二斤，小的也有拳头般大。龟有灵性，且是长寿之王。为了养好龟，我特地在面积有限的阳台上建了个硕大的龟池。春天盼产卵，夏天防高温，秋天怕生病，冬天畏严寒……可谓费尽心思！哪知道，三年不到，病的病，死的死，现在剩下的一只，还在塑料盆里苟延残喘着呢！

老伴最爱取笑我的，还是养金鱼。虽然已是好几年前的事了，但她还记忆犹新，且成了她口中经久不衰的话柄。老伴抨击我时用语朴实而形象，只三两句就活画出我养金鱼的"全景图"：开始时鱼是养在大缸里，后来就养在面盆里，再后来仅剩下一条啦，就只好养在茶杯里。说得我狼狈不堪，但又不好发作，因为人家有事实为据呀！瞧，那只曾经养过金鱼的茶杯还傲慢地立在花架上，为吾妻作证呢！

也算是兰花与我结缘太深，所以，虽然屡养屡败，但我还是初衷不改。现在我家阳台上还有七八盆，每盆都病歪歪的，但毕竟我家有兰！要说不开心的，就是它们老不开花，就像养母鸡老不下蛋一样。老伴揶揄说，这都是被我"揉[注]"坏的。

去年国庆期间，去妻兄家玩，一进门，就瞥见他家花台上的兰花长势让人羡慕。妻兄笑眯眯地说："哈哈，你来得正好，快来赏赏我这几盆即将开花的建兰！"我一愣，连忙跑过去察看。呀，还真是的，在为数不多的兰盆中，有四五枝含苞待放的花箭，正昂首挺立，像是对我微笑致意呢！我对妻兄说："祝贺祝贺！"其实心里像打翻了的五味瓶，很不是滋味。妻兄养兰还是我带出来的"徒弟"，如今却成了我的师傅！你说尴尬不尴尬？我问妻兄有何高招，妻兄咯咯一笑说："高招谈不上，只有四个字：无为而治——粗放，平时少管它。"

天，这也叫经验？但后来仔细想想，妻兄说得还真有点道理呢！无论养兰还是养龟养鱼，其实都和培养孩子一样，不能太娇惯，太溺爱，否则，就不是爱，而是害了。所谓"有心栽花花不开，无心插柳柳成荫"，大概就是这个道理吧？

有此一"悟"，我后来渐渐地变得聪明起来。今年春节前，我惊喜地发现，在众兰盆中，居然有一盆叫"余蝴蝶"的春兰，神不知鬼不觉地冒出一枝花箭来，有筷子般高呢！你看它，像个小姑娘似的，扭着头，欲言还羞……我连忙唤来老伴观看，说："这太吉祥了！终于有兰花陪我们过年啦！"老伴笑而不语。我知道她的潜台词是，能长出花箭来当然好，只是别再把它"揉"没了！

注：揉，扬州一带的方言，折腾的意思。

（刊《金陵晚报》2018 年 1 月 29 日）

老人出游

正是春暖花开的时候，几对老夫老妻约定，结伴去外地旅游。

临出发那天，各自都做了精心准备，周老头穿一身浅色衣裤，整洁而有派头，周老太则一身红装，分外妖娆。李老头像登山运动员，头戴旅游帽，足蹬登山鞋，夫人手里提着大包小包路上吃的东西。退休前曾是教授的张老，平时就嗜书如命，此次出行，肩上的挎包沉甸甸的，一摸，全是书……

老人出行，动作迟缓，事也多。这个刚出家门，又忙掉转头，说再上趟厕所。那个才上车，又急着下车，说，哎哟，我阳台上的花忘记浇水了！更有甚者，屁股还没在车位上坐稳，就急吼吼地掏出手机给儿媳打电话，提醒她出门前别忘了查看一下煤气炉……真会烦呀，好像少了自己地球就不转了似的！

大巴车在高速公路上疾驰。车上乘客不多，主力军就是我们这几对老夫妻，这就为大伙自由发挥创造了条件。于是，相互拉歌，彼此逗笑，一波接着一波……

老人们抱团出游，热闹是热闹，但也有点"人来疯"，到了目的地，七嘴八舌，咋咋呼呼，这个要爬山，那个要划船，还有的急着想拜谒当地的古庙。几位老太则互相挤眉弄眼，一问，她们是想逛老街，顺便买点古玩和土特产。不得已——女士优先，逛街就逛街吧！逛街时，几个老头都懒洋洋地落在后面，成了太太们的"跟屁虫"。

再说爬山。山好高，路也陡。爬到半山腰，李老头说，我的腿有点疼，张老说，我也是。于是他俩都当了"逃兵"，躺在一处巨石上，各玩各的。张老头掏出书读，目无旁物，李老头则垂下一只脚，拨弄巨石下的潺潺流水。及至爬山的男女"好汉"们嘻嘻哈哈地从山顶上下来，手里的相机频频地展示出一幅幅美景的图片时，他俩才知贪图一时安逸，却错过了欣赏山巅众多的绝色美景。但懊恼也只是藏在心里，脸上却显示出不屑。"哼，什么山我没有见过，尖子（聪明人）看一眼，呆子望到晚！"

老人们在一起，有时就像一群老小孩，偶尔还会发点"老火"。"老头子，出门怎么不多加件衣服，你还当自己是十八岁啊！""老太婆啊，我的老花镜放哪儿啦？""我哪知道？我又不是你的保管员！""老东西！说什么呢？阴阳怪气的！"惹得在一旁的其他老头老太也耳热眼馋，说："看看，老两口又在打情骂俏了是不是？"……

在一处地方玩够了，钱也花得差不多了，老人们便想起了打道回府。还没话找话说："金坷垃银坷垃，还不如回自家的穷坷垃！"于是，各自准备返程行囊。

老人出游返回时，真的又是一道"风景"，人人都成了名副其实的"驴"：手里提的，肩上挎的，背上驮的，太太们每人身后则拖着一只五颜六色、带轱辘的旅行箱……个个都乐此不疲，喜笑颜开。途中还不停地炫耀，说这个是买给女儿的，那个是带给小孙子的，半路上又有人惊叫："哎呀，我把准备送给邻居的纪念品丢在宾馆的洗手间了！"……

毕竟离家十多天了，谁不归心似箭？车子刚进市区，满车厢手机响个不停。临分手时，忙不迭地握手拥抱，还大呼小叫："再见再见！""下次下次！"一扭头，张老头夫妇已没了踪迹，原来他们的儿媳刚打电话来，说她和女儿正在附近的道口迎接二老"荣归故里"哩！

（刊《银潮》杂志 2015 年第 7 期）

享受现在

　　小时候，常听父母说：“穿不穷，吃不穷，不会当家一世穷。”他们说的“当家”，就是“过日子”。会当家就是会过日子。大概。什么是“会过日子”呢？简言之，就是省吃俭用。这固然与五六十年代农村的生活条件有关。所以，那时的乡下人，好的舍不得吃，新的舍不得穿，总想“留一手”，于是，经常是“围着锅灶挨冻，枕着烧饼挨饿”。大概是受传统的观念影响吧，即使现在条件好了，有些上了年纪的人，还是改变不了这个习惯，遇事总是思前想后，左顾右盼，甚至忧心忡忡，想罢今年想明年，想到工资想存款，想完儿女想孙辈……总是没完没了，于是，该消费的不敢消费，该潇洒的不敢潇洒，该享受的不敢享受，以至让幸福和快乐白白地从身边溜走。

　　当然，人无远虑，必有近忧。适当的瞻前顾后还是必要的，但不能脱离现实，走极端，因为你生活的“坐标”是在此时此地。

　　不久前，看过一则故事，说国外有一个人，他总是迫不及待地做下一步的事情。比如大家在工作之余相约喝一点酒，他喝酒时，谈论的第一件事就是下面到哪里去吃饭。吃饭时，他狼吞虎咽地扒下几口，急着去看电影。电影才放到最后一幕，他就已经起身离开了。在开车回家的路上，他又在筹划着下一周的工作。故事最后说，这个人从来没有生活在"此时此地"，结果，他当然享受不到生活。现在有没有这样的人呢？当然有。这样的人看似精明，"会过日子"，其实一点也不聪明，活得很累，甚至很悲催！都说人生苦短，可你又不知道珍惜当下！

过去的三年给人们上了刻骨铭心的一课，大家终于明白健康和快乐的道理。所以，如今人们就像开了闸的潮水，蜂拥而出，串门的串门，旅游的旅游，进馆子、挤商场、看电影、逛公园，不亦乐乎！老年人更不甘落后。小区里每天早晚常见许多老人打拳做操，唱歌跳舞……是啊，人活着，就要有一个好心情。人活着，就要有一个好身体。总之，大家似乎找到了自己的"生存坐标"——活在当下，享受现在。

宋代著名词人朱敦儒有一首《西江月》的词："日日深杯酒满，朝朝小圃花开。自歌自舞自开怀，且喜无拘无碍。青史几番春梦，黄泉多少奇才。不须计较与安排，领取而今现在。"

词的内容看似颓废了些，但从某种意义上说，它道出了生活的真谛，对我们不无启迪。尤其最后两句，直白而诙谐。

人的一生，其实就是一个过程。这个过程，长也好，短也好，都是单向的，不可逆的，所以要且行且珍惜。吾妻去年不幸因病离世，我和家人悲痛欲绝！好在她在退休后享受过一段美好的时光。尤其在患病前一两年，她随团去俄罗斯旅游，又随家人自驾去了内蒙古、新疆，前后游玩了一个多月。至于此前老同学聚会，参加各种歌咏活动，更是寻常事。她曾不止一次地对我说："该享受的我都享受过了，此生无憾！"相信她说的一定是真话。现在每每想起她生前的这些快乐的片段，对我和家人伤痛的心也是一种抚慰和释然。

总之，生活很美，你要学会发现。生活很惬意，你要学会享受。而学会了享受，你才是生活的艺术家，你的生命才富有意义，且绚丽多彩。

（刊《健康与生活》2002 年第 6 期，收入本书时稍作增删）

珍惜每一天

老伴前年夏天，突遭一场车祸，造成重度颅脑外伤，经奋力抢救，她竟神奇地活过来了！而且，在经第二次修颅手术后，她恢复得很快很好。除了嗅觉，其他部位的健康状况，似乎比事故前更好，连替她操刀的专家都惊叹说："奇迹，这简直是奇迹！"

那天，我陪她在小区里散步。她笑问我："你知道我现在最想说的一句话是什么？"我说："感谢医生，感谢家人？"她说："不是。"我说："想出去旅游？"她又摇头，说："不是。"我想了想，说："全家人平平安安，和和睦睦？"她还是摇头，说："不是。"

这也不是，那也不是，还会是什么呢？我木讷。

"你真笨！"妻笑吟吟地戳了我一下，说，"我现在最想说的一句话，就是五个字——珍惜每一天！"

她接着说："你想，前年的那场灾难，要不是你们全力抢救，我恐怕从此拜拜了，最惨的是，连和你们打声招呼的机会都没有。现在我活过来了，而且活得这样好，你说，该不该珍惜？"

　　听罢老伴的这番表白，我的眼眶里已经噙满了泪水。她的话，虽不是让人耳目一新的时髦语汇，也不是醍醐灌顶般的妙语箴言，但我确信，这一定是她在经历一场大难后，发自肺腑的人生感悟。

作者妻子在福建武夷山　摄于 2013 年

　　是啊，人的一生，坎坷且短暂，活一百岁也就三万六千五百天。其间，云谲波诡，命运多舛，就像小品《不差钱》里小沈阳说的："眼睛一闭一睁，这一天就过去了；眼睛一闭不睁，这一辈子就过去了。"人都能平安、健康地活下去，并且活得有意义，很精彩，真不容易！而人生之旅，是由一个个"每一天"连接成的。所以珍惜生命，就要珍惜每一天。

　　我和老伴经常回老家去走亲戚。不久前，我发现外甥家的墙壁上新挂了一块横匾，是我外甥媳妇手绣的一首打油诗，题目就是"珍惜"，也不知是出自谁人手笔，不妨摘录一下："人生就像一场戏，因为有缘才相聚。相扶到老不容易，是否应该去珍惜？凡事先往好处想，心胸豁达大有益。别人生气我不气，气出病来谁能替？邻居亲朋不要比，儿孙琐事由他去。吃苦享乐在一起，神仙羡慕好伴侣。"此诗格调谈不上有多高雅，但句句都是贴近生活的大实话，其寓意一目了然，就是珍惜情缘，珍惜生活，珍惜生命每一天——这与吾妻的感悟不谋而合。

是呵，要"珍惜每一天"，就这几个字，谁都懂，谁都会说，但要真正做到可不容易。许多人一旦遇到具体事、麻烦事、棘手事，就犯迷糊，不知道"珍惜"了。于是，或愁眉苦脸，或唉声叹气，或怨天尤人……真所谓"自己的钥匙开不了自己的锁"，如此人生，定然苦不堪言，而这，正是影响人们健康和快乐的大敌。所以，珍惜每一天，务必要说与做一致，知与行相契。

珍惜每一天，关键是要保持一种好心情。好心情决定"每一天"的生活质量。有了好心情，就会主动化解心结，摒弃琐事，就能想事乐观豁达，遇事宽容大度，处事笑口常开。自寻烦恼的人，不会有好心情，心胸狭窄的人，不会有好心情，攀张比李、贪得无厌的人，也不会有好心情……电视连续剧《大河儿女》里，梅孝全老汉有一句台词"吃咸点（适量），看淡点"，说的也是这个道理。

好心情源自哪里？源于读书明理，源于与时俱进，源于自觉感悟，当然，也包括特殊情况下的大彻大悟，就像吾妻那样，在经历一场生死劫难后，突然对人之生命和生活哲理有了更深沉、更透彻的解读，使心灵变得如暖阳般纯净和灿烂。

（刊《银潮》杂志 2014 年第 7 期）

白发絮语（诗·外三首）

夕阳下的我
白发　一丛一丛
远看　像一片片云

人　就这样老了
——白发与黑发
隔着长长的一生

苦在其中
乐在其中
梦，亦在其中……

就像上架的蚕
吐尽丝　织成茧
慨然化作蛹

就让它白成风景吧！
——黄昏中　作
热烈的飘动

（刊《金陵晚报》2019 年 12 月 2 日）

皱纹

长长短短——
我走过的路和桥

沟沟坎坎——
我经历的爱与恨

深深浅浅——
那原来有过笑容的地方

——制假者仿造不出
我的又一张"身份证"

（刊《金陵晚报》2004 年 10 月 20 日）

往事

发誓把它永远地忘记
偏你又旧事重提
其实往事已成沧桑
心湖早该是一抹平镜
不如同划一叶小舟
岸那边有桃花正开着哩

（刊《银潮》2004 年第 10 期）

广场小憩

在这儿驻足
——天也高
地也阔

在这儿打坐
——风也清
心也静

想起陶潜：
采菊东篱下
悠然见南山

想起李白：
举杯邀明月
对影成三人

金陵古老
广场年轻
真想再活一百年！

听，谁的笛声传来
如泉水淙淙——
涤我心头浮尘

（刊《金陵晚报》2019 年 8 月 15 日）

老爱情（短简·外三则）

　　小区里住着一对退休的老夫妻。据说他俩结婚 50 年从未红过脸。他们在一起时都喜欢称兄道妹。老头比老太大 8 岁，几年前中过风，每天三餐饭后，小他 8 岁的老太总要拉紧老头的手，到外面走动走动，而每走到岔道口时，又总把老头护在里边。老头便很过意不去，说："谢谢你，老哥总麻烦你啊！"老太呢，总是侧身对老头灿烂一笑，说："这有什么，我比你小 8 岁呢！"

　　知道他俩故事的人越来越多。有的人便好奇地问老太："你咋对大爷这么好呢？而且还经常说'我比你小 8 岁'的话？"老太微微一笑，娓娓道来。原来，他俩年轻的时候，大她 8 岁的男人，总像大哥哥似的呵护着她，疼着她，连上街买菜、去电影院，都要牵着她的手。所以那时她就觉得很幸福，没人时总是小鸟依人似的偎着他，说："你真好！"他呢，每次都说同样的话："这有什么，哥比你大 8 岁呢！"说到这里，老太对问她话的人说："既然年轻时大我 8 岁的他能像大哥哥那样呵护着我，到了晚年，小他 8 岁的我为什么不能像小妹妹那样回报他呢？"听的人顿时茅塞顿开，连说："要得！要得！"

他俩就这样恩恩爱爱地活着，活得很滋润，很幸福。

然而，天有不测风云，老太后来不幸得了绝症，而且到了晚期！化疗期间，老太一遍遍地"辅导"老头如何买菜，如何做饭，如何开微波炉、洗衣机……半年后，老太驾鹤西去。老头悲痛欲绝，哭道："小妹哟，我比你大8岁呢，怎么反倒你先走了？老天爷太不公平了啊！"

老太走后，老头每天必做三件事：吃饭时，先替亡妻盛一碗，还不停地往她碗里捡菜；散步时，总要在拐杖的抓手上，戴一只亡妻用过的手套，说这样就攥住了小妹的手；睡觉时，必定在自己旁边多放一只枕头，并且仔细地为她铺好被……日复一日，天天如此。

老头至今还健在，只是口齿有点不清，但小区的人都能听得懂他常念叨的那句话："小妹哟，老哥睁眼闭眼都能看见你呢！"

这个故事让我知道，这世上有一种爱情，叫作老爱情。

（刊《老人世界》2004年第5期）

她懂的

一片繁忙的路边菜场。卖菜的、卖鱼的、卖水果的……都是些附近的农民。

"这昂刺鱼多少钱一斤？"她在一位卖鱼的老太面前站定。

"十五。"老太抬起头，望着她。

"呀，这么贵！"她摇摇头，走了过去，准备到另一个菜摊看看。

忽然，她又折转身子——刚才那个老太好面熟。白发，缺牙，满脸皱纹，但很慈祥。对呀，她太像自己已故的母亲了！

她又来到卖鱼的老太跟前，弯下身，声音很柔："老太，麻烦你替我挑三条。"

"好！好！"卖鱼的老太很兴奋的样子，随即挑了三条昂刺鱼，过了秤，说："一斤一两，你就给一斤的钱吧。"

"哎——不！该多少就多少！"说着，她将两张十元的钞票递给了老太。

老太正要找她零钱，她却转身走了，还不时地回过头来，用柔柔的目光在老太的脸上抚摸了好几遍。

此后到菜场买菜，只要买鱼买虾，她都喜欢到老太的摊点，而且几乎每次都要多给三块五块的。

老太不懂。

旁边做小生意的摊主们也不懂。

她懂的。

（刊《金陵晚报》2014 年 4 月 21 日）

嘴甜

每天早晨，妻都喜欢到一个叫张婶的摊位前买菜。她说，不图别的，就图人家那股子亲热劲——嘴甜。

有时，她还绘声绘色地学几句给我听：

"呦，大妹子来啦，刚才姐还在心里念叨你呢！"

"带点鱼回去给妹夫尝尝鲜吧，他不是喜欢吃鱼吗？我可是专门为他留的噢……"

我笑："你上当了，人家那是生意经！"

妻颇为不屑："生意经怎么啦？人家又没短斤少两过，还落得个舒心！"

的确，嘴巴甜的人在哪里都讨人喜欢。

小时候，父母常教导我："喊人不蚀本，舌头打个滚。""喊人"，也就是嘴甜的意思。大概。

听说过一个故事。有个青年向一扫街的老人问路："老头，朝天宫怎么走？"老人说："往东。"青年向东没找到，又折回身，再问那扫街老人："老大爷，朝天宫……"老人说："往西。"青年木讷，问："刚才你说往东，怎么现在又说往西啦？"老人笑道："刚才你问的是'老头'，现在你问的是'老大爷'，当然不一样啦。"不知这个青年有没有悟出原因：是自己的嘴巴出了问题。

嘴巴出问题，往往不为多大的事，比如，一两句话，一个小误会，或者一次微不足道的摩擦，本应"小事化了"，却因管不住嘴巴，而相互喋喋不休，甚至发展到大打出手。生活中这样让人摇头叹息的事屡见不鲜。

嘴甜，之于居家过日子，也不可或缺呢。有天傍晚，我和妻在小区里乘凉时，遇见两位老大妈聊家常。甲大妈夸起自己的儿媳来，真是眉飞色舞："这孩子可会说话呢，每天下班回家，总是忙不迭地从我怀里接过孩子，说：'妈，你累了，快到沙发上躺躺，电视我替你开着呢！'"乙大妈说："我可没你那好福气喔，我家女儿还是我亲生的呢，老娘我替她把孩子带到六岁，从没听见她说过一次感谢的话……"其实，两位老人对儿媳和女儿的评价，也不是为多大的事，不就是希望能听到句把体己的话吗？

嘴甜，是人们日常生活中的"语言艺术"。你看，一两句暖心窝子的话，只是"舌头打个滚"这么容易，却如汤锅里加了一点点味精，窗户里照进一点点阳光，空气里融入一点点芬芳。看似可有可无，却会有意想不到的效果。

（刊《中国老年报》2002 年 8 月 26 日）

君子观棋

甲老头和乙老头经常在小区的花坛旁下棋。丙老头从不下棋却爱观棋。

丙老头有个坏毛病，爱多嘴。

"臭，臭棋！"他常这样嚷嚷。

一次两次倒也罢了，老是这样，甲乙俩老头就有点受不了啦!

　　有一天，甲老头和乙老头又在一起下棋，下到关键处，丙老头又忍不住了，正欲嚷"臭"，忽又停住了，原来甲老头和乙老头今天有点异常。他俩座位中央立着一块木牌，上写四个红字："君子观棋。"

　　"观棋不语真君子"，是棋界玩家们熟知的规矩。

　　丙老头晃晃脑袋，走开了。他还算有点自知之明，只要观棋，他就当不了君子。

　　　　　　　　　　　（刊《金陵晚报》2014 年 4 月 7 日）

我写我家

卷首：家的魅力

家是一生的向往
家是永远的惦念
家是有生命的精灵
家是温暖的港湾
家是一家老小的安乐窝
家是最稳固的靠山

老家·老房子

说到"家"，必然就要说到房子。从大的方面说，我住过两种房子：一种是小时候在乡下住过的草房，另一种就是现在在城市里住的楼房。也不知是什么原因，我对现在住的楼房感情淡漠，却对乡下住过的草房子印象颇深，且情有独钟。

记忆中，老家的草房都是土墙土壁。这是祖祖辈辈沿袭下来的。那时候，我的家乡很穷，压根儿就没有瓦房这个概念。

农家的房屋因家境而异。家境好的人家，住的是"四合头"，即前后两进，左右两厢，中间有个院子（这是极少数）；差一点的人家，就只有三两间甚至紧巴巴的一间了。但无论家境好的还是差的，所有的屋顶都是用麦秸或稻草铺盖成的。屋顶呈"人"字形，中央凸起的部位叫"脊"。屋脊两边依次下垂，直到屋檐。这大概是为了避风淌雨方便。

替人家盖房子的手艺人，叫"茅匠"。茅匠很忙。因为草房子不像瓦房那样经久耐住，每过一年半载就得翻盖或修补。挺烦人呢。

记忆中，故乡有好多个"庄子"。庄子是相对零星散户而言，说白了，就是农家房屋的自由组合。庄子有大有小，大的几十户，小的十来户，常冠以姓氏，如张家庄、刘家庄、孙家庄什么的。也都是清一色的草房子。宋代理学家邵雍的《蒙学诗》中有两句："一去二三里，烟村四五家。"诗中的"烟村"，大概也就是庄子吧？

我家那时也住在庄子里，但数我家的地基最高，房屋也比别人家多些，有大小5间吧，除灶房外，还有个小天井，里面长些花呀草呀之类的。这在周围的邻居中，算是"出类拔萃"了。记得每年春天的时候，燕子就会从四面八方飞来，它们成双结对，或在天井上空飞翔、呢喃，或从堂屋大门进进出出。它们肯定是恋上我家了。果不其然，没几日，就见屋梁上鼓出一两个碗口大的"包"，再过些时日，里面就会叽叽喳喳地探出几个小脑袋来！家人于是大喜，精心地呵护，草房里从早到晚荡漾着一股欢乐祥和的气息。

最惹眼的，还是爬满屋顶和墙头上的藤蔓。这是母亲的"杰作"。有番瓜的，有丝瓜的，还有紫褐色的扁豆藤。这些藤蔓自由自在地伸展着、缠绕着，那些大大小小的绿叶在风中婆娑，无数的小黄花、小红花，就点缀其间……远远地看去，草房就像个被调皮的孙女们精心打扮过的祖母，沧桑而又惊艳。

这是老房子留在我脑海里的最深的印象。

1962年底，我当兵来到无锡，发现这里的农村遍地都是砖瓦房。这使我大开眼界，便感叹，苏南苏北到底不一样啊！你看，砖瓦房无论是青砖青瓦，还是红砖红瓦，远远地看，都很整齐、漂亮、气派。不过，儿不嫌母丑，狗不嫌家贫，即便如此，我还是对故乡的草房子一往情深。

是的，相对于砖瓦房，草房是有点不够体面，但它有自己独特的优势。我的体验，草房子最大的优势是冬暖夏凉。因为屋顶是用草一层一层铺盖成的，中间还搪了许多泥，加之墙壁是用土脚（泥制作成的方块）垒成的，里外也都用泥糊着，坚固又厚实，不仅能避风雨，连暑气和寒气都进不来。我那时常住的是北房，面积不大，就十来个平方米，西墙上方有一个脸盆大的窗户，夏天无须摇扇子，冬天不用升火炉，照样能香喷喷地一觉睡到大天亮。我在乡下的日子就这样不知不觉地过来了。

时代在变，生活在变，一切都在变。房子也如此。

如今，在我们老家，满眼见到的都是瓦房和楼房，若要寻找几间草房，就像当年寻找瓦房那样困难。这都是改革开放以后的事。要说有，只有在离我老家好几十里的地方，有一处，叫"东湖度假村"的。那是个供游人休闲度假的景点。好几年前，我和家人去过一次。那里全是一排排很精致的草房，河边有快艇，林中有栈道，门口有吊桥，走进屋子，里面有沙发、电视、空调（不知道现在有没有宽带上网）。不用说，这是一种"伪原生态"，它与我老家的草房子不是同一个概念。

（刊《中国工商报》1999 年 3 月 18 日）

我的"阿爸阿妈" （节选）

我爸是个大个子

我家姊妹平时称呼爸妈都叫阿爸阿妈，因为以前我家在上海，哥哥姐姐都是在上海出生的，只有我和三姐生在高邮乡下。上海人称呼人都兴带个"阿"字：阿爸阿妈阿哥阿姐阿妹……

我爸（阿爸）是个大个子，年轻时，有一米八几吧。我至今还记得，他当年扮演美国兵的模样。头上戴一顶写有"US"的直筒帽，脚上穿一双尺把高的黑皮靴，鼻子是用干面捏起来的，又粗又大，上面还画有许多麻点子……

他的性格和他的个子颇"相得益彰"。他很耿直，很强悍，有时也很暴躁。我妈说，他平时很少发火，而一旦发起火来，那样子也是挺怕人的。记忆中，我被阿爸打过两次。一次是为逃学，一次是为我用弹弓把邻居家小男孩的头打了个包。爸打我的时候，像个凶煞神，他本来个子就大，抓我就像抓小鸡似的，而且谁讲情都没有用。也难怪他，那时候，我是村里出了名的"于霸王",曾有人说我："好是个杨六郎，不好就卖麻糖。"杨六郎我不敢当，但"麻糖"我后来也没卖成。我想，这大概也是得益于我爸的严管和调教吧？

作者父母及大姐、二姐、哥哥，1949 年以前摄于上海

我爸的前半生也有过一段小小的"辉煌"，那时他在上海某大银行当伙计，后因战乱，被迫领着一家人返回苏北老家。他从上海回来时，带回很多东西：大铁床，海绵大橱，五屉柜，非常精致的桌盒、瓷器，还有十几卷唐寅等名人的字画等。后来因遭遇土匪，家里所有值钱的东西被洗劫一空，父亲还被土匪抓去当人质，关了一个多月。至于那些名人字画，因为年代久远，生了好多虫子，被不懂事的我当垃圾扔了，我爸为此懊恼不已……

时间磨炼人，也改变人。兵荒马乱、颠沛流离的日子，逐渐造成了我爸性格的多样性。他有时很"倔"，很"火暴"，有时又很多愁善感，爱生闷气，但更多的是铁骨柔肠。勤劳、坚强和对家庭的担当,是他生命的特质。记得我小时候得过一次急性肠胃炎,上吐下泻,我爸背着我一口气急奔三四里路,送我到乡卫生院急诊。曾经,他为了养活一家人,每天饿着肚子,下荡罱鱼摸虾,累出了可怕的黄肿病。后又因为给我二姐输血过多,大伤元气,从此健康状况一天不如一天⋯⋯

我爸不善言笑,偶尔笑起来也不像我妈那样哈哈大笑,仰天大笑,他是很节制、很含蓄的那种笑,鼻尖一翘,嘴角一咧,几乎不发出任何声响。这也和他高大的体形和刚强的性格"相配套"。我爸其实很民主,他不赞成把儿女们管得直手直脚,这一点他和我妈倒很相似。小时候,我常拿阿爸开心,放学到家,我会憋出陌生人的腔调,喊:"长发大哥在家吗?"正在屋里做事的阿爸一听有人叫他,忙答应一声"噢——来了来了",跑出门一看,是我!这时你看他那笑的神态,鼻尖一翘,嘴角一咧,虽然也扬起一只巴掌,但绝不会真的落下来。

岁月不饶人。我爸的大个子,后来不知不觉地在我的视线里变形了、矮小了,因为他的背逐渐地驼,晚年时驼得更厉害,简直像把弓,这和唰唰长高的我形成了强烈的反差。而老爸却偏偏喜欢穿我的又宽又长的旧军装。他穿军装时的样子很不雅,前面拉得很长,后面吊起老高,这都是背驼造成的。每当看到他这样,我的心里总会有一阵揪心的疼痛!啊,这就是当年扛我坐在他肩上的阿爸吗?这就是年轻时扮演过美国兵的阿爸吗?⋯⋯我曾写过一篇题为"弓比弦长"的文章:父亲的个子是弓,儿子的个子为弦,以弓总比弦长来比喻我爸在儿子心目中的崇高与伟大。

(刊《扬子晚报》2001 年 7 月 24 日)

我妈爱笑：哈哈哈哈……

白发苍苍，古道热肠，笑声爽朗。这就是定格在我心中的母亲的形象。

母亲一生没少笑过。她的笑很特别，仰天大笑，哈哈大笑，开怀大笑，常笑得前仰后合，笑出一溜一溜的眼泪鼻涕来。她的笑声很能感染人，常让在场的人禁不住也跟着她笑。

母亲爱笑是天生的。其实她的一生没少坎坷。她年轻时就丧夫，到上海跑过单帮（做小生意），后来便认识了我父亲。新中国成立前夕，我家遭"二黄"（土匪）抢，父亲被抓，家里被洗劫一空，她单衣薄衫地从家里逃了出来。曾经，她领着子女们刨过人家田里刨剩的慈姑，挖过野菜，下荡捕过鱼虾。也许是吃的苦太多，她的头发白得很早，才四十出头，已是满头白发如霜。她还患过严重的皮肤瘙痒症，记忆中母亲每到夏天洗澡时，总要用一根很粗很粗的草绳贴着身子上下来回地拉，以此来解痒，这是因为母亲热天生我时，在月子里下田干活落下的。但这样的沧桑岁月没能改变母亲的性格，她始终乐观豁达，爱说爱笑。

母亲的故事很多。有一件"侉故事"至今难忘。那一天，母亲上河边拎水，不小心摔了一跤，左手掌翻了个个儿。若换成当时的我，准一屁股瘫在地上号啕起来。但母亲不，她趁左手已失去知觉，一咬牙，一使劲，竟活生生地又把手掌给扳了过来！我和姐姐都看呆了，母亲却不当回事，说："再迟一点，这戏法就变不成了。"我们都怪母亲太"侉"，她却像笑佛似的，乐得合不拢嘴。

　　及至我一天天地长大，终于渐渐地有所领悟，母亲乐观爱笑的性格源于她善良的本性和坦荡的胸怀。母亲没读过书，也很少见过大世面，却能深刻地把控并诠释着许多待人处世的睿智和道理。她遇事想得开，把身外之物看得很轻、很淡。她也从不忌恨人，总爱把别人往好处想，尤其长着一副菩萨心肠，乐善好施，见到哪家有难事，她总要想方设法帮助人家。村里有个光棍，好不容易谈成了一门亲事，结婚时，却买不起床上垫的席子，母亲二话没说，把刚垫上床才几天的新凉席抽出来悄悄地给他送去。屋后有个寡妇，冬天穿条单裤，母亲心疼她，把自己身上穿的棉裤脱下来让给她穿，说："你身体单，又有病。"甚至连上门讨饭的"花子"，她也一样热心，不但给吃的，给穿的，还把人家引进屋里，问长问短，临走再塞些糕馒之类，热乎得连人家讨饭的人都不好意思。

　　母亲说，人要多做善事，只要家里有，就要帮扶人家，这叫修福。

　　母亲的乐观善良，使我们一家人在村里村外人缘极好。夏天乘凉，冬天取暖，邻居们不管大人小孩都爱往我家跑，赶都赶不走。生产队分粮分草，遇上父亲和我们都不在家时，队里的姑娘小伙不用母亲动手，争先恐后地先往我家送。有一次，母亲胆道蛔虫病突然发作，疼得在地上打滚，被家前屋后的邻居发现了，大家七手八脚地把她抬上门板，几个大汉轮换着送到四五里路远的公社卫生院抢救，终于转危为安。

　　晚年的母亲，还有个"传奇"。她69岁那年，得过一场大病，医院说没治了，给退了回来。村里上了年纪的大婶、大妈，含着泪协助我的家人为她穿"寿衣"，做"打狗饼"，生产队还破例为她扎了一个硕大的花圈，甚至连送火葬场火化的拖拉机都开到了家门口。但母亲命大，竟奇迹般地缓过气来，这一"缓"就是14年。后来，只要我们一提起此事，母亲总是乐哈哈地笑个没完，说："阎王爷太混账，把我的阳寿算错了。"

母亲是1991年83岁时去世的。她走的时候，样子很安详，脸上还挂着浅浅的笑，只是这笑没能再发出声来。其实，她的笑声从没间断过，它响在儿孙和邻人们的记忆里，回荡在家乡无边无垠的旷野浩风之中。

（刊《当代老同志》2001年第5期）

我的岳父、岳母（节选）

会讲故事的岳父

岳父姓贾，邻居们不管大人、小孩都尊称他为"贾大爷"。

他家住在老北门，门前有条河，河边长着几棵虽然不高但很粗壮的柳树。河上有桥——石拱桥，也不知是哪个朝代建造的。夏天水盛时，常有大大小小的船只从这里经过。岳父家的西边没几步远，有一座过水闸，从早到晚都响着哗哗的流水声——这是我第一次到岳父家留下的印象。

岳父个子不高，矮墩墩的，四方脸，嘴四周长满了胡子。他在火车站工作，但我那次在他家蹲了四天，岳父一直都卧在床上，连吃饭喝水都由岳母送到床前。而且他记忆力极差。记得他刚见到我时，盯住我的脸看了好半天，问："这个人是谁呀？"岳母说："不是跟你说过了吗？他是小于，贤子的男朋友。""哦！"他点了点头，又问："小于是哪里人啊？"我忙回答说："伯父，我是高邮人，江北来的。""哦，高邮人，高邮靠淮安吧？"我说是的，很近。岳父点了点头，喃喃自语道："嗯，高邮，淮安，好，好……"我建议岳母，门外空气新鲜，风景也好，是否把岳父扶到门外的柳树下坐坐。岳母连连摇手，说："不行！不行！他要是到那儿一坐，病就会加重了。"我很惊异，岳母轻轻地叹了口气，极平常地跟我说了一句话："他脑子有病了。"至于岳父为什么会得这病，为什么不能坐到门口的柳树下歇息，我初来乍到，岳母没说，我也不便细问。只觉得，岳父怪可怜的。

作者岳父母老照片

直到我们结婚后，妻才把这个谜底向我揭开。

说起来原因极其简单，也匪夷所思。

岳父家门口是夏天纳凉的好场所。那时，每天傍晚，岳父从火车站下班回家，吃过晚饭后，总习惯把藤椅搬到门口的柳树下，一边喝着茶，一边慢悠悠地摇着蒲扇。不一会，岳父的周围就围满了人，男男女女，老老少少，什么人都有，有时连拖小板车的搬运工走到这里也停下来。

"贾大爷，今晚讲什么故事呢？"

"贾大爷，讲个不怕鬼的故事吧。"

"不行不行，鬼怕死人了，讲段薛仁贵征东吧。"

岳父真有意思，你越是急着要听故事，他越是要慢条斯理地和你兜圈子："不讲不讲，天太热，蚊子又多。"围着他的人便晓得他的意思，这个给他茶杯加水，那个给他挥扇赶蚊子，小孩就给他捶腰捶背。这时候他也不客气，总是乐哈哈地笑几声，再呷几口茶，然后便讲开了。

"从前，有个人……"

"从前，有个秀才……"

"从前，有个大官……"

他总是这样开头。

岳父肚子里装满了故事。这些故事有的是他从古书上看来的，有的是从书场听来的，也有一些是他自己即兴编创的。他的记性极好，凡是看过、听过的书，都一一记得，甚至连大段大段的诗文也能一字不差地倒背如流。

除了讲故事外，他还会拉二胡，拉阿炳的曲子。他也会唱淮剧，唱的是老淮调。有时讲故事讲累了，就改拉二胡，或唱一两段老淮调。他喜欢抒情意味很浓的曲子，尤其是悲调，一曲《江河水》或一段《孟姜女》，听的人没有不掉眼泪的。

于是，岳父家的门口成了老北门一带大人小孩最向往的娱乐场，他家门口的几棵矮而粗的柳树也成了"故事林"……

但，天有不测风云。老北门自然不是世外桃源。有人把岳父讲故事的事汇报了上去，岳父被关进了学习班。所幸，岳父身体结实，这些都还经受得住，只是这诬陷、冤枉，他实在受不了。

岳父在学习班关了两个多月，脸瘦了一框，先是咳咳喽喽的，接着就大口大口地吐血，说话也迟钝了。

岳父被接回家后，就一直卧在床上。

有一段时间，岳父的身体有所好转，他有时能坐起来，天气晴暖时，还能下地走动走动，但他还像以前那样，绝不肯走到那几棵柳树下。

岳父的病情一天天地加重。在他病入膏肓之际，我和妻请假去看他。岳父那天好像回光返照似的，精神特别的好，脸颊上居然还有红晕。他一见到我，就招手让我坐近他的床前，问："小于啊，你来啦？你爸妈还好吗？"

"好呢！"我说，"他们还让我转告您，请您以后去江北玩。"

"好，好，我一定去的。"岳父说，"你家在江北什么来着？"

"爸，您忘啦？在高邮。"我说。

"唔，高邮，高邮好像离淮安很近吧？"

"对，很近。"

"淮安历史上有个大人物，叫韩信，那年韩信在淮安，当时叫淮城，在淮城点兵……"他讲不下去了，一阵好长时间的咳嗽。岳母连忙扶起他，我又给他轻轻地捶背。

"唉，他别的都记不得，只有这些陈年八古的故事忘不了。"

听岳母一说，我心里好一阵难过。

当天夜里，岳父就永远地闭上了眼睛。

岳父去世后，有很长一段时间，周围的邻居们，那些曾经聆听过岳父讲故事的大人孩子们，还时不时地提起贾大爷过去讲过的许许多多的故事，还记得贾大爷曾经拉给他们听、唱给他们听的《江河水》《梁祝》和老淮调，尤其是贾大爷的幽默性格和厚道随和的品格……

（刊《中国海洋报》1997 年 9 月 30 日）

岳母的眼神

我第一次见到岳母，是在 1968 年初。那时，我刚从部队复员。岳母 60 多岁，高高的个子，不胖，瓜子脸，脸上刻满了皱纹。这些都很平常。只是，岳母的那双眼睛与别的女人不同：丹凤眼，眼珠乌黑晶亮，闪着慈祥的光。

"啊哟，你就是小于呀！快进来、进来！"岳母一边招呼我，一边忙着搬椅、倒茶。

岳母忙里忙外，但一双笑眼始终没离开过我。看得出，这笑眼里内涵极其丰富，既包含热情，又包含喜悦，但更多的还是审视……

晚上，岳母家的好多亲戚朋友都来了。大家把我团团围住，问这问那。我讲的是一口地道的苏北话，他们就不停地笑，还故意引逗我说些家乡方言很重的字眼，让我"上钩"。岳母在对过的小厨房烧水，听我们这边七嘴八舌的，闹笑声很大，忙丢下手里的活，跑过来为我解围，说："人家伢子才来，不要吓着人家。"岳母用柔柔的目光看着我，那目光就像冬日里的阳光，仿佛在为我打气："别怕，有我呢！"

但，岳母的目光有时也很威严。她偶尔生气或发火时，目光就像无声的鞭子。有一次，我和岳母一家人正在吃早饭，门口来了个叫花子，一问是高邮人，满桌的人"哄"的一声笑了，不知是谁嚷了一句："小于，快看哟，是你家乡来的客人！"我很尴尬。岳母立刻把脸沉了下来，朝桌上的人投去两道威严的目光，顿时，屋子里变得鸦雀无声。妻后来告诉我，妈的眼睛可厉害哩！平时要是有同学邀她去看电影或串门，得瞅瞅妈妈的眼神，如果她朝你"剜"上一眼，那是绝对不敢迈出门槛一步的。妻的这番话，我后来也得到了验证。我有时因工作不顺心，说了几句丧气的话，岳母听到了，她只瞅我一眼，我的心便为之一震。倒不是怕她，而是对她老人家发自内心的敬重。

岳母识字不多，但非常聪慧。我和妻结婚后，只要和岳母在一起，我们有什么心事，她往往一眼就能看穿。"唔，又斗嘴了是不是？""嗯，准是手头紧了，对不？"……

1975 年，我和妻从乡下调到县城工作。我们的家"龟缩"在一条偏僻的巷子里。那年秋天，岳母想来苏北看看，但没事先通知我们。她只是通过我写给她的信中有请她买明矾这句话，断定我们的家就住在河边；又通过我以前曾说过附近鞭炮厂失火这件事，判定我们的家离该厂不远；还通过她女儿平时常穿的一件晾在门口绳子上的春秋装，认定这就是我们的家。岳母就像侦察兵定方位坐标似的，居然一下子就摸到了我们的住处。当年迈的岳母背着一大包东西，笑眯眯地出现在我们面前时，我和妻一时都惊呆了！

　　岳母生前就来过两次高邮，后来就病了，得的是食道癌。岳母弥留之际，我去看她，这时她虽已枯瘦得不成样子，但那两道明亮的目光仍然像春水一样荡漾着。

　　这是岳母留给我的最后一次目光。

　　二十多年过去了，无论我走到哪里，也无论是顺境还是逆境，岳母的目光好像一直都伴随着我，令我超然，催我奋进。

　　　　　　　　　　（刊《扬子晚报》2001 年 7 月 24 日）

哥嫂的老式婚姻

七夕情人节这天，我给高邮老家的哥嫂打电话，祝他们俩情人节快乐。哥大笑说："我们俩多大年纪啦，还情人呢！"

据媒体报道，今年七夕节，南京新人领证结婚的有 52 对，而选择这天离婚的有 134 对。这引起我大发感慨。"唉，现在的年轻人视婚姻如儿戏，哪像我哥嫂，一辈子恩恩爱爱！"我对老伴说。

我哥和我嫂是老式婚姻。哥是 20 世纪 60 年代初期的大学生，高级工程师。记忆中，他长得很帅，高高的个子，白皙的皮肤，戴副浅色近视眼镜，标准的知识分子模样。嫂子则是个普通的乡下女人，比我哥还大两岁，且目不识丁。那年代，乡下时兴"奶婚"，也有叫娃娃亲的，即孩子刚出生不久，由双方父母做主，结成亲家。哥嫂的婚姻也是如此。他俩的结合，纯粹是被我爸用扁担促成的。我至今还印象深刻：父亲拿着一根桑树扁担，筋暴暴地朝我哥吼："你去不去（指要我哥到女方家送彩礼）？不去，我就打扁你！"正在上大学的哥哥本来就很孝顺，哪敢犯犟，只好嗫嚅着说："好，爸，我去我去。"

木已成舟。从此哥和嫂便开始了漫长的爱情苦旅。

真应了那句老话，一日夫妻百日恩。结婚后，哥对嫂子非常好。尽管他俩文化、思想落差很大，性格也有诸多差异，如哥沉稳含蓄，嫂热情张扬；哥细致入微，嫂粗枝大叶；哥多愁善感，嫂乐观豁达……但因为有一颗善良的心支撑着，哥从来没有嫌弃、鄙夷过妻子，相反，他和我嫂在"对立统一"中常演绎出一些感人至深的奇葩故事来。

哥哥大学毕业后，分配在北京某军事科研单位工作，后又随单位迁至上海。嫂子则继续在乡下种田。那时交通极不方便，家里又上有老下有小，经济状况很差，他俩最多一年见一次面，平时交流的唯一方式就是写信。因为嫂子不识字，哥哥每次有信来，嫂子不是要我读给她听，就是拿到街上请"代写书信"的老先生给她念，然后，再由老先生代笔写回信。我哥的信特别勤，也特别沉，每封信都像"包裹"，少则八九页，多则十几页。这倒不稀奇，稀奇的是信上的字，一字一句都像印刷机印出来的，工整而漂亮，且没有一处涂改的地方，令人叹为观止。嫂子的信因为要请别人写，加上她平时大大咧咧惯了，不仅回信的次数少，信上的内容也少得可怜。哥哥虽有遗憾，但也没有办法。嫂嫂怀第四胎时，哥哥盼望能生个儿子。他怕嫂子万一生个男孩忘记及时向他报喜，特地用粉红纸糊了个信封寄回来，关照嫂子："如果生个男孩，就用这只信封寄信给他，来不及写信，空信封也行。"这样，他一接到信封就知道生男孩了。后来嫂子真的把这只粉红色的空信封寄了去。

嫂子去过一趟北京，是我哥三番五次写信邀请她去的。说来好笑，我哥单位的同事第一次见到嫂子时，还以为她是我哥的母亲或岳母，后来听说是他妻子时，都大吃一惊，说："不可思议！"因为嫂子既黑又瘦，看起来特别的苍老，他俩在一起实在"不般配"。但哥对嫂子却情有独钟。他有自己的一套理论："不是妻子丑，是乡下太苦；不是妻子显得老，是我没有把她爱护好。"嫂子在京期间，他陪她游长城，逛夜市，跑商场，丝毫不觉得嫂子给他丢脸。遇见熟人，还主动介绍："这是我爱人。"他也不区别对象，不惜"血本"，经常给嫂子买一些时髦衣裳。土不拉叽的嫂子哪穿得出去？但哥哥执意要她穿，不仅在北京上海穿，要她回家也要穿。嫂子穿衣服很不仔细，不是弄得皱巴巴的，就是穿得脏兮兮的。我母亲见了就心疼，常在我面前嘀咕："你哥不知犯的什么病，还把他老婆当18岁天仙似的！"

最有意思的是，哥每次回家探亲，就像过去生意人跑"单帮"，总要背着、拎着几大包东西。也难怪，那时的苏北农村很穷啊！哥哥又特别的顾家，常把自己单位发的和平时一点一滴积攒起来的粮食、油、饼干，甚至连棉线、肥皂都往家带。他到家后，要不了两天，全家的面貌就会发生翻天覆地的变化。打扫卫生，整理内务，晒伏，拆洗被子、蚊帐……全由他包了。父母弟妹顿时从家务活中解放了出来，嫂子更是闲得无所事事，只盼有客人来聊天……

那时，国家对城市户口管理很严，京、津、沪更是严格控制。嫂子的户口根本没法进。他们牛郎织女般地苦熬了30年，无论经历多少困难，无论遇有多大的诱惑，哥哥始终对嫂子忠贞不渝。据嫂子说，哥后来随单位迁到上海后，曾有好几个女人（包括同事）追求过他，有的甚至旁敲侧击地唆使他离婚后再婚，但哥哥就是不动心。嫂子有时故意试探他："既然有那么多女人巴结你，不如和我离婚吧！"哥哥说："哪来的话！你以为我是那号人？"是呵，哥既是一个有血有肉的男人，但同时又是一个极富爱心和责任心的丈夫。他也多情，但他感情专一，不纵情，不滥情。我有次和他开玩笑："哥，你也太死心眼啦，何必？"他先是冲我一笑，接着就饱含深情地对我说："人总得讲点良心，我欠你嫂子的情太多啦！"我听后，起初不理解，心想："是嫂子欠你的情才对，怎么会是你欠嫂子的情呢？"但后来想想，哥说得也不无道理，他是责备自己长期和嫂子分居两地，让嫂子在乡下侍奉老，照顾小，吃了不少的苦。

1984 年，由于国家政策有所松动，加上哥所在单位领导的关怀，他最后选择了一条折中的办法，哥转业到了家乡的县城，嫂子和三个孩子的户口也随之"农转非"。"牛郎"和"织女"虽然相会了，但这时的哥嫂都已年逾五十矣，真有点"夕阳无限好，只是近黄昏"之憾！

哥是个人才。说真的，我从小就很崇拜哥，只是他绝大部分青春年华都是在颠沛流离中度过的。他活得很累，还有点儿"窝囊"。不知是老式婚姻导致的，还是非常年代造成的，抑或这两者兼而有之吧？我常常在心里为哥鸣不平。哥却从来都没有抱怨过。

哥哥是很多年前退休的。退休后的哥哥老得很快，当年满头的乌发、白皙的皮肤、挺拔的身躯早已荡然无存，而对嫂子浓浓的情和爱却依然如故。每天早上，他让妻子出去晨练，自己在家里洗衣服、做早饭。白天做完家务活后，他就陪妻子下弹子棋，还写了一大摞"纸角子"（硬板纸做的卡片），教嫂子识字，日复一日……

嫂子晚年患有"三高"，哥对她更是百般呵护。2014 年，嫂子过八十岁生日时，我和妻回老家为她祝寿。哥一见到我，就从办公桌抽屉里拿出一卷图纸，说这是你嫂子的健康状况示意图。说着，用手轻轻一推，那图纸便"吱"一下，缓缓地弹出去老远，有约 15 厘米宽，150 厘米长。细看，实线、虚线、曲线错落有致，红墨、蓝墨、黑墨对比分明，而图上标注的数字更是一丝不苟，让我唏嘘不已。

"看看，你哥对你嫂多细心、多好！"吾妻不忘见缝插针"鞭策"我。

（刊《老人世界》2004 年第 2 期，收入本书时稍作增删）

我的三个姐姐

大姐

　　刚准备吃午饭，大姐把门一推，笑嘻嘻地进来了。我忙不迭地从厨房里迎出，见她手里拎只沉甸甸的塑料袋，我问："又带什么来了？"大姐说："鱼，你不是喜欢吃鲫鱼吗？"

　　大姐今年 73 岁。她生过七个孩子，3 男 4 女，姐夫是 30 多年前去世的。她很坚强，也挺超脱，既不跟儿子过，也不跟女儿过，她习惯一个人独居。她的大儿子是乡影剧院的经理，平时只要有好看的戏和电影，总少不了她的位子。因为无牵无挂，她便乐得天马行空，独来独往，这不，大姐想起弟弟，说来就来了。

　　我的童年是在姐姐的呵护下度过的。小时候，我特别顽皮，每次父亲发狠要打我，姐姐总护着我。她知道我的嘴很馋，喜欢吃鱼、吃黏食、吃麻鸭圆。她出嫁后头几年，我在东沟祠堂上小学，大姐家每次吃好的，她总要跑很远的路到学校来喊我……

一年多没见，姐姐苍老了许多。但她年轻时很漂亮，圆脸、大辫子、皮肤洁白、身材苗条。难怪我那当区长的大姐夫死皮赖脸地缠上她。如今，乡下大姐风韵不再，发白、脸黄，且步履蹒跚……唯有一样没有变，心里还一直装着我这个弟弟。

在乡下待腻了，大姐想到街上走走看看。我和妻不能陪她，因为要上班。妻给她两张百元钞票，说看中什么你就买什么。姐姐玩了一个下午，自己什么也没买，只买了两块糍粑带回来。她说："小舅舅（指我）喜欢吃糍粑。"

见此景，我半天无语。啊，在弟弟眼里，大姐还是疼我爱我的大姐；在大姐眼里，弟弟还是过去的那个馋猫……

大姐很会体贴人，知道年底我们单位事多，只勉强住两天，就犟着要回去。临走时，我和妻送她上长途汽车。大姐不停地从窗口向我们张望，我们也不停地向她挥手。

"姐姐，您有空就上来！"

"弟弟，下次我带两只你喜欢吃的野鸭上来，邻居家自家养的！"

（刊《扬子晚报》2002 年 2 月 28 日）

二姐

也是前年这个时候，二姐从老家打电话来，说最近政府有政策，企业退休职工可以买养老保险，她拿不准，买还是不买？

想征求我的意见。二姐家的情况我很清楚。她和姐夫从镇办厂退休多年，每月就那么点退休金，独生儿子做"金六福"酒推销代理，赚的钱也很有限。所以，他们家的日子总是过得紧巴巴的。而且二姐是个性格倔强的人，她不希望依赖儿子生活，"自有自便。"她常对我这样说。倘若自己能有一份保险，对于她来说，不亚于给自己添了一道"护身符"，吃了一颗"定心丸"。所以，我对二姐说，保险可以买，补交款有困难，弟弟、弟媳帮忙，并答应下午先给她汇去一万元钱。二姐听到我给她撑腰，可开心了，她天生的大嗓门，话筒里我听到她正对我外甥"摆拽"："我说的吧，小舅舅一定会赞成我的！"

二姐对我有恩。小时候我在临泽中学上初中，吃住都在二姐家。当时二姐"笃"缝纫机（替人家做衣裳），收入微薄。她和姐夫省吃俭用，把家里最好的东西留给我吃。在镇电灯厂工作的姐夫，每次下夜班回家，饭盒里装的夜餐，他俩都舍不得吃，总是送到弟弟床前。二姐说："你小呢，正在长身体，饿不得的。"后来，我结婚生子，两个孩子的衣服、鞋帽，几乎都是由二姐"直供"。所以，我总觉得这辈子对二姐亏欠得太多太多！如今二姐买养老保险，作为弟弟出点力是天经地义的。

也就是过了个把月吧，二姐就有电话打来。这次是"报喜"。二姐说："我的养老保险批下来了，第一个月就拿到1124元！"我一听，乐了，连忙为她祝贺，说："这才开始，今后随着国家经济发展，惠民政策出台会更加密集，你们的养老金还会不断增加的。"二姐听罢，"咯咯咯咯"笑个没完。

此后，二姐家总是喜事不断，我家里的电话差点被她"打爆"了！不是说养老金又涨了多少多少，就是说她和姐夫的医药费又提高了多少报销比例。她说："我现在没什么后顾之忧了，腰杆子也硬了！"喜悦之情溢于言表。

常言道："亲望亲好，邻望邻好。"何况是对自己有恩旳二姐呢！

去年，姐夫八十岁生日，我和妻前去祝寿。二姐见到我俩，就像几十年没有见到面似的，亲热得不得了，还说："要不是小舅舅你给我撑腰打气买保险，我恐怕现在连肠子都要悔青了！"说着，她从床头的枕头底下摸出一只厚厚的信封，说："这钱还给你们，姐现在有钱了！"

看着二姐喜形于色的神态，我和妻都很欣慰，但这钱我们哪肯收？二姐就像打架似的，硬要朝我俩口袋里塞。我拉下脸，说："姐你再这样，我可要生气了！这钱，就当作是我和弟媳给你买营养品吧！"

二姐摇摇头，笑了。

（刊《金陵晚报》2015 年 3 月 22 日）

三姐

三个姐姐。大姐桂珍，二姐红珍，三姐凤珍。

三个姐姐和我都是同胞，按理，我们都姓于。

但，三姐特别。

前年，三姐夫遭遇车祸，不幸离世，骨灰盒下葬时，两个外甥特意花重金在父亲坟前立一石碑，并以母亲的名义，上书："亡夫×××之墓"，下面的落款吓我一跳："妻余凤珍携……"（以下一长串儿孙名）

呀！三姐姓于，干钩于，怎么忽地变成人头余啦？

问大外甥。大外甥说：一直都这么写的，身份证上也是。

问二外甥。二外甥答：都一个音，"余""于"音相同。

真混账啊！两个外甥都识字，一个念过初中，一个还高中毕业，他们，他们居然把母亲的姓氏弄错了，错了几十年！

抱怨三姐，三姐的回答理直气壮："我又不识字！"

是的，三姐没上过学，她只顾种田，种了大半辈子田，此外，空闲时，和邻居们打打麻将，别无他求。

不由得一声叹息，三姐这大半辈子竟是这么囫囵着过来的！连自己的姓……

去年清明时，想动员三姐请人把墓碑上的"余"字铲掉，改正，三姐直摇头，说："别，别，又要花钱！反正叫起来是一样的。"

是一样吗？

我一时语塞。

享受阳光

"山不在高，有仙则名。水不在深，有龙则灵。"居家过日子，除了房子，还需要有什么呢？阳台。阳光好的阳台。

据说，国画大师黄永玉刚到北京时，蜗居在京新巷"芥末"的一处老宅里，四壁连扇窗户都没有。无奈之下，他就画了一扇窗户贴在墙上，以便将屋外的阳光"引"进来。这有点儿像"画饼充饥"。阳台可比窗户的面积大多了，何况他那窗户还是纸画的，冥冥中，阳光何来？可见，家有阳台多么美好！

阳台，顾名思义，是一个储藏阳光的地方。但不是所有的阳台阳光都好。这要看朝向，还要看与前排房子的距离。我家的阳台不大，约1.5米宽，4米长，朝向东南，前面又无楼群横亘，所以整日里阳光普照。

阳光好的阳台，真是充满了光明和温暖啊！

我喜欢清晨起来早早来到阳台上，一边伸伸胳膊、踢踢腿，一边欣赏橘红色的朝阳喷薄而出，再冉冉上升。我喜欢中午或傍晚，捧一本书，或拿一叠当天的报纸，倚在栏杆边，随意地翻翻，让阳光把身子和心灵浸透。我还喜欢下班后，一家人围坐在阳台上，说说笑笑，悠然自得，然后，目送着太阳慢慢下山……

阳光好的阳台，最好放几盆花，兰花更好，它青翠、高雅，能为阳台增色不少。我家的阳台上就放置了十几盆兰花，还有一株四季常绿的白兰。白兰花亭亭玉立，每年夏秋季孕蕾开花。花洁白，很香。我有一首诗，是写白兰花的："所有的绿叶／长满了阳光／这便是你的婚纱／亭亭玉立／三五朵／欲言还羞／嫣然一笑／即刻／香遍了生活……"你看，有阳台多好，既能养花种草，还能愉悦心情，激发灵感——写诗。

有阳台的日子，自感天地宽了，却又容易知足，尤其整日里面对这么好的阳光！

相对而言，我家比妻兄家"福气"多了。我妻兄家住一楼，有个不算小的院子，原先阳光很好，但今年前面新建了一栋楼，将他家院子里的阳光"吞噬"了大半。妻兄就非常羡慕我家的阳台，没事时，他就骑个车过来，我们俩各端一张椅，坐在阳台上，或品茶，或聊天，或赏花。其实，品茶聊天是假，享受阳光是真……

（刊《金陵晚报》2018 年 4 月 10 日）

我家的"老歌星"

　　老伴姓贾，"歌星"这称呼是我和孩子们给她"封"的。她喜爱唱歌，晨练时唱，亲友们聚会时唱，就连平时在厨房里炒菜做饭也爱哼几句……

　　老伴此生似乎都与歌有缘。据说，上初中时，她就曾登过县城里的"大舞台"，一首《北风吹》和《扎红头绳》，博得全场一片喝彩声。下乡插队时，她的"好声音"也是知青中出了名的。这恐怕得益于她那爱唱戏曲、爱拉二胡的父亲的遗传和熏陶吧？她平时从不"吊"嗓子，声腔却高亢圆润，也从未专门学过乐理知识，却对音乐颇有悟性，一首陌生的歌，她只要听一两遍，就能准确地把握其旋律，从头哼到尾……

　　1968 年初，我从部队复员，她随我从苏南"屈"嫁到了苏北农村。尽管那时我俩生活异常艰难，而她的歌声却从未间断。在乡下时，她以甜美的歌声，赢得了社员们的喜爱。招工进城后，她又以独特的歌喉，从县食品公司被选调到总工会文艺宣传队当歌唱演员。在此期间，她还多次荣获过扬州和苏北里下河地区歌咏比赛的奖项。

如今，爱唱歌的老伴已经六十好几，仍然对唱歌情有独钟。而一旦唱歌，她很快就会进入"角色"，挺胸，收腹，迈丁字步……其"专业"程度一点不减当年。而且，奇怪的是，她的记性在其他方面都不怎么好，唯有歌曲和歌星的名字，她记得十分精准。子女们有时叫不出歌名和歌手的名字，都问她。前年夏天，老伴遭遇一场车祸，导致颅脑重度损伤。天晓得，经前后两次手术后，她恢复得最快的竟是记忆和声带！在住院康复期间，她不止一次地为医生、护士唱歌，唱《南泥湾》《拔根芦柴花》《洪湖水浪打浪》……把医生和护士们乐坏了。

老伴唱歌还会追赶"时髦"。她既爱唱老歌，也爱唱新歌，既擅长民歌，也擅长流行歌曲。像最近风靡的《卷珠帘》，她更是喜欢得如醉如痴，不仅反复地翻看电视回放，还一遍又一遍地跟着学唱。"唉，我们那时要是有这样的大奖赛就好了！"她常这样嘀咕，向往之情溢于言表。

对于唱歌，老伴还有一套"理论"。她说，唱歌能使人年轻，唱歌能活动神经，唱歌能愉悦心情，唱歌还能治疗百病……

爱唱歌的老伴，成了我们家的快乐之源。一年四季，我们家常有她的歌声从窗户飘出。受她影响，两个孙女和外孙女，也特别喜爱音乐，钢琴、古筝都弹得像模像样。家里偶尔有一些烦恼的事，往往老伴唱一两首歌，或孙女们弹一两支曲，就能轻松地活跃家庭的气氛。还有，在我们小区，认识她的人很多，因为她是社区老年合唱团的成员。傍晚我和她出门散步，一路上，那些爱唱歌、跳舞的老头老太，和她打不完的招呼。最有意思的是，每次老伴登台唱歌时，台下许多双眼睛，都笑嘻嘻地转向了我。所以，我这个唱歌"五音不全"的人，也沾了老伴不少光，提升了不少知名度哩！

（《老人世界》2020 年第 4 期）

父与子

　　我的案头搁着一张我和儿子的照片，身材高大的我从容而立，小不点似的儿子站在我身旁，一副小鸟依人的样子。我们的头上是蓝蓝的天空，背后是大小两棵雪松，它们相互依偎着，把照片上的"主题"衬托得淋漓尽致。

年轻时的作者与正在上小学的儿子

　　时光如流水，不分昼夜。也就是十几年吧，儿子就长成大人了，还成了大学生，他的个子比我高出近一头，一米八几呢！而我却不知不觉地"猥琐"了下去。每次儿子放假回来，我都要拉着他比个子，其实我是自讨没趣，难怪他妈乐得手舞足蹈，说："看看，你们父子俩站在一起不成高而（尔）低（基）啦！"

　　按理说，"小鸟"已经振翅飞翔，我这个当爸的应该心态怡然，不必画蛇添足多操心了。然而，缺乏自知之明的我，始终跳不出过去的"定式"，还是照样想把儿子藏在自己的腋下，精心地呵护着。记得他刚上大学时，我隔三岔五地就要给他写信或打电话，其实每次讲的都是一些重复的老掉牙的内容，如天冷要多穿些衣服呀，平时加强身体锻炼呀，上学路上要注意交通安全呀，再有，就是要和老师、同学搞好关系呀……起初几次，儿子还听得进去，老是这样，儿子就烦了，说："爸，你能不能讲点别的？"真的是狗咬吕洞宾啊！他随口扔出的一句话，却"砸"得我张口结舌了好半天！不过，难堪归难堪，接下去我还照样"屡犯不止"，有时，连自己也觉得太累赘了，就变着法子让他妈给他打电话……

　　儿子的思维也和我不一样，他说的一些话和做的一些事，常让我尴尬。譬如，他上大学后，兴趣极其广泛，唱歌、跳舞、演小品、打篮球，什么都来。我就提醒他要以学为主，突出重点，不要驼子跌跟头，两头不着实。他听后，立刻反驳说："这要看朝哪个方向跌，如果是脸朝下跌，两头就都着实。"说得我哭笑不得。再有，那年除夕贴"福"字，我也模仿别人家的做法，将"福"字倒过来贴，意为"福到"。但儿子就反对，说："福字的反义是祸，倒过来贴，根本不是'福到'，而是'祸来'。"他这一说，我倒真的被难住了，最后只好规规矩矩地正着贴……

这倒也罢了，最让我难堪的，还是知识的缺憾。

儿子读完本科后，接着又攻读硕士、博士学位，他研究的是英美文学，开口闭口都是莎士比亚、哈代、海明威、莫里森、爱伦·坡……这些对于我而言，都是些陌生的"处女地"。记得去年暑假在家时，我见他整天捧着一本厚厚的英文书在看，嘴里还叽哩咕噜的，听不懂他究竟在读什么，我和妻只愣愣地望着他傻笑。后来才知道，他是在看原版小说《Beloved》（《爱娃》）。因为书读得多，所以他不仅见识广，而且对事物的看法既"新潮"也入木三分。

有一次，我写了一篇题为"两盒蛋糕"的文章。十几年前，朋友送我一盒蛋糕，我和妻舍不得吃，把它藏在三门橱顶上，时间一长，变质了，扔它时，孩子们伤心得要哭。前年我过生日时，家人买了一盒蛋糕，一时忘了吃，扔它时，就像倒剩饭剩菜一样不在乎……文章试图通过两盒蛋糕，反映改革开放后人民生活水平的提高。儿子看后，就摇头说："你这是老生常谈，立意不新不高。两盒蛋糕尽管结局相同，都扔了，但起因却大不一样：前一盒是舍不得吃，想'留一手'，后一盒忘了吃，是因为家里吃的东西太多，敢于消费。这其实是两种消费观念的转换……"说得我半天才"嚼"出点味儿来！尽管我表面上装得对他的"高论"不屑一顾，但骨子里还是不得不佩服。真丢人哪，还爸爸哩！都说父母和子女有"代沟"，其实真正的"代沟"是知识。

于是，莫名其妙地，心里就有了一种落伍感，也有了一种失落感。

这些年，儿子常年在外，别说经常回家看看，平时连个电话也难得打。家庭对他失去了诱惑，父母不再是他的依赖。再不像以前"爸爸妈妈"地叫得亲热，也不像幼时小狗似的蹿前撵后，更不像以往对我百依百顺言听计从……说真的，有时真有点"独怆然而涕下"的感觉，甚至还幻想能回到从前，让我再幸福地感受一回做父亲的自信和威仪。然而这一切都是不可能的了！

照片，唯有案头这张我和儿子的照片，还能时不时地满足一下我的虚荣心。闲暇时，我会把照片捧在手里看了又看，摸了又摸，竟一次次地泪眼模糊！……也许是看的次数多了，抑或是人世间的事理启迪了我，渐渐地，我学会了换一个角度去思维，于是一种快乐感又会油然而生。不是吗？儿子终究长大了，成了国家和社会的有用之材。尤其令我欣慰的是，他志向高远，勤奋好学，不跟风，不浮躁，不浅尝辄止。这正是现在的年轻人所不易做到的。如今从儿子身上引发的许多尴尬，其实是他走向成熟时父母难以避免的"阵痛"，而这种"阵痛"，其实是欣慰，是快乐，是幸福。

（刊《老人世界》2004 年第 4 期）

情趣水饺

　　一年四季，我们家吃得最多的主食，除了米饭，恐怕就是水饺了。哪一天我要是心血来潮，说"想吃饺子"，老伴就会很爽快地应答说："行啊，今天就包！"

　　包饺子是吾妻的拿手好戏。这也是她几十年"历练"而成的。那时，我和妻都在公社机关上班（其实是临时工），吃顿饺子就像过大节。因为工资低，肉馅饺子吃不起，大都是素馅，即用蔬菜和蛋皮做成的"馅心"。即便如此，我每次都要吃两三大碗。

　　在我的记忆里，包饺子可费事了。先用洗脸盆揉面，然后捏成一小团一小团,再用擀面杖或空酒瓶擀成一张一张的饺皮。省事一点的，干脆把一大坨揉好的面，摊放在桌面上，一次性碾压成一个巨大的"圆"，再用倒扣的碗口，一下一下地用力揭，像盖公章似的，最后就都成了大小一致的饺皮。这种力气活，没有什么技术含量，所以大都由我承担。而当所需的饺皮都备齐时，吾妻就开始登场啦！她将精心调制的"馅心"端上桌，然后便吩咐我当她的下手，帮助弄这弄那。包饺子是技术

114

活，自然由妻包揽，我有时也会参加，但总是笨手笨脚。常出的洋相是，额头、鼻尖、耳朵，全沾着面粉和菜叶，成了"大花脸"！妻忍俊不禁，笑……

现在吃饺子可方便了，不用自己擀饺皮，哪家菜场都有现成的卖，肉末、韭菜、芹菜、荠菜，连同各种配料、调料，应有尽有。

饺子好吃不好吃，关键在馅。吾妻做馅颇有讲究，除了鲜肉和蔬菜外，其他配料至少有七八样，如茶干、竹笋、虾米、香油、姜丝、味精、糖、盐等。这么多原料汇集在一起，饺子能不好吃吗？

包饺子的馅采用什么蔬菜，决定饺子的品种。如超市里卖的青菜饺、韭菜饺、芹菜饺、荠菜饺即是。

我最喜欢吃的是韭菜饺，觉得这种饺子味更浓、更香。在锅里下好盛到碗里后，倒点酱油，撒点胡椒，加点蒜花，效果更佳。所以，我们家包饺子，总有两个以上品种，其中必有韭菜饺。

超市里的饺子，我家难得买，要吃就吃自己包的饺子。一是因为自己做的"馅心"更合家人的口味，二是因为家庭包饺子充满情趣。而后者更是重点。

你看，每到包饺子这天，我们家可热闹啦！所有大人小孩都围坐在一起，其众生相是，我作壁上观，不时地说些俏皮话，进行现场鼓动，老伴"正襟危坐"，唱主角，儿子边包饺子边哼歌，儿媳忙里忙外打杂做后勤，女儿则缺乏耐性，每包几只就伸伸懒腰，或低头看手机里播放的视频。最有意思的是，两个孙女、外孙女，她们是以"玩"为目的，一边模仿大人的动作，一边掺进个人的"私货"，包出来的"饺子"，不是馅汁外溢，就是奇形怪状，惨不忍睹，最后连她们自己都不敢吃。

吾妻包出来的饺子就与众不同啦！既美观，又规范，饺子边沿还捏成一个个皱褶，像精心绣成的花边，它们整整齐齐地躺在筛子里，每只都饱鼓鼓的，煞是好看！这时，我常会说些溢美之词，或故作惊诧状："哇，你们看，你妈包的饺子个个都挺胸凸肚的，像个绅士！"众人于是跟着大笑。

（刊《现代快报》2017 年 8 月 7 日）

笑比哭好（怀念妻子）

老伴叫我"哎"

老伴和我生活至今，一直都称呼我"哎"，人前人后都是这样的。屋里的电话铃响了，她就唤我："哎，接电话。"有朋友拉她上街，她也这样和我打招呼："哎，我出去一下。"她叫我"哎"，有点像叫"喂"，类似于代名词，几十年就这么叫过来的，我也习惯了，只要一听到她叫"哎"，我就会忙不迭地跑出来响应。

那年，新搬进一个小区，别人就听不懂啦。一天，她又在厨房里喊我帮她择菜："哎——"她嗓门高，恰巧这时一个保安从楼下经过，以为是叫他的，立即止步，问："阿姨，有事？"老伴笑："没你的事，我是叫我家那口子的。"

我就建议她，以后别再哎呀哎的，弄不好人家会误会的。老伴一脸的不屑："那叫你什么？"

我说："我不是有名有姓吗，就叫我名字得啦。"

她说："不行，太正儿八经的，我叫不惯。"

我又说："那就叫老于，叫老头子也行。"

她直摇头："更不行，我怕把你叫老了。"

我笑："那就叫孩子他爸。"

她大笑："这不回到解放前啦！"

这也不行，那也不行，看来只有叫"哎"行了。于是，就一直"哎"下去。

那天早上，我准备去街头买报纸，老伴关照我，经过菜场时顺便带把芹菜回来，怕我忘了，我出门时，她又"笃笃笃"地追到一楼出口处，扯着嗓门喊："哎——芹——菜——"

有两个晨练的妇女从我身旁经过，不知是她们听错了，还是故意逗乐子："啊，现在还有爱情菜卖啊？"

（刊《金陵晚报》2006 年 12 月 20 日）

油炸蚕蛹

我第一次到苏南岳父母家，傍晚和女朋友散步时，见她手里抓着一只信封，不知里面装的是什么。我两眼愣愣的。

"想吃吗？"她笑嘻嘻地看着我。

我问："什么好吃的东西？"

"蚕蛹。"她说。

我吓了一跳，说："天哪，这东西你也敢吃？"

她嫣然一笑，说："有什么不敢的？可好吃哩！"

说着，她掏出一粒在我面前晃了晃。

那蚕蛹是油炸的，酱黄色，样子很诱人。但我嫌它"异怪"，不敢吃。

女朋友嗔怪道："哼，连这也怕，胆小鬼！"

被她一激，我胆子大了起来，冒着"生命危险"似的，胡乱地吞了一粒，自然什么味道也没有吃出来。

女朋友咯咯地笑，说："哪能这样吃呢，要慢慢地咀嚼。"

我一试，果不其然，不但没有一点怪味，而且还有一种特殊的芳香。连吃了好几粒，还想再吃，但信封已经是空的了……

后来了解到，蚕蛹可是个好东西呢！蚕蛹也叫"小蜂儿"。不仅是食用佳品，还可用于医药。中医认为，蚕蛹性平、味甘，具有祛风、健脾、镇静安神、益精补阳等功效。《本草纲目》记载："为末饮服，治小儿疳瘦，长肌，退热，除蛔虫，煎汁饮，止消渴。"可见，蚕蛹还真是一宝呢！

家乡在苏北里下河，这里遍地是胡桑，养蚕的人家很多，自然蚕蛹是取之不尽，食之不竭的。我和女朋友结婚成家后，油炸蚕蛹成了我俩共同的美食，每隔一段时间，我就到附近的缫丝厂买些蚕蛹回家。当然，我们买它只是食用。

蚕蛹其实有许多种食用方法，干煸、盐水煮、炒大蒜、韭菜，而油炸只是其中的一种。制作方法很简单，把蚕蛹洗净晾干后，放进油锅里出劲炒，炒到半熟时，加进适量的糖、醋、酱油和葱蒜，再用文火轻烤慢炒，当蚕蛹呈酱黄色，放进嘴里一咬既挺又脆时，一道美味佳肴就诞生了。爱喝酒的人，呷一口酒，嚼两三粒油炸蚕蛹，无需其他任何菜，足可以使你口角生津的。

（刊《金陵晚报》2017 年 12 月 8 日）

妻子有宴

吃午饭时，妻笑眯眯地告诉我，说她今晚有个宴会。我问："谁请客？"她挺神秘："单位！"哦，能有这事？我眼睛睁得老大。妻解释说："明天是三八节，女同胞们'争取'了好几次，领导才'开恩'的。"我听罢，笑得差点喷出饭来，说："看看你们，不就聚个餐嘛！"妻嗔怪说："你呀，一点都不晓得女人的心！"

妻的批评是对的，女人心里想着什么，男人们一般是很少过问的。"女人家女人家"，女人似乎总和家连在一起，不像男人说走就走，走了，也不像女人那样牵肠挂肚的。至于饭店、宾馆，更是男人们经常出入的地方，女人偶一为之，便喜不自禁，如妻所言，"犹如过盛大节日一般"。我有次还调侃赴宴归来的妻子："看，现在女人居然也成了宴席的霸主了！"妻把这话说给单位的女同事们听，个个乐得"义愤填膺"，说："等见到你家老于，我们非向他抗议不可！"这当然是开玩笑罢了。其实，对妻参加这类活动，我是举双手赞成的，今天也不例外。这倒不是为吃点喝点什么，而是希望她们多接触外面的世界，也借此机会，将身心做一次减负放飞。于是，我对妻说："你就放心地去吧，我的晚饭自己做。"她听了，便像受到领导的鼓励一样，满脸都放着光。

因为妻晚上有宴，下班后我就匆匆地赶回家里。刚进院门，就闻到一股浓浓的饭菜的香味。这一定又是她"越俎代庖"了。推开厨房门，果然看见餐桌上正整齐地摆放着几碟我平时爱吃的菜肴，另有一张便条搁在茶几上："我走了，晚饭你自己吃吧，对不起！……"可以想见，妻下班后，经过何等"激烈的斗争"她就像做错了什么事似的，试图以各种方式来弥补，唉，女人呵，心就是这么细，这么热！

正在品尝着妻为我做的饭菜哩，那边电话铃响了，一听，又是她的声音："哎，你吃了吗？"我说："谢谢啦，正在进行。"她笑："我们也正在边吃边唱卡拉OK呢！"听得出，她此时兴致极高。

有位作家说过，少女是诗，少妇是散文，中年妇女是小说，老年妇女则是一部经典名著。我想，妻何尝不是这样一部恢宏生动的小说或经典名著。

祝妻晚宴快乐！

（刊《高邮日报》1991年8月21日）

陪妻打牌

妻难得打牌。她的牌技太差，所以上阵的机会少。只有遇到"三缺一"的时候，才勉强让她"过一把瘾"。

　　我们这里打扑克牌流行"抄地皮"，也有叫"斗地主"的，不知何因要这么叫。四个人，两"对家"，妻一般与我打"对家"。她打牌时的表情很有意思，手抖抖的，抓到好牌时总是喜形于色。最有意思的是，她的眼睛不是专注于自己手里的牌，而是老在我的脸上瞄来瞄去，每出一张牌或出完了一张牌都是如此。她的眼睛其实是在祈祷："妈呀，可别出错牌！"她越是这样就越容易出错，而出错牌是要罚分的，她就经常被罚分，让我也陪着她遭殃。"看看！臭，臭牌！"我总是这样斥责她。她倒挺憨厚的，脸一红，立马来个检讨，说："哎哟，对不起！"但检讨归检讨，接下去，她会更紧张，出的错也更多，被骂"臭牌"的次数自然少不了啦。

　　妻是个爱面子的人，老这样在众人面前挨批，觉得心不甘，于是后来她就尽量避开与我打"对家"，理由是："你牌品太差。"我说："好吧，那你就另觅高明。"咦，也怪！她和别人"在一家"的时候，俨然像换了一个人，有时甚至能打出几手很漂亮的牌！有一次，我们一方好不容易打到了"A"，他们还在"小2"呢，胜利在望啦，谁知被她冷不丁甩出三张牌，红桃5、红桃10、红桃K。天啊，"五十K"抠底！这就意味着，我们一方要从A跌到小2，而他们一方则从小2一下飙升到A，双方换了个个儿——天翻地覆！气得我半天说不出话来，而吾妻却幸灾乐祸，说："怎么样？这回我的牌技不臭了吧？"

　　事后想想，并非是吾妻牌技陡长，而是她和别人打"对家"时，心态从容，情绪放松，注意力都集中在观牌和出牌上。不像和我打"对家"时老用眼睛"扫描"我，显而易见，是我的牌品抑制了她的牌技。这么一想，以后再遇上和她"在一家"时，我就事先暗自调整好情绪，发誓不再抱怨她。哪知坏牌品也和不良习惯一样，要改也难呢！到时候，它还会下意识地从嘴巴里发泄出来……

不过，妻也有办法"整"我，那就是打完牌后，她会短时间内不理睬我。问她怎么啦，她两眼一瞪，作冷笑状："你刚才打牌跟谁吼啦？"我只好装傻，说："没有啊！我跟你吼了吗？""量你也不敢！"她于是嫣然一笑，似乎找到了一种平衡。

（刊《人生与伴侣》2001 年第 11 期）

被需要的幸福

老伴很忙。

她每周有五天时间和儿子、儿媳生活在一起，帮他们带孩子、料理家务，只有到了周末她才回来陪陪我。

"唉，忙死了！忙死了！"

有一天回家后，她对我叫起了苦（其实她把忙的快乐藏在心里）。

我便找好话开导她，我说："忙是好事，说明你还有使用价值，儿女们需要你，被人需要可是一种幸福啊……"

老伴听罢，咯咯地笑，说："你尽会要贫嘴！"

见天色已晚，老伴起身做晚饭。咦？她做晚饭时，与往常不同，老是对我指手画脚："喂，把菠菜洗一洗。"

"呀，酱油没有了，你快去趟超市。"

从超市刚到家，她又说："地板上都是灰，劳驾你用拖把拖一拖。"

我说："你还有完没完？我忙得过来吗？"

她笑，以牙还牙："你不是说被人需要是一种幸福吗？刚才这些事就都是需要。"

（刊《银潮》2007 年第 4 期）

附记：2022 年 4 月 22 日吾妻因病去世。当年多少开心事，如今含泪成追忆！

天涯咫尺

去年十月初，儿子以"访问学者"的身份，带着妻子、女儿去美国，尽管时间也就一年，但在分别时，我和老伴还是依依不舍。儿子便再三安慰我们，说："爸、妈，现在不像从前，我们会经常见面的。"我问："怎么见面？"他说："电脑，现在是网络时代，方便得很。"我说："这玩意儿太复杂，我和你妈都不会。"儿子说："小丹（我女儿）不是和你们暂住一起吗？她会教你们的。"我们当时对儿子的话还不以为意，心想，网络是虚拟世界，和现实生活毕竟是两码事。

两天后的一天早晨，是个星期天，女儿的手机响了起来，不一会，女儿从隔壁房间跑过来说："爸，他们上线了。"我问："哪个他们？什么上线了？"女儿笑："你们快来嘛，看看就知道了。"女儿把我和老伴拉到她的电脑桌前，我定睛一看，哈，屏幕上清晰地出现了儿子一家三口的图像！儿子说："爸、妈，我们已平安地到达美国加州，这里就是我们租住的房子。"儿媳则把女儿搂在胸前，孙女说："爷爷、奶奶，你们看见我了吗？我在美国向你们问好！"天哪，其声其貌真的近在咫尺！

　　此后，视频聊天就成了家常便饭。儿子及其妻儿在美国的生活状况，以及每到一处，都及时有音像传来。更令人惊喜的是，连彼此餐桌上吃的、喝的，都通过网络互传，在屏幕上活灵活现！以前常听说视频聊天，"科盲"的我，不知其为何物，也不想去探究，如今真的让我一睹"风采"！

　　有一个词，叫作咫尺天涯，指距离虽然很近，但很难相见。现在却可以倒过来，应为天涯咫尺。不是吗？美国和中国相隔千山万水，而顷刻间，竟成了近在咫尺！这和许多年前的情况，简直不可同日而语。过去我和老伴从苏北到苏南岳父母家过年，须乘车、坐船、挤火车，累得筋疲力尽，倘若有亲人在国外，打个越洋电话，要几经周折，还要花很多钱。现在呢，一部电脑就能轻松地搞定，且不用花一分钱！由此，你不得不惊叹，科技的神奇，网络的神奇！老年人要勤动动脑子，多学点科技新知识呢，否则，我们就成了"落伍者"，而错失掉欣赏身边瞬息万变的斑斓世界的机会！

　　不过，感叹之余，又生出点"遗憾"来，觉得一切变得如此方便，如此快捷，如此随心所欲，好像又少了点往昔亲人离别时的惆怅，分居两地时的思念，久别重逢时的惊喜。就像有了手机，便遗憾疏离了传统的书信；住上了宽敞的楼房，又觉得楼房不如过去乡下的草房温馨……你说，现在的人是不是太会折腾？都说"鱼与熊掌不可兼得"，你总不可能在两个截然不同的时空搞"穿越"吧？这是玩笑话，其实我是在赞美时代，赞美生活。

（刊《老人世界》2015 年第 3 期）

拜女儿为师

作者和女儿

20多年前，我曾写过一篇题为"钱盲"的文章，说的是自己害怕与数字打交道、不会理财的故事。许多年过去了，我在这方面似无多大长进。有一次，我"斗胆"去银行 ATM 机上取款，不晓得什么原因，银行卡被卡住了，急得我满头冒汗，最后还是银行工作人员帮我解了"危"。不怕你笑话，我平时除了能在电脑上敲敲字，在手机上看看新闻，发发微信，对其他生活中带点科技含量的东西都很陌生，更不敢去触碰。于是，家人又将我这个"钱盲"升级啦，称我是"科盲"。

后来，接连遭遇的一些事，增加了我的紧迫感。譬如，我在报纸上看一则商品广告，打电话和商家洽谈后，对方说："亲，请用微信支付。"我哪会！又如，想去某大医院看个专家门诊，对方电话回复说："对不起，需提前网上预约。"我愣住了。再如，电视上常有节目互动，我兴冲冲想参与时，主持人提示："请扫描屏幕下面的二维码。"我又干瞪眼……

诸如此类，尴尬吗？当然尴尬！但细想想，却给我以警示，上了年纪的人，不与时代同行，不关注新生事物，久而久之，老人真的就会变成"老朽"！

前年冬天，我去老家县城的一家老澡堂子洗澡，临结账时，见一老翁掏出手机，扫描吧台上的二维码。我很惊讶，这老头也会这玩意儿？而且还是在小县城！回家说给家人听，妻说："这有什么大惊小怪的，我在菜场常见一些老头老太用手机付钱。"女儿更是"危言耸听"："爸，现在是互联网时代，你已经被甩出几条街啦，再不补课，将来出门会寸步难行哦！"说得我两眼愣愣的。

几个月前，我终于痛下决心，扫盲。我对女儿说："爸想拜你为师！"

女儿咯咯地笑，说："好啊，就从简单的开始，先教你使用移动支付。"

"行！行！"我频频点头，像个小学生似的。

　　女儿轻车熟路，接过我的手机，眨眼工夫，就给我下载了拼多多，开通了支付宝，并打进了100元钱。女儿一边教我操作，一边循循善诱，说："这钱用完了，再打，万一被骗了，就当交一回学费。"

　　有女儿做后盾，我顿时脸上光芒四射。吾妻却在一旁冷笑，半天忽然冒出一句："小丹（我女儿名），你这下摊上事儿啦！"

　　能摊上多大事呢？我一脸的不屑，说："不是说世上无难事，只要肯登攀吗？我就不信，这个'盲'我会脱不掉！"

　　说得大家都笑了。

　　今年以来，我已在手机上购了几回商品，最近居然还成功地搞了一两次"秒杀"……

（刊《银潮》2021年第9期）

儿子的那些事（于雷成长花絮）

一米八几的个子，北京某大学的教授、博士生导师，曾作为学者访学哈佛，还弹得一手好吉他……你能把这样的他和当年那个瘦弱的"小不点"、顽皮厌学的"小淘气"画上等号吗？

是的，他就是我们的儿子——于雷。

下面记载的，是于雷小时候的一些零星片段，其间，有故事，也有他成长的部分轨迹……

小太阳

儿子是 1972 年初春诞生的，生他时，天上正下着雨，响着雷，故名于雷。

在旧时的乡下，生了个男孩，意义非凡！我爸我妈更是脸上笑成一朵花。

我们那时吃住都在公社机关。机关人多，热闹，活泼可爱的小于雷，自然成了大院里众人的"宠儿"，没事时，大伙都爱逗他玩。

很快，儿子到了蹒跚学步的年龄。

"哎……对！……别怕……慢点……"他妈在房间或公社院子里教儿子学走路。

他妈是打字员。办公室和宿舍是连体的，地势较高，窗户一开，往下瞅，就是供销社的烧饼店，常有一阵阵烧饼的香味扑鼻而来。儿子爱趴在窗口看热闹，有时还伸出小手和下面烧饼店里的师傅打招呼。

"叔……叔……好……"

"爹……爹……好……"

妈妈一边打字，一边教儿子学会叫人。

烧饼店的师傅立刻回应："你好！你好！"

话音刚落，一块又酥又甜又香的擦酥烧饼就用火钳夹着伸了上来。

如此，日复一日。

说真的，那时尽管大家生活条件艰苦，但人与人相处都很融洽。吾妻打字时，常有机关干部主动跑过来帮忙带孩子。来得最勤的，是个外号叫"大个子"的周永年。

周永年是文化站的干部，也是我俩的好朋友。他逗小孩玩的方式有点"另类"，常把小于雷用一只手托起来，高高地举在空中！周永年本来个子就高，我和妻紧张死了，一个劲地提醒他："哎呀，危险！当心！"他呢，大大咧咧地："放心！举个小不点，还不是小菜一碟？"

站在半空中的小于雷，在父母眼里，俨然就像个小太阳，虽然两只小腿摇摇晃晃的，却咯咯地笑得很快活，很灿烂。

有感于此，那年儿童节，我写了一首《小太阳》的诗："六月是孩子们的节日，孩子们就像初升的太阳，六月把小太阳举得高高……"

躲猫猫

县城北头的一条街巷里，有家不起眼的幼儿园。每天早上，于雷妈就将儿子送去上学。说是上学，其实是让孩子有个看管的处所，因为大人要上班，他爸又在很远的乡下。

于雷小时候很顽皮。而幼儿园唯一的老师，是个老实巴交的大妈，长得很胖。这下，她可要倒我儿子的霉了！

儿子好动，在课堂里总坐不住，爱往外跑，于是，成了老师主要的"监控对象"。

有一回，老师稍一大意，小于雷又没了踪影！她忙不迭地四处寻找，一边找，一边大声呼叫："小雷！小雷！"

始终没有回应。

老师气坏啦，嘴里叽里咕噜的："唉，这兔崽子，气死我了……气死我了……"

就在老师一筹莫展时，于雷出现了。

"我在这儿呢！"于雷从街巷的拐角处伸出半个脑袋！

老师连忙去追，可哪追得上？一眨眼，这小家伙又不见了！

"小雷！"

"小雷！"

老师急得满头大汗。

"嘻嘻，老师，我在这儿呢！"

天哪，他又转身躲进路旁的一个公共厕所里！

胖老师假装没看见。她蹑手蹑脚地摸到厕所边，趁于雷正要"转移阵地"时，猛一伸手将他"擒"住。

"看你还往哪里跑？"老师终于大获全胜！

扣在裤带上的"小本本"

隔三岔五的，城北小学的老师就有电话打到党校来："你家于雷的家庭作业又没有完成！"

正在单位里上班的于雷妈，这样的电话不知接听过多少次了！她又气又恼，但每次面对老师，都只好忍气吞声，忙不迭地打招呼："啊呀，对不起，对不起！晚上我再好好教训他！"

可是，家长的道歉和承诺无济于事，于雷还是积习难改，不是作业完成得不全，就是老师布置的作业忘记抄。

有一天，小雷放晚学后坐在自家的饭桌旁做作业，他妈把头伸过去，对着儿子面前的作业题瞅了半天，觉得有些蹊跷。

$3-5= ?$

$5+2= ?$

$9-7= ?$

$6-8= ?$

"这题目是老师布置的？"他妈问。

"嗯……"

"你们一年级就学负数了？"

小雷哪知道什么是负数、正数？两只眼睛扑哧扑哧地盯着

134

他妈。

"告诉妈妈,你这些题目是从哪儿来的?"

小于雷向来胆小,也极少撒谎,妈几句话一问,他就开始"如实招来":"是我趴在石桥上自己出的……"石桥是儿子上学的必经之处。

"为什么要自己出题目?"

"老师布置作业时,我……我没有认真听……"

坦白从宽。于雷妈狠狠批评了儿子一番,然后和老师"共谋"了一个法子,在于雷的裤带上扣一个小本子——每天老师将布置的作业题写在本子上,家长在儿子完成作业后仔细检查并签字。

这办法虽然烦琐,但还真管用呢!此后,老师的电话就越来越少了。

穿喇叭裤的"小帅哥"

小雷过 10 岁生日时,他丹阳姨姐建华送给他一条喇叭裤作为礼物。这喇叭裤是苹果绿的,下面的裤脚开得很大,呈喇叭形。这在当时是很时髦的,尤其穿在小雷身上,更显英姿,用现在的话说,像个"小帅哥"。

他的班主任江河老师特别喜欢他。我们偶尔因事去外地时,就把于雷托付给江老师照管,江老师也很乐意。

有一次,学校组织歌咏比赛,老师宣布参赛选手名单时,没有于雷的名字。小雷很不开心,回家跟妈妈磨蹭。爱唱歌的妈妈得知儿子也喜欢唱歌,自然满心欢喜,便找到江河老师。

"于雷想参加歌咏比赛呢，能让他参加吗？"

"哦，他喜欢唱歌吗？"江老师笑嘻嘻地问。

"当然！"他妈说。

"那行啊！就让他进来吧！"

于是，于雷也成了歌咏队中的一员。他每次排练或登台时，几乎都穿着喇叭裤，在众多小演员中，数他最"帅气"。

"喇叭裤，

大脚裤，

没人要，

垃圾裤……"

下课后，有些爱妒忌的同学呼喊着，围着他转。

但，"帅气"归"帅气"，歌咏比赛还是要靠嗓子的。经过几次排练，于雷那些"小毛病"就显露出来了，因为胆小和缺乏自信，他的嗓门始终放不开。江老师笑他："想让你家于雷露露脸呢，可他唱歌老是像蚊子哼……"

有趣的姐弟俩

于雷比于丹小三岁。这对姐弟俩很有意思。

都在一口锅里吃饭，但两人喜好、习惯不一样，家里煮鸡蛋时，小丹只吃蛋白，不爱吃蛋黄，而小雷则与之相反，他只吃蛋黄，不爱吃蛋白。不过，也好，姐弟俩"互补"，不浪费。

那时，每到夏天，他们姐弟俩经常吃三五分钱一支的棒冰，有时是牛奶的，有时是赤豆或柠檬的。吃棒冰时，小丹吃得文雅，边吮边慢慢地品味，小雷则没有这个耐心，他喜欢咬着吃，往往一支棒冰含在嘴里不一会就没了，可姐姐嘴里的棒冰还有大半截呢！不得已，只好向他姐姐讨要。小丹从来就让着弟弟，只好忍痛割爱，而于雷也不嫌姐姐的口水脏，忙不迭地接过来，往嘴里塞……

印象较深的是，有一次，党校同事老夏从外地出差回来，送给我家一盒蛋糕。蛋糕很大，很精致，我们舍不得吃，就把它藏在三门橱顶上，准备以后万一有事当礼物送人。哪晓得，日子久了，忘了！后来，妻在整理衣柜时才猛然想起，打开一看，上面竟长了一层绿毛！不得已，扔了！

"爸，你可知道当时扔蛋糕时我们姐弟俩的表情吗？"于雷问我。我说："我没在意！"他说："我和小丹的眼睛都快恨出血来了！"

天呐，有这么严重！

帽子"联动"

顽皮的孩子，玩法无奇不有。

在红旗中学读初中时，于雷称得上是全班"出类拔萃"的人物。那时，学校每天都有晚自习，因为不是上课，老师不常来，这就使顽皮的学生有机可乘。但于雷班上的班主任是个很尽心尽责的老师，他会不定时地来"查岗"，查到不认真上晚自习的学生就罚站。

"养不教，父之过。"所以，我那时也像班主任老师那样，不管刮风下雨，都按时来学校"查岗"，不好进教室查，只站在窗外隔着玻璃远远地观察。说来可气人的，几乎每次看见罚站的一排学生中，都少不了我家于雷的身影！因为他上晚自习时，不是和旁边同学交头接耳，就是埋头乱写乱画，做小动作。

有一次，老师喊他回答问题，他磨蹭了好半天，才慢慢地站起身，而不知怎么的，坐在他旁边的另一位男生也跟着站了起来！老师对那男生说："没你的事，我是叫于雷！"但那男生还是呆呆地站着。老师一头雾水，连忙走上前，细看，原来他俩将自己棉帽的带子扣在了一起！牵动荷花带动藕，当于雷站起来答题时，那位男生也只好跟着立起身。

"你俩还真会玩，开小差开到帽子上了！"老师又好气又好笑。

野鸭会很疼的

人之初，性本善。

小时候的儿子，心地特别善良。一只小狗跑丢了，他哭了好几天。门口来个讨饭的，他舍不得人家，问长问短，恨不得将家里所有好吃的东西都拿给他……

印象很深的是两只野鸭。

那年春节前，有朋友送我两只野鸭（那时野鸭不禁捕）。儿子从没有见过野鸭，欢喜得不得了，天天围着它们看。见他如此喜爱，爸妈不忍心马上宰掉它们，就找来一只原来养鸡的旧铁丝笼，将两只野鸭养在里面。儿子每天上学前，都不忘向野鸭告别，放学到家后，第一件事也是先看望野鸭。还不时地给它们添食、喂水。

有一天早上，儿子突然发现笼子里有一颗刚下的野鸭蛋，连忙拿进屋向爸妈报喜，说："看，野鸭还会下蛋哩！它们以后还会下很多很多蛋！"儿子人小，但话中有话——他是怕我们宰杀它们。

但野鸭不像家鸭，野性大，它向往天空、湖荡，长期养在笼子里，只能一天天地消瘦。

有一天，家里来了客人，我和妻商量，决定宰掉其中的一只。谁知我刚动手抓鸭子，忽见儿子箭也似的从屋里奔了出来。

"爸，你不能宰它！"

"为什么？"

"鸭子会很疼的！"

"野鸭又不是人，有什么疼不疼的？"

"不，它一定知道疼！"

　　任凭爸妈好说歹说，儿子就是不让。看他泪流满面的样子，我只好耸耸肩，表示妥协。

　　这样，两只野鸭在笼子里又养了一段时间。后来，儿子大概是担心它们一直养着迟早会凶多吉少，便挑选个星期天，硬拽着爸妈陪他将野鸭带到湖边放了生。

　　"野鸭会很疼的"，这句童话很稚嫩，但很暖心。

观雀

　　"叽叽喳喳……"屋檐下、树丛中的麻雀又叫了。

　　于雷妈在楼下喊："小雷，好起床了，麻雀都叫了！"

　　住在二楼的于雷假装打个呵欠，嘟囔着说："麻雀起得早，可它睡得也早。"——其实，于雷早已坐在窗户前，只是，他不是在看书，而是在欣赏窗外互相追逐嬉戏的麻雀。

　　于雷妈见儿子没动静，便亲自上楼来，恰见儿子正伸长脖子，对着窗外入神。

　　"你看什么呀？"

　　"麻雀。"

　　"麻雀有什么好看的？"

　　"好看。"

　　"看麻雀能看到好成绩？"

　　妈伸手把窗帘拉上。

　　儿子这才转过身来，说："妈，你说这麻雀呆不呆？"

　　妈没好气的："你书白念了！麻雀有什么呆啊傻的？"

　　"这你就不懂了！"小雷对妈说，"你想，麻雀一不要护照，二不要考托福，它为什么不往国外飞呢？"

妈听罢，开心地笑了。

向北，向南

于雷那年高考失利，爸妈请人帮忙，去较远的临泽中学复读。

临泽中学在高邮县城的北边，距县城约 50 公里。每次去上学，都要坐长途汽车，一路颠颠簸簸。

有一次，他妈送他去汽车站，临分手时，儿子眼噙泪花，他妈问："怎么啦？念家？""唉！"他叹口气，"要是哪一天我能乘汽车向南开就好了……"

小雷说的"向南"，就是将来能考上大学。因为高邮属于苏北，那时附近几乎所有高校都在高邮的南方，譬如扬州、南京、上海……

妈听于雷这么一说，心里颇欣慰，觉得儿子还是蛮有志向的，虽然高考一时失利，但并未就此一蹶不振，便鼓励他说："能！现在向北就是为了将来向南，妈相信你，总有一天你会坐在向南开的汽车上！"

妈妈的话，在儿子的心田里激起了层层波澜。

一本让人惊叹的习题集

数学和英语一直是于雷的短板。高考要想过关，这两门不突破，是天方夜谭。但要突破，谈何容易！尤其是数学，知识点是连贯的，而他以前根本没有好好学，知识点存在大片大片的空白。现在他得从初一开始补起！

那时，没有家教一说，一切全靠自己死啃。好在，这时的于雷已今非昔比，他决心从零开始，靠踏踏实实的努力，闯关夺隘，为自己正名。于雷还真有毅力！在那些日子里，无论寒冬酷暑，他从早到晚，都把自己关在楼上的房间里，电视机从来不碰……

最让人赞叹的，是那本厚厚的"数学习题集"。

这本习题集，先是活页的，后来装订成册，上面密密麻麻地记录了他的艰辛。从初中到高中，一个一个单元地认真梳理，一个一个问题地仔细归类。那些容易出错的题，那些似是而非的题，那些疑难和重点题，他都有自己的思考、感悟和总结。他还整理汇总了大量"一题多解"的习题，并且工工整整地记录在本子上，令人叹为观止。

功夫不负苦心人。终于他的数学成绩突飞猛进。那年高考时数学题特别难，120分的试卷，他却获得107分的高分，在全市考生中名列前茅呢！

可惜，由于几次房屋搬迁，那本珍贵的"数学习题集"已经不翼而飞。

英语热

于雷是怎么喜欢上英语的？他后来的英语成绩为什么会突飞猛进？他的老师和同学都觉得是个谜。

实事求是地说，穷乡僻壤，孩子们学英语，完全是被高考的"指挥棒"逼的，谈不上自觉性，更谈不上兴趣了。加之那时我们家经济拮据，买不起收音机，儿子早晨学英语，只好跑到屋后的同学家去沾光。

所以，于雷刚上初中时，英语很差，有时考试只得二三十分，最少的一次，仅得九分！他的英语老师气得不得了，多次向家长埋怨、告状……

但，也就是一两年时间，于雷的英语成绩就发生了"逆转"！至于从什么时候开始"逆转"的，是什么原因导致这种"逆转"的？不得而知。

只知道，那年他去南京大舅家玩，大舅是大学教授，还赴美国访过学，既有较好的英语功底，又有很多的外国朋友。那次，大舅家正巧有美国教授和他们的孩子来做客，这对于雷来说，是一次难得的耳濡目染的机会。尽管他不能完全听懂这些外国大人小孩的语言，但此种环境、氛围，对他不无触动。

只知道，有一回他和妈妈去夫子庙玩，途中偶尔看见几个外国人，小雷就特别兴奋和好奇，常常追着人家，观察外国人走路和说话的神态，听人家购买物品时如何用英语讨价还价……

还知道，有一次学校放暑假，南京妻兄邀请我们全家去他家做客。大舅怕外甥寂寞，就带他去系里的办公室玩电脑游戏。当时，办公室里坐满了年轻学子，大家都在聚精会神地钻研科研项目。"呀，都是年轻人，人家在忙事业，而我却在玩游戏，多丢人啊！……"儿子后来对我说。

也许是这一次次的耳濡目染，起到了"共振"作用吧，此后，于雷的精神面貌焕然一新，从"要我学"变成了"我要学"，学习英语的兴趣也越来越浓。就在高三下学期，我们家发生了奇异的变化，客厅、房间、洗手间的门楣都贴上了英文标签，屋内院外不时地传出小雷朗读英语课文的读书声，我们为他新买的收音机，更是成了他形影不离的好伙伴……

于雷的英语渐渐地步入了"快车道"，他不仅兴趣浓，而且形成了好习惯，即使高考期间，他都没有放下这个好习惯，每天照样朗读课文，打开收音机，收听英语节目……

一分耕耘，一分收获。1992年高考时，于雷语文、外语、数学等科目均获得高分，是全县外语类第一名，去扬州参加口试还获得"满分+"。

简单爱

　　六年前，我们的外孙女，离乡背井赴澳大利亚留学。那年，她才十七岁，这让作为外公外婆的我们，长年累月牵挂不已。本来我俩就孤陋寡闻，对澳大利亚更是陌生，可是自从外孙女去了那里，我们便对这个国家十二分地关心起来。那里的气候怎样？那里的人居环境如何？还有，那里的社会治安、风土人情……近年，随着外孙女学历的提升和年龄的增长，这种关心与日俱增，外婆尤其会"超前思维"，她未来的前途怎样？是在国外发展还是回国创业？更潜在的话题是，她何时找到合适的另一半？……总之，没完没了。

　　无独有偶。我们的孙女儿那时虽然才上初中，却也在"蠢蠢欲动"。小小年纪，就志存高远。几年前，她随父母去了一趟美国，一年时间，竟学得一口流利的美式英语。问她将来是在国内还是去国外发展，她脱口而出："都行！"看来，不久后她也会像她表姐那样，远走高飞。这倒不是她们崇洋媚外，而是孩子们想更多、更广阔地接触和了解外面的世界。

孙女于心然和外孙女卞滨兵

　　当下，有一个词，叫作"隔代亲"，说的是孩子的爷爷奶奶、姥爷姥姥往往比孩子的父母还要关心"下下代"。他们总觉得自己的想法最正确，自己的怀抱最温暖，自己的身边最安全，于是，常会越俎代庖，做出一些违背儿孙们意愿的事，甚至试图规划他们未来的"路线图"。

　　这其实不是好事。

　　著名作家、励志大师刘墉说过："每个老人都要知道，你子女的故乡，不会是你孙子、孙女的故乡。从你孩子出生那一刻，他就不再是你的私有财产，他就要走向独立，有自己的家。"这话说得很现实、很中肯。何况，现在的孩子，有理想，有抱负，有闯劲，他们什么都敢想，什么都敢试。加之现在互联网发达，信息灵通得很，你想把他们禁锢在一个地方，或一直揽在自己怀里、视线里，难！一到翅膀能飞的时候，他们就会不顾一切地直冲云霄，逆风而行。环顾我们周围，有许多年轻人，还有那些"北漂""南漂"的后生们，不都是这样吗？他们从最初的骚动，到逐渐挣脱家庭的羁绊，走向另一个陌生的世界，直到闯出一片天地。就说我们自己吧，我们小的时候，由于家境贫寒，加之兄弟姐妹众多，父母给予我们的关爱，真的少得可怜。然而，正是这种"少得可怜"的爱，磨炼了我们的意志，培养了我们吃苦耐劳、奋发向上的品格。

周杰伦演唱过一首叫《简单爱》的歌曲，大意是爱人或恋人之间的爱，不一定要轰轰烈烈，不一定如花前月下过分缠绵，简简单单才是真，平平淡淡才有味。其实，这种"简单爱"同样适用于老人对待晚辈和孙子辈。

"简单爱"是一种有节制的爱，一种含蓄的爱，一种看似平淡而细水长流的爱。这样的爱，实质是大爱，一种更深层次的爱。

看过一个视频，一只年长的母猴，训练自己的小宝贝爬树。起先，猴妈妈在下面用双臂托着幼猴，幼猴胆小，连爬了几次，总掉下来。后来猴妈妈干脆松开双臂，逼幼猴自己爬，爬了再掉，掉了再爬，即使摔痛了、摔伤了，母猴也不让它停下。这样，连续十多次，幼猴终于爬到了树顶。这看起来有点残忍，其实是大智慧。猴妈妈是聪明的，只有让孩子经历一次次摔打，才能使它们逐渐学会谋生的技能，适应未来充满竞争的世界。猴子这样的动物尚且有这样的思维，何况人类乎！

有鉴于此，我和老伴现在对两个孙女、外孙女，不再像以前那样宠爱，也不再像以前那样无休止地为她俩操心。儿孙自有儿孙福。就让她们迎风沐雨地成长，自由自在地翱翔吧！

暖杯

　　我喜欢喝茶，而且还有一个习惯，每天夜里总要喝一大杯温开水。据说这有益于健康。来南京生活后，我一直想买一只适用的茶杯。老伴跑了好多商店，买回来的都不理想。一天，儿子一家三口来看望我们，刚进门，儿媳就笑吟吟地说："爸，送你一样东西。"

　　我说："噢，谢谢！"

　　接过手一看，是只茶杯。外观很典雅，不锈钢的，内壁呈炭黑色，能保温，中间抓手的部位，有八九厘米，围着一层黑色的橡胶。咦，这样的茶杯我还是第一次见到，估计保温效果不会差，心里一喜："好杯！"便问儿媳："你是怎么买到的？"

　　儿媳不答，笑。这孩子有个特点，做什么事，事先从不张扬，而是"水到渠成"后冷不丁地给你一个惊喜。这不，听老伴后来告诉我，为买这只茶杯，她可费了不少心思，跑了许多商场，还向周围的同事打听，最后终于在山西路一家百货商店里买到。

　　"何苦呢？为了只茶杯！"

　　话虽这么说，可我心里还是对儿媳充满了感激。孩子们工作忙碌，还为你四处张罗茶杯，说明他们心里有你，想着你，在乎你！

此后，这只茶杯就一直伴随着我。有四五年了吧？因为使用的时间长了，便发现它有许多优点：其一，它高矮合适，胖墩墩的，拿着，放着，稳，不至于碰翻（以前我多次弄翻过茶杯，尤其在夜里）。其二，大小适中，每次能储一大碗水，这颇适应我的肠胃。其三，它的保温性能"独特"，特别是冬天的夜里，经过前几个小时的缓慢冷却，半夜醒来喝水时，不烫也不冷，温温的……

家里的物件多的是，唯有这只茶杯最让我心暖。

（刊《扬子晚报》2013 年 3 月 19 日）

小花生

茶几上的小花生快吃完了，老伴说，没事，到时会有人给你"补给"的。老伴说的"有人"，自然是指儿媳。果不其然，周末的时候，儿子、儿媳来看望我和老伴时，刚进门，儿媳便笑吟吟地递给我一只塑料袋，说："爸，给——"我知道，一定是小花生了，接过来一摸，嗬，还有余温呢！

"哎，上次你买的还有呢！"我有点口是心非。

儿媳笑，说："快没有啦，我知道的。"——原来，他们上次临走的时候，细心的儿媳已经"侦察"过一番。

记不得从什么时候起，我喜欢上吃小花生了，有二三年了吧？小花生个头小，本是不起眼的小玩意儿，卖家却别出心裁，将它们专门挑出来，配以佐料，精心炒作，顿时"化腐朽为神奇"。小花生易炒透，脆，香，刚炒出来的小花生更好吃，比起大花生来，它更适合老年人细嚼慢品的胃口。

小花生不贵，八九块钱一斤。而正因为不值几个钱，常被家人们忽略。但儿媳不会。这孩子心细，记性也好。记得有一次，我老伴因为参加当年的老同学聚会，要回老家丹阳，好几天呢。临走那天，儿子、儿媳来为她送行。老伴只轻描淡写的一句："你爸岁数大了，我有点儿不放心……"儿子平时大大咧咧惯了，只顾傻笑，儿媳却听得入神，且记在心里。到了周末的时候，儿媳拎了一大包"原料"过来。"爸，今天给您改善改善伙食。"边说，边系上围裙，择菜，切肉，和面，不厌其烦，除了几样小炒，还给我包了最爱吃的水饺……事后才知道，那天学校正进行期末考试，她是利用监考间隙赶过来的。诸如此类的事儿还有很多很多，虽然琐碎、细微，但小中能见大，尤暖人心！它们和小花生一样，是闪烁在我心头的"小挂件"呢！

所以，对于我而言，吃小花生不仅是一种休闲，更多的还是品味和享受人间的亲情、温情。

我的老家在高邮。许多年前，我曾在县城南门大街的盂城驿旁，瞥见一位老者，清晨面临大街，置一小方桌，一杯小酒，一盘带壳的五香花生，边剥边饮，还不时地哼几句小曲儿，觉得此君、此时、此境妙不可言！时至今日，吾已老矣，竟也"复制"当年那位老者的情景。你看，每当闲暇时，我和老伴便坐在自家的阳台上，喝着茶，聊着天，手里剥着香喷喷的小花生，岂不悠哉乐哉？

"晚辈们孝顺，老人的晚年生活才更有味儿。"我和老伴常这样说。

（刊《银潮》杂志 2015 年第 11 期）

婆媳情

作者妻子与儿媳留影

你见到过这样的婆婆吗？每次与人谈起儿媳，脸上总是笑成一朵花。你见到过这样的儿媳吗？每次见到婆婆，总是甜甜地一口一声"妈"。我说的，是我家的老伴和儿媳。小区里婆媳关系好的比比皆是，但像她俩这般融洽的，恐怕极少。我常引以自豪。

儿子、儿媳都在高校工作，他们住在学校里，与我们居住的小区有一段距离，因为有个年幼的小孙女，隔三岔五的，老伴就要过去帮忙照应。打电话是我们最常用的联系方式。

儿媳和她婆婆的往来电话可谓多矣！

那头，儿媳打电话来："妈，又要难为您了！我今天下午学校开会，动动（我孙女）傍晚放学没人接。"

这头，婆婆喜滋滋地回应："哎，我马上过去，你放心开你的会！"

有时，我们这边有点儿事，电话一打，那边就是儿媳甜甜的声音："啊，好嘞，我一会儿就过来！"

校园里带孩子游玩的老人很多，老伴和他们"混"得很熟。

节假日时，儿媳常和婆婆牵着小动动在广场、马路和树丛间四处游走，边走边聊，亲昵得让人羡慕。便有一些老头老太向我老伴打听："旁边是你女儿？""不是，是我儿媳。""呀，我还以为是母女俩呢！你们关系咋这么好？"

这样的"误会"还有过很多次，每次老伴总是笑而不答，但心里却乐滋滋的。

俗话说："邻里好，赛金宝。"儿媳非同邻居，所以，要我说："婆媳好，胜金宝。"家庭里有一对好婆媳，这个家庭肯定其乐融融。

婆媳关系好，一定是双向的。简单地说，就是会惯和识惯。

所谓"会惯"，就是做婆婆的对儿媳要爱之有方，爱之有道，爱之有度。我老伴的"秘诀"其实就一个字：夸。她说，好儿媳是"夸"出来的，不是公婆"摆谱""挑刺""调教"出来的。有些当婆婆的，习惯以自己的喜好为评判标准，总爱挑儿媳的刺，说这也不是，那也不是，甚至连穿衣购物都要指手画脚……这样婆媳关系是不会搞得好的。我老伴就不是这样，她总是以母爱的心肠，用审美的方式夸奖儿媳。当然，这种"夸"，不是瞎夸，不是故意拔高，更不是"戴高帽子"，而是出于真心，源于真情，靠船下篙。譬如，儿媳平时待人热情、温柔，婆婆就常夸她："心眼好，有教养"。又如，儿媳起初不怎么会做菜，婆婆就一次次手把手地教她，给她"示范"，还把报纸上刊登的菜谱剪下来，推荐给她。当儿媳的厨艺不断有长进时，婆婆总是不失时机地给予鼓励、夸奖。当然，人无完人，儿媳有时也会有做得不妥或不到位的地方，但她能宽容大度，或呵呵一笑，或装点糊涂，甚至还会换一个角度鼓励儿媳，说："你有文化，有悟性，以后定会做得更好！"……

告诉你一个"小偏方"，每当儿子和儿媳发生一点小摩擦，我老伴即使明知儿子是对的，她也会站在儿媳一边，与儿媳"一鼻孔出气"。她的"经典语录"是："儿子是自己生的，受点委屈不要紧，但不能让儿媳有寄人篱下的感觉。""小两口斗嘴无对错，反正肉烂在锅里。""以为帮儿媳，就是胳膊肘往外拐，说明你是把儿媳当成了外人。"……瞧，会惯吧？

所谓"识惯"，就是要学会把控自己，对婆婆给予的爱懂得珍惜，并知恩图报。儿媳的经验是，好婆婆是儿媳用"情"铺垫成的。这种"情"，不是矫情，不是虚情，也不是一时的感情冲动，而是发自内心的、日积月累的真情。说真的，我家儿媳孝敬公婆的事例可多呢！平时嘘寒问暖、买这买那自不待言，而在关键时刻和为难时刻，更彰显其爱心、孝心。记得那年夏天，婆婆不幸遭遇车祸，在南京某医院先后做了两次大手术。为了服侍、照料好婆婆，儿媳和我女儿将近两个月没有睡过一次安稳觉。儿媳除了自己正常上班，每天还要抽出时间来，替婆婆擦身，按摩，端便盆，梳头，剪指甲，抱她上厕所……因为是伤在脑部，恢复期间，婆婆情绪易激动，常会对服侍她的人无端发火，但儿媳从不往心里去，每次总是付之一笑，还更舍不得婆婆，说："妈挺可怜的！我们有些地方还做得不够。"

你说，有这样的好儿媳，当公婆的怎不为之感动？难怪我家周围的邻居都对她赞不绝口，难怪她读研究生时，导师称赞她是"集中国传统女性的所有美德于一身的好女子"。

会惯和识惯，说起来简单，做起来并不简单。"惯"者，爱也。这种爱，彼此都要投入真情。不是说"人心换人心"吗？你把儿媳当成自己的亲闺女，儿媳就会把你当成自己的亲妈。你视儿媳为"外人"，儿媳也会把你视为"异己"。去年，我和老伴回了趟老家，与亲友们聚会时，又扯上了婆媳话题。他们似乎对此有些讳莫如深，有的说起儿媳时就摇头，有的提到婆婆时就叹气，总之，婆媳难处。其实，他们大都是思想方法有问题，根子是缺少一个"情"字。老伴就用"会惯和识惯"的亲身体验启发大家。在场的人听罢，有的连连点头，有的把嘴巴张得老大，还有的觉得新鲜，不停地追问，如，婆婆怎样惯儿媳才不失"度"？儿媳万一不识惯或惯坏了怎么办？现在你们家的婆媳关系怎样……老伴就像"答记者问"似的，一一作答。当说到自己和儿媳的一些感人细节时，众亲友们多露出惊羡之色，说："上了一课！"

（刊《银潮》2018 年第 5 期）

我们的婚姻：歌为媒

——我和妻子的婚姻故事

　　婚姻，有的是要靠缘分的。这种缘分，往往很突兀，很随机，甚至很神奇！就说我们自己吧。我和老伴，一个家在苏南，一个家在苏北。熟悉我俩的人，一方面羡慕我们的婚姻，另一方面又感到"好奇"，于是常有人"刺探"我俩的"情报"，问你们俩是怎么认识的？用现在的话说，就是"怎么'擦'出火花的？"那时候，我和妻因为都还年轻，常常避而不谈，或哈哈一笑带过。但，"好事者"们不甘罢休，常杜撰出五花八门的"版本"来，让我和妻啼笑皆非。如今，我俩都已到了暮年，可以大大方方地告知，我俩的婚姻——歌为媒。

　　那是 1966 年秋天，我们解放军的一支小分队奉命来到一个叫东方红的小山村。那天晚上，大队召开军民联欢晚会，会前，按照惯例，解放军和当地老百姓要互相拉拉歌。记得当时的气氛热闹极了，吆喝声此起彼伏。

　　"解放军，来一个！"

"解放军，来一个！"……

我们小分队共有二十来个人，我是战友们戏称的"诗人"。政委说："小于，看你的了！"我说："我？我不会唱歌。"政委说："你不是会写诗吗？就给大伙朗诵一首诗也行。"我不好再推辞了，只好走到台前，即兴朗诵了一首快板诗（说是诗，其实是顺口溜）："红日出，蓝天开，朝霞如花飞起来，社员村口笑相迎，解放军支农进山来。解放军，进山来，革命生产巧安排，白天同劳动，晚上把会开……"

我念着念着，发现台下不对劲了。一个个捂住嘴吃吃地笑，有的还为我喝倒彩。我不得不停下来。原来，他们是笑我讲一口地道的苏北话，如把社员的"社"读成 xiè，把白天的"白"读成 báo。好在我有政委撑腰，有战友们热情的目光鼓励，你笑你的，我念我的，最后总算朗诵完了。下面该轮到社员们唱歌了，我挥动手臂，领头高喊："社员们，来一个！"

"社员们，来一个！"……

便有三四位姑娘和小伙子，被周围的人推推搡搡地拥上了台，献了歌。但他们唱的歌，都是老掉牙的，且嗓子也都一般，有的还跑调。我心想，到底是农村，会唱歌的人不多，歌唱得好的人更少。就在我们准备宣布开会的时候，突然台下响起一阵阵热烈的掌声和吆喝声："小贾，来一个！"——掌声叭叭叭！

"小贾，来一个！"——掌声叭叭叭！

我和政委一下子乐了，踮起脚尖，四处张望，不知哪一位是小贾。就在这时，人群中站起一位女青年。因为会堂里点的是汽油灯，光线暗，她又站在后排，我看不清她的模样。但这不要紧，只要能听到她的歌声就行了。哦，看来她是个"老手"了，只听她低声清了清嗓子，然后用一口标准的普通话道了几句开场白："谢谢大家的盛情，我给亲人解放军献上一首歌，歌名叫《看见你们格外亲》。"

"噢——噢——"台下一片欢呼声。

"小河的水哟清幽幽，

庄稼盖满了沟，

解放军进山来，

帮助咱们闹秋收……"

作者妻子年轻时郊外留影

哦！这不是著名歌唱家马玉涛唱过的歌吗？这歌声是从她的喉咙里发出来的吗？一个乡下姑娘能唱得这么动听吗？我简直听呆了，真的听呆了！尤其是她发出的第一声"小河的水哟清幽幽"，把全场的人都给"镇"住了，我的心也为之一动。

她的歌声，像云间的百灵，清亮而又婉转。

她的歌声，像山间的溪水，纯净而又甜美。

也许是我太激动了，她唱歌时，我竟忘了鼓掌！我甚至有点儿失态，有点儿猝不及防的感觉。我还暗自责备自己，为什么不请她到台上来唱呢？那样，我会和她靠得很近，我会看清她的面容，尤其，我会一睹她演唱时的风采。而现在，我，我只有用目光去"扫描"她。但我又不能把目光老死死地盯住一个地方，盯住她。我不敢，我怕，政委在场，战友们在场，台下还有那么多双社员们的眼睛在我跟前闪烁呢！我只有强迫自己保持镇定，镇定，保持军人必须具备的沉稳和仪表……

她的歌唱完了。她在我的视线里消失了。我恍然若有所失。有好一阵子心里乱乱的……

一天清晨，我起床后，在房东家门口做操。做着做着，忽然瞧见前面不远的水塘边，有几个姑娘在门口晾衣服。我向房东打听，房东告诉我，她们都是城里来的下放知青，到这儿落户一年多了。接着，他又逐个地指给我看，当指到那个高个子的女青年时，他说："她就是小贾，那天晚上歌唱得最好的那个。"呀，她就住在这儿？还是个知青？难怪她的歌唱得这么好哩！我又惊又喜，心想，近在咫尺，这下可方便了，得找个机会和她认识认识。

那天，她们几位女知青还没吃早饭，我就借口向她们借洗衣服的棒槌，走进她们的屋里。姑娘们见我来了，一个个都害羞得很，坐也不是，站也不是，尤其是"那一位"，更是满脸通红，两只手不停地摆弄着辫子。她身材很苗条，腿修长，白净的瓜子脸上，长着一双美丽的大眼睛。整体给我的印象是朴素、清纯。也许是"心有灵犀"吧，此刻，我忽然觉得自己心跳加快，但表面上还装出若无其事的样子。解放军嘛，得把控好自己，再说，我是来向人家"借棒槌"的！不敢逗留，只和她们简单地对了几句话，便匆匆地离去。

这以后，她的影子便经常在我的脑海里浮现，她的歌声也经常伴随在我的耳畔，而且，有一种极其微妙的感觉开始在我的心田里萌动着……

　　说来也巧，就在这时，我们计划与当地村民联合举办一个忆苦思甜教育展览，由我负责具体策划，小贾因是知青中的佼佼者，出身好，懂文艺，有文化，也被邀请参加，于是我俩便有了更多接触的机会。

　　有一天，我壮着胆子写了一张纸条，想在周围没人的时候递给她。信不长，只几句，无非是称赞她的歌唱得好，希望她再接再厉云云。但此信在我衬衣口袋里放了好几天，一直没有勇气交给她，有几次手刚伸进口袋，忽又缩了回来……

　　日子过得好快，一晃，近两个月过去了，部队结束在这里的任务，回到了军营。

　　尽管这时我已和小贾两地相隔，但我还不时地想到她，想起她的歌声，想起她的模样……

　　也许受"爱情的力量"驱使吧，那天，我几经思想斗争，最后还是抱着试试看的心理，给她写了一封颇有点"革命"意味的信，信中还夹了一份我刊登在《解放日报》副刊上的诗歌剪报。

　　谁能说这不是缘分呢？这封信发出时，小贾早已招工进城，原来的"知青点"也早已不复存在，信是几经辗转才侥幸传到她手上的。她收到我的信时，也颇感意外，但更多的还是惊喜。她二姐后来笑嘻嘻地告诉我："贤子（吾妻）收到你的信，像变了个人，那天神秘兮兮地把自己关在房间里，给你写回信，担心写不好，信纸撕了一张又一张……"其实，她回给我的信不长，就那么两张纸，抄录了一首她平时最爱唱的歌的歌词……不用说，我们彼此都心照不宣，都在搞"火力侦察"。

但能很快地接到她的回信，这使我大喜过望。

随着时间的推移，我们相互间通信的次数也越来越多，信也越写越长，而每封信开头的称呼也发生了微妙的变化，逐渐地加上了一些形容词……

1968年初，我从部队复员回乡。这是我人生的一次重要转折，同时，我俩的婚姻也处在了"十字路口"。为了确定婚事，我只身前往苏南岳父母家。初次见面，岳父母似乎对我颇有好感，尤其是岳母，总是不时地用爱抚的眼神看着我。"唉，其他条件都还不错，可惜是苏北的！"岳母对附近一位最要好的邻居大妈说。

岳母是个很开明又很谨慎的人，为了对女儿的婚姻大事负责，她带着女儿特意来苏北做了一次"深度考察"。当时的苏北农村很穷、很苦啊！住的、穿的、吃的都很差。记得她们母女俩第一次来到我家时，"迎接"她们的就是几间破旧不堪的茅草房，门口土厕里一头瘦骨嶙峋的猪，还有屋子里几样歪歪斜斜的旧家具。何况，这时我还未找到合适的工作，暂时先在生产队务农。但她们母女俩并不嫌弃我家寒酸，也没有计较我的工作和今后的生路。这正是她们的可贵和感人之处。岳母在去我家周围邻居家探访时，邻居们都夸我父母正派、勤劳、人缘好，夸我聪明、上进、有志气，等等。岳母听了，就很开心。

也真是巧，就在岳母来我家"考察"的那几天，公社机关急需招聘人才，尤其是需要"笔杆子"。于是我被举荐，临时借调到公社机关工作。说是"工作"，其实就是帮助写写画画，搞搞舆论宣传。但岳母很当回事，说，路都是人一步一步走出来的，只要肯努力，将来你定会有出息的。为了让我吃上"定心丸"，能安心工作，岳母回家后，和家人商量，做出了一个重要决定——让女儿来苏北陪着我。这在当时是匪夷所思的。第一，苏南城里的女孩怎么能屈嫁到苏北，而且是乡下。第二，还没有正式结婚，怎么可以住到男方家里？但岳父母和家人不信这些陈规陋习，他们都积极鼓励和支持吾妻从丹阳来到苏北。

妻很聪慧，且适应性也强。她来我家后，晚上，和我嫂子睡一个房间（我哥在北京工作）。白天，她和我二姐学缝纫，有时还拎个竹篮外出打猪草。因为从小在城市里长大，她一度用不惯乡下的煤油灯，尤其烧不惯我家的土灶，不是常熄火，就是一次次被烟灰呛得咳嗽不止，有一次还把额前的头发燎去一小绺……但她从没有抱怨过，岳母也经常写信来给她打气。也就是一两月时间吧，她就熟悉了这里的风土人情。她和当地人学唱秧歌，学唱民歌，学唱淮剧、扬剧……《扬子晚报》繁星副刊曾发表过我的《岳母的眼神》等两篇散文，写的就是这段时间的故事。

不久，公社成立文艺宣传队，我和她双双入选，我是宣传队长，她是独唱演员，有时也参加演戏。我们当时配合得可好呢！我每创作一个节目，她总是给我当参谋，帮我提意见。她每次登台前，我总是她的第一听众，我会为她打拍子，唱旋律。一个会写，一个会唱，一个会编戏，一个会表演，这在我的家乡很被人羡慕。

也是勤奋和爱好使然，那时的《新华日报》"工农兵文艺"副刊，常刊发我的诗歌、散文和微型小说，算是有点"小名气"吧，于是，我有幸先后被借调到红扬州报社和新华日报社。尽管是短期的，临时的，但对于"四顾茫然，走投无路"的我，无疑是极大的鼓舞和激励。记得去红扬州报社报到前一天，因为临行匆匆，也为了我走后，未婚妻能"名正言顺"地在我家落户，我俩便举行了简单的婚礼，说是"婚礼"，其实总共只花了二十三块钱。这多因妻子的理解和宽容。此后的日子，无须赘述，自然是折腾复折腾，艰辛复艰辛，但我和妻都很坚强和乐观。因为我们心中都亮着那盏灯。这盏灯，就是情爱之灯，就是理想之灯，就是希望之灯！

作者与妻子年轻时合影

1975 年，妻招工进城，最初被安排在县食品公司工作，后又调到县委党校。这期间，她又被吸纳进县总工会文艺宣传队，于是有了更多崭露头角的机会。有一次，著名歌唱家于淑珍、德德玛、丁雅贤等一行来高邮演出，县文化馆也邀请她参加同台演出。她的两曲《数鸭蛋》《拔根芦柴花》，不仅引起全场观众的热烈掌声，也得到了这些歌唱家们的肯定和赞扬。此后不久，他们还特意写信来，想推荐吾妻到沈阳音乐学院深造。这可是千载难逢的机会，但当县文化馆的同志拿着信来我家报喜时，她却婉言谢绝说："儿子马上就要参加升学考试，他（指我）上班很忙，业余时间还要搞创作，再说，我也舍不得离开高邮这个地方。"

　　有道是"天道酬勤"吧，几十年风风雨雨，我俩虽然没有当上这"官"那"官"，也没有成为这"星"那"星"，但都在各自喜爱的领域小有收获。她曾当选为市文联委员，多次获得华东地区和苏北里下河地区歌咏比赛的各种奖项，还两次为中央新闻纪录片《今日中国》配唱主题歌。我也连连有诗文在报刊上露脸，并多次被国家工商总局等有关部门调用，参与编纂大型图书，或创作、编导电视专题片。前些年，安徽文艺出版社和江苏凤凰文艺出版社，还相继出版了我的文学作品集《回首集》《我心飞翔》等。

　　不仅如此，我们的小家庭也让亲友们羡慕呢。喏，儿女们都很阳光，都很上进，儿子儿媳都是高校教师，尤其两个孙女、外孙女非常励志、非常可爱，且多才多艺，他们正展开翅膀，在浩瀚的天空里自由翱翔……

　　家是幸福的港湾。幸福的家庭需要爱的滋润。蓦然回首，我俩结婚已近五十个年头矣！而今我俩都已退休，她的两鬓花白了不少，我的头发也亮成了风景。但我们依然相牵相依，彼此关爱如初。现在回想起来，正是五十年前妻唱的那首《看见你们格外亲》的歌，成就了我俩的好姻缘。呵呵，这不就是歌为媒吗？

　　　　　　你是太阳，
　　　　　　我就是月亮。
　　　　　　因为有你，
　　　　　　我才这般明亮。

你是雨露，
我就是竹笋。
因为有你，
我才长满了精神。

你是花蕊，
我就是彩蝶。
因为有你，
我才采撷到欢乐。

这是许多年前，妻过生日时，我写下的一首小诗，题目叫
《因为有你》。

这首诗是对她的赞美，也是我俩美好姻缘的写照。

（原刊《老人世界》2000 年第 7 期，收入本书时稍作增删）

独酌忆旧

卷首：回忆

回忆是一把梳子，
将蓬乱的往事慢慢地梳理。

回忆是一面镜子，
能依稀照见自己的影子。

走过的路，有正有斜。
经历的事，有悲有喜。

回忆——但不是恋旧，
找回自己再放飞自己。

（刊《银潮》2015 年第 3 期）

什么最刻骨铭心？

现在的孩子可能永远不会理解，在我们那个年代，怎么会对一盒饭，一碗粥，如此钟情，以至直到今天还在喋喋不休。

能解其中味的，莫过于我们这个年龄段的人。

1960年，我考取临泽中学时，家里穷得连我的学费、书钱都交不起，但望子成龙的父母还自找苦吃，让我做住宿生。其实，我家离学校并不远，三四里路，完全可以走读，只是因为住宿生早晚有粥喝，中午有盒饭吃，尽管顿顿填不饱肚子，但总不至于饿死。伙食费是按月缴的，每月六块钱。这在当时可是一笔不小的数目。我不知道父母是从哪儿弄来的这些钱。只知道，家里早已没有一粒米，专靠慈姑、野菜糊口。只知道，父亲得了可怕的黄肿病，住进了公社防治站……

那时的临泽中学，南边是一大片开阔地，周围长有好多树木，从春到秋，绿波荡漾，空气清新。每天早自习，我都喜欢到这里来朗读课文，或背诵英语单词。

有天早晨，我无意中瞥见树丛那边的土坡上，有个人影在晃动。我向前走了几步，发现是一个老女人。她弯着身子，手

167

里握着一把锹，好像正在挖什么东西。她的身板，她劳作的姿势，以至从她头顶纷纷扬扬飘起的花白的头发，使我一眼就认出，这是我妈！咦，妈怎么会到这地方来呢？她在挖什么？我来不及多想，连忙疾步向她奔去。

妈见我来了，先是一怔，接着说："我是来挖蒿秧（一种野草）根的，你怎么知道我在这里？"我说，我是无意中看见的。

妈妈从地上捡起几根雪白雪白的蒿秧根，喜滋滋地递到我面前说："这东西能填肚子，又没有毒，我们家那里不多，听说这地方有。"

我说："挖这东西挺费劲的，你中午在哪儿吃饭呢？"

妈用手指指竹篮里的小布袋，说："我自己带啦。"

我问："你带的什么？"

她说："你别烦嘛！妈反正有东西吃。"

我不放心，把竹篮里的布口袋拿起来，解开一看，天哪，这东西能吃吗——谷糠，猪吃的饲料，里面还夹杂着许多稻壳和草屑！

我的眼泪簌簌地流了下来。

我足足在妈妈身边愣了好几分钟，直到上课的预备铃声响起，才一步一回头地离去……

可以说，整个上午我都没心思上课——我在惦记着可怜的妈妈。

"叮当叮当叮当……"终于，第四节课下课的铃声响了！不用说，是我冲在最前面。我将属于我的那盒饭拿到手，趁同学们没注意，走出教室，快步向母亲挖蒿秧根的地方奔去。

母亲这时正在弯腰捡蒿秧根，没发现我来。我从怀中取出饭盒，用筷子从中间划开，一半给妈，一半留给自己。

"妈，你先吃吧。"我把饭盒伸到她面前。

妈妈连忙摇头说："就这么点饭，你快吃吧，妈不饿。"

我说："不，你不吃，我也不吃！"我很固执。

经不住我的软磨硬磨，妈妈终于吃了，但她只肯吃一小半，将大半盒饭硬塞给我。

吃完后，我也像母亲那样，抓起布袋里的谷糠，大口大口地吞咽起来。虽然谷糠很粗糙，且气味难闻，但母子连心，妈妈能吃儿子就不能吃吗？我要以此来表示与妈妈同甘共苦！

此后，一连三天，我和妈妈都这样"共进午餐"。

妈妈吃饭时，会不时地用眼睛看我，我也这样看她，目光里都充满了柔情。

第四天中午，当我又怀揣饭盒去找妈妈时，发现她已不在这地方了，四处找，也没有找着。

咦，妈妈到哪里去了呢？我很茫然。

星期天我回家问妈妈，妈说，她又发现了一处地方，那里的蒿秧根更多、更肥。

后来还是姐姐向我透露了实情，说妈是舍不得分吃我的饭，让我挨饿。

我听罢，顿时愣住了。啊，我只和妈妈分享过三次盒饭，可那些天，还有接下来的日子，妈妈吃什么呢？姐姐和病中的父亲吃什么呢？想到这，我的心像刀绞一样难受⋯⋯

1962年底，我应征入伍，终于，生命出现了转机。

有一次，母亲到部队探望我，闲谈中，我和她又说起了那年分吃盒饭的事，都禁不住泣不成声。我告诉妈，我一到新兵连，第一顿早餐就吞了19根油条。妈听罢，连眼泪都笑出来了。

现在这种日子早已成为历史了，我们家别说大米饭，就连鱼肉鸡鸭也常有吃腻的时候。可不知为什么，我和母亲当年分吃的三顿盒饭，对我这辈子来说，最有味道，最刻骨铭心。

（刊《爱情婚姻家庭》2002 年第 11 期）

我爸不喜欢吃肉

小时候，我最喜欢吃肉，偶尔吃一回肉，就像过年似的快活，这正好和我爸相反——爸最不喜欢吃肉了。

有一次，妈妈上街卖柴火，可能是柴火好卖，兜里有了点钱，妈妈便"阔绰"起来，从肉案上割了半斤肉回家。半斤肉是不够红烧的（我特别爱吃红烧肉），妈妈就将肉切成薄片，熬成汤。肉汤也好香呵！我前头后头围着妈妈转，馋得口水欲滴。妈妈将做好的肉汤盛了两碗，大一点的碗是给我爸的，小一点的碗自然归我。

"爸，给——"我把碗小心翼翼地端到父亲跟前。

父亲正在天井里做事，他接过碗，瞅了瞅，又递给我说："爸不饿，你吃吧。"

我提醒他说："这是肉汤。"

"知道，"他说，"爸不喜欢吃肉。"

见父亲一脸认真的样子，我只好把碗又端回灶间，对妈说："爸说啦，他不喜欢吃肉。"

妈妈叹了口气，接过碗，把里面的肉片全部搛到我的小碗

171

里。"那你就快吃了吧。"妈对我说。

这正是我巴不得的。我接过碗，忙不迭地狼吞虎咽起来，吃得满面放光。妈妈在一旁只顾笑，说："真是个馋猫！"

1961 年，我爸得了"黄肿病"，浑身浮肿，脸蜡黄。母亲舍不得父亲，有一天，终于咬咬牙，把家里仅有的一只老母鸡宰了，煨了满满一锅汤。这时候的我，已经开始懂点事了，每当父亲吃鸡汤的时候，我总是躲得远远的，但父亲很"怪"，他每次都急急地把我唤回来，爸说，他不喜欢一个人吃独食。于是，母亲只好让我也陪着他吃。不同的是，我爸每次总是埋头喝汤，而将鸡肉一个劲地往我的碗里搛。

我急了，说："爸，这是鸡肉，不是猪肉！"

爸很固执，说："鸡肉也是肉。"

以后，类似这样的事还有过几次。所以，我那时就有个成见，爸爸真是个怪人，爸爸饿死也不吃肉。

后来我才知道，我爸其实是吃肉的，而且还特别喜欢！

那是我刚参加工作后，第一次拿到薪水那天，全家人都很激动，我把一沓钞票交到母亲手里，说："妈，明天买点好吃的，为我祝贺祝贺！"

妈说："那就买几斤肉吧，你最喜欢吃肉。"

我忙摇头，说："不行不行，爸不喜欢吃肉！"

妈粲然一笑，说："那你问你爸，看他到底喜欢不喜欢吃肉。"

我爸有个特点，含蓄，寡言，对喜欢或赞成的事，往往不直接用言语表达，而是鼻尖一翘，嘴角一咧，那意思就在其中了。爸这回的表情正是如此。这使我很诧异。

第二天，也不知妈妈到底买了多少肉，反正有满满一大海碗，还是红烧的。这顿肉，爸吃得最多，感觉也最香！

　　而我几次把肉衔在嘴里，却总是难以下咽。我想起了父亲过去常说过的那句话："爸不喜欢吃肉。"

（刊《老人世界》2003 年第 10 期）

三棵树

　　三棵树，三棵桑树，就长在我家屋后，高数丈，树干最粗的部位，两臂都抱不过来，最细的，也如碗口。尤为奇特的是，这三棵树的根紧紧盘绕在一起，而根部向上则各自兀立，那些茂密的树枝和树叶就常年错落有致地厮守在一起，其态如仙，其影如烟，成为我家屋后的一道美丽的风景。

　　三棵树上每年都结满了桑葚。夏天，我和邻居家的孩子就常在桑树下捉迷藏，挖蚯蚓，或逮萤火虫。玩累了，就爬到树上摘桑葚吃，桑葚果子是紫色的，葡萄那么大，很甜，汁也是紫色的，我们常把嘴巴吃得脏兮兮。

　　最令我垂涎欲滴的，还是三棵树上的喜鹊窝。我家的宅基本来地势就高，三棵树很自然地就成了方圆四周的制高点。喜鹊每年都把巢筑在树顶上。这是我所求之不得的，自家树上的喜鹊窝，就像自家建的鸡窝鸭笼，小喜鹊孵出后，我想看就爬到树上去看，用不着冒很大的风险到人家的树上去"偷"。有一年，两只老喜鹊突遭老鹰袭击，不幸都遇了难，三棵树顿时变得冷冷清清。我只好爬到树梢上，将窝里嗷嗷待哺的小喜鹊抱回家来。小喜鹊还没长毛呢，太娇嫩，哪养得活？最后都相继夭折。我伤心不已！常站在三棵树下发呆、发愣。还好，没过多久，又有另外的喜鹊飞来，它们又开始筑新的巢……

三棵树后来被砍了，听父亲说，是给村里造桥用。

锯树那天，父亲脸色严峻，我更是泪水涟涟，多好的树啊！为什么偏要锯它呢？不锯它就不行吗？但这是大人的事，我们小孩子管不了。

三棵树伐去后，只剩下了三个光秃秃的树根，它们似乎忍着剧烈的伤痛，紧紧地搂抱在一起，相依为命。根后来又冒出了小苗苗，一丛一丛的。我知道，这是三棵树的后代，便把对三棵树的感情默默地倾注在这些小桑苗上，经常给它们浇水、施肥、除草，千方百计地呵护着。它们也不辜负我的一片童心、爱心，一天天地长高长粗……

可是，到了1961年，这些小苗苗连同生育它们的根，又一次地被迫捐躯。因为那年春天，我们家已经窘得揭不开锅，需要刨这些树根去卖钱。我开始时舍不得，父亲说："树根重要还是人命重要？"我不敢吱声了。三棵树年代久了，树根埋得很深。我和父亲刨了好几天，才将它们一一肢解后刨了出来，而那些失去母根的小苗苗，则可怜兮兮地躺在地上，像是哭成一团！

三棵树的树根零零碎碎地卖了不少钱。每天，父亲就用这些钱从街上买些皮糠、慈姑回家度日……

三棵树就这样在我家屋后消失了，连根都没有了，可谓鞠躬尽瘁，死而后已！然而，它们并没有从我的脑海里抹去。在城市里生活这么多年，每当我看见高大的树木，就会情不自禁地想起我家屋后的三棵树，想起树上的桑葚，想起筑在树顶上的喜鹊窝,想起树干被伐去后重新冒出的小苗苗……

人的记忆是奇妙的,眼睛经常看见的,不一定日后能记住它。眼睛不是经常看见的,许多年后,它还在脑海里活灵活现。

这大概就是人们所说的"物情"吧?

(刊《真情》月刊 2001 年第 11 期)

乡间人物

铁匠冬林的老婆

冬林女人是铁匠冬林的老婆，我已记不清她的名字了，只记得她长相很丑，眼睛半瞎，整天红兮兮的。

她家离我家约半里路，每天我上学放学都是要经过的。那时，她家公公婆婆信佛，"老爷柜"上常放着木鱼、香炉、蜡烛台之类的东西。我到她家玩时，常趁她和家人不注意抓起木槌穷敲一气，有一回竟把木鱼敲破了。她家人发觉时，我已嘿嘿地大笑着跑远了。为此，冬林女人没少挨公公婆婆的骂："看你个没用的东西，你不会打他？"但冬林女人一次都没有碰过我。

冬林女人每天早上都坐在灶房里烧早饭。所谓灶房，其实是个草披子，四周用土块块垒成，里面黑乎乎的。临路道处，有个笆斗大的窗户，供平时揣草用。冬林女人每天就坐在靠窗户的地方烧火。我小时候是远近闻名的"大皮王"，上学路上，连狗见了我都躲得远远的。自然，冬林女人就成了我经常袭击的对象。

"瞎婆娘——"我常把头伸进窗户这样叫她。

她也不恼，总是说："要死了！没大没小的，我告诉你妈妈！"

那时，乡下孩子没有掏钱买玩具一说，要玩，全靠自己动手做。不是吹，我做的弹弓、木枪、弓箭、风筝，一点不比人家买的差。后来，我又对玩"水激子"发生了兴趣。

所谓"水激子"，就是选一个长二三十厘米，直径约四厘米的竹筒，一头空，另一头在节疤处钻几个细孔，然后在竹筒里装上活塞，吸足了水，喷着玩。别看这玩意儿不大，喷出来的水雾可猛哩！

冬林女人这下又要倒我的霉了。

"瞎婆娘，你快来看哟！"我骗冬林女人上当。冬林女人不知我要她看什么，便把头从窗户里伸出来。

"哧——"一竹筒水准确无误地喷到了她脸上。

"要死了！没大没小的，我告诉你妈妈！"她一边抹着脸上的水，一边跺着脚，吓唬我。

那时候，我不晓得怜悯人，总以为这样好玩，而冬林女人的懦弱，更使我有恃无恐……

但，冬林女人也有发火的时候。

记得是冬天的一个早晨，刚下过雪，天气很冷，我又阴谋用"水激子"袭击她。谁知她已有了准备，早舀了一大海碗冷水放在灶台上，候着我呢！当我把"水激子"伸进窗户的时候，冬林女人已迅速地跳到了一边。"哧！哧！让你哧！"冬林女人像头咆哮的母狮，把盛满冷水的大海碗高高地举在手里。我看得很清楚，这一大海碗水足有二三斤，如果真的泼在我身上，不成落汤鸡才怪呢！我一下怵了。

然而，不知为什么，冬林女人最终没有下手，只见她手里的碗剧烈地抖动着，冰冷的水顺着手臂流下来，顷刻间，湿了衣袖，湿了半边棉袄……也许是她真的气极了，抑或是手被冷水刺激得麻木的缘故，最后那碗竟滑落下来，砸在木墩上，发出"咣啷"一声脆响，碗碎了一地！

"看你个没用的东西！"那边屋里的婆婆大声地呵斥着，急急地跑进灶房，而冬林女人则倚在墙边呜呜地哭了起来，一边哭，一边骂："杀千刀的，要不是怕你误学……"

她第一次这样恶毒地骂我，而后面的半句话却使我惊诧不已！哦，她是怕把我衣服弄湿了，耽误上学，所以才……

人之初，性本善，我尽管顽皮，但心地还是善良的。所以打这以后，我再也没有用"水激子"喷过她，还瞒着我爸妈，从家里"偷"了一只大海碗，从冬林女人常坐的窗口递给她，她也不客气，说："活该，哪叫你闯祸的！"

冬林女人后来去世了。那天，她上码头洗歪歪菜（一种野菜），一只脚踩空，落到了水里。当我得知这一噩耗时，伤心地哭了……

（刊《雨花》2009 年第 2 期）

金丫头

金丫头明明是个男伢子，却起了个女孩名，而且还要冠个"金"字，其实他姓谢。后来听我妈说，金丫头的父亲是担心独生儿子长不大，特意起了这个名字。金丫头"五行"缺金，又因为在旧观念里，丫头是不值钱的。——乡下有"人贱命大"一说。

金丫头个子很矮小，癞痢头，头顶上翘着几根稀疏的头发，脸也是黄巴巴的，样子真有点像电影里的三毛。他妈死得早。按说，他是很受宠的，但他被父亲看管得很严，平时在家像蹲"号子"似的。父亲为训练儿子的耐性，常找些"死活"让他做，有时还要他数米粒，就是量一升米让他一粒一粒地数，一共有多少粒，为防止儿子"作弊"，隔天再悄悄地加进几粒或拿出几粒，要他重数，看数得对不对，不对，就得挨打。他家与我家仅一河之隔，中间有道木桥。只要他爸不在家，我就溜到他家去玩。有一回，我见他爸又上街卖菜去了，就去找金丫头玩。那天，他家门口晒着两匾子糯米粉，雪白雪白的。我特别喜欢吃粘食，就说："哎，做粘烧饼吃吧。"

金丫头正在数米粒，说："没米粉。"

我指着门口的竹匾说："这不是米粉吗？"

金丫头吓了一跳，说："我不敢，爸会打我的。"

我说："怕什么，这么多呢，他不会晓得的。"

见金丫头还在犹豫，我赶忙趁热打铁说："吃完烧饼，我再帮你数米。"

金丫头禁不住我的诱惑，加上自己嘴也馋，就点点头说：

"好，只做几个，要快点！"

于是，他烧火，我揉米粉，不一会，烧饼就做好了，我们一人两只，吃得好香。

哪晓得，到了傍晚，我忽然听见河那边传来了哭叫声，天啊，是金丫头！原来他爸上街前在糯米粉上用手指画了几个字，我们抓米粉时竟没有在意！他爸一边打一边逼问金丫头有谁来过，但金丫头很讲义气，高低不肯交出我来。我在河这边听着，心里难受极了！妈妈见我躁动不安的样子，问是不是我惹的祸，我只好照实说了。妈妈用手指戳了一下我的脑袋，说："讨债鬼！"连忙用脸盆装了些面粉，急急地跑过去为金丫头求情……

小孩子家往往记得玩不记得打。

那时候，外地常有马戏班子来乡下演出。说是"班子"，其实只四五个人，表演的都是些杂耍，如踩高跷、走钢丝、舞大刀等。因为是在露天里表演，不用自己掏钱，所以我和金丫头几乎每场必到。有一次，马戏班子又来了。这次除以前看过的老节目外，又增加了气功表演。但那时我和金丫头都不知道气功是什么玩意，只觉得新鲜、刺激。有一个叫作"劈砖"的节目，很受伢子们的欢迎，即表演者在腹部堆放一摞砖头，然后，另一个人举起榔头凌空劈下，砖碎人无恙。我看了不屑一顾，想：这有什么，我也会玩！

那天，见金丫头的父亲下田干活去了，我又溜到他家里。我说："金丫头，我们也来表演表演。"金丫头问："表演什么？"我说："劈砖头呀！"他很惊讶，说："这家伙你也敢玩？"我嘿嘿笑道："为什么不敢？容易死了！"金丫头还在发愣，我却很麻利地端来两张长板凳，并在一起，又从门外找来了榔头。

一切就绪后，我迅即脱去褂子，笔直地朝长板凳上一躺，露出瘪瘪的肚皮，吩咐金丫头往我肚子上摞砖头。摞到四块砖时，金丫头停住了，说："让我先来吧！"我说："放屁，我不比你强！"金丫头只好又接着摞，摞到第八块砖，我感觉有点上气不接下气的，便吩咐停止。下面该是最精彩的一幕了。但金丫头胆小，几次把榔头举在手里，就是不敢往下砸。

"砸呀，你愣什么？"

"我怕！"

"怕你个球！"我有点光火了，"砸！不砸，我就罚你爬树！"

我常用"罚爬树"来威胁那些不听从指挥的小伙伴们。这句话果然起作用哩！金丫头一咬牙，癫痫头上的几根头发顿时立起，"叭——！"榔头从空中狠狠地砸了下来。

"哎呀！……"我大叫一声，从长板凳上一骨碌翻跌到地上，双手捂着肚子，不停地打着滚。金丫头吓死了，脸色煞白，说："我说的啵！要你让我先来！"

但等疼痛过去后，再看看地上的砖头，连一块也没断！

（刊《雨花》2009 年第 2 期）

喇叭高

喇叭高是"特殊年代"乡下一位科长的名字。他这名字有点怪，恐怕百家姓里是找不到"喇叭"这个姓的。其实他姓高，喇叭是他的大名，连起来应该叫高喇叭。但不知为什么，村里人总习惯把它倒过来，叫他喇叭高。他也不恼，随人家叫。

喇叭高常年派驻在我们生产队。此人四十岁出头，个子不高，也没有多少文化，但有一个癖好，喜欢吹牛，唱高调，也爱骂人。他骂人时，嘴巴咧得老大，露出的一颗大金牙闪闪发光。

喇叭高右腿瘸（据说是小时候患麻痹症留下的），那条腿既短又瘦，脚很小。左腿却像健康人一样，既粗又有肌肉。所以他穿的鞋是特制的，一只大，一只小，小的那只鞋就像个马蹄子。他很敬业，每天有事没事都要在村子里转几圈。喇叭高走路时的样子滑稽得可爱，每迈出一步前，伸出的右脚必定先在半空画一个圈，然后才"狠狠地"着地，着地的同时，头总要晃两晃，嘴还要咧一咧……别人看他走路似乎很吃力，其实他是既统一又和谐，悠哉悠哉。

我小时候，特别爱看喇叭高走路。不过，不敢当着面看，而是躲在远远的树丛里窥视。有一回，竟然被他觉察了！他佯装不知，等走到我跟前时，突然猛一伸手，像老鹰抓小鸡似的，把我从树丛中拽了出来。

"看你老子！"

喇叭高不懂生产，却喜欢开会，说大话。

喇叭高开会时，往往有"三部曲"：第一部，坐着说；第二部，站着说；第三部，跳到桌上说。他跳到桌上作报告时，姿势也让人捧腹。一条腿撑着桌面，另一条腿则随着情绪的跌宕起伏，和语言的抑扬顿挫，不停地"打着节拍"。可见，他的全身重量都是落实在左腿上的。我那时就有点好奇，这人莫非练过"一腿功"？！

有一回，喇叭高又跳到桌子上唱高调了。那天，会堂里人很多，喇叭高一见人多就来劲，觉得自己有威信，众人都拥着他。于是，气宇轩昂，口若悬河，大话连篇。但，那天有点怪，他讲着讲着，发现台下不对劲了，一个个都嘻嘻哈哈的，特别是坐在前排的几个女社员，都把头埋得低低的，有的还捂着脸，吃吃地笑！

"笑什么笑！"

任凭喇叭高怎么发火，会堂里的秩序依然很坏。喇叭高有点蒙了！因为这是以前开会从没有过的。

不知是哪位好事者多了句嘴，说："喇叭大哥，你把自己的哈面看看哟！""哈面"，高邮话，即下面。喇叭高低头一看，吓了一跳，发现自己裤子裆部的纽扣都没扣，大敞四开，里面的"风景"一览无余！

天哪，这回喇叭高可下不了台喽！

哪晓得，你是杞人忧天！人家喇叭高见多识广，有急才呢！你看他脸不红，腿不抖，一骨碌从桌子上跳下来。

"这有什么好看的，你们要把注意力放在听我作报告上！"他嘿嘿地笑两声，又露出了那颗大金牙。

（刊《高邮日报》2000 年 4 月 19 日）

董鸭传奇（节选）

　　高邮这地方，养鸭的人很多，董鸭就是一位"祖传"的养鸭能手。他爷爷养了一辈子的鸭。父亲是靠养鸭赚钱才娶上老婆的。母亲在生董鸭时没奶，就靠鸭汤救了他一条命。所以，他父亲对鸭子情有独钟，在儿子过周那天，他说："也不必请人起名了，就叫鸭子吧。"

　　董鸭就这么叫出名了。

　　董鸭的家，就在我家屋后头，平时常有来往。所以，我对他家的情况一清二楚。说实话，董鸭养鸭很有一套本领。举例说吧，鸭蛋抓在手里，对着太阳一照，就能辨出有"色"、无"色"（是不是种蛋）。当鸭子还没有脱去黄毛的时候，他能通过观察幼鸭走路的姿势和听它的叫声，准确地说出这鸭子的公母。母鸭屁股大，且走路一摇二摆的，他就会说："唔，这家伙将来能下蛋！"当然，他这一套本领也是靠自己一点点摸索出来的。起初，他养鸭不多，二三十只，七八十只，后来越养越多，发展到二三百只，只只都是正宗的高邮麻鸭。每天他的"鸭部队"出来的时候，都是浩浩荡荡的，游在水面上，像一片云，煞是壮观！

　　离他家十几里路远的地方，有一片无边无际的芦苇荡，叫"十二汊子"。那里的水色好，活食多，是放养鸭子的好去处，只是沿途横七竖八地长满了柳树、芦蒿、野草，且坑坑洼洼，很难行走。董鸭为了养好鸭子，顾不上这些。每天五更左右，他就要起床，把鸭子赶出栅栏，然后，顺着河道、沟汊，一直护送到荡里。到了荡里，他就可以自由自在了，或躺在滩上闭目养神，或掏出小人书自个儿消遣，或来回巡视鸭子嬉戏、掏食……

董鸭很节俭，一年四季就这么几件衣服，还不知是哪年哪月买的。那时，我的家境比较好，母亲常找些我穿过的旧衣服给他穿。他平时穿得最多、最旧的那条短裤衩，就是我原先穿过的。为了节省，他冬天就穿个"套筒子"（不穿内衣），夏天外出放鸭，只穿条裤衩。因为来回天色都很暗，加之沿途人家很少，他常把裤衩脱下来，打个结，挂在竹竿上，全身赤裸着行走。他有次对我说："这样惬意，风一吹，凉丝丝的。"

哪晓得，说这话没几天，麻烦事就来了！

那天，他仍像往常一样，五更时分，赶着鸭子上了路。刚出庄，就把裤衩脱下来，挂在竹竿上。一边走，一边哼起小调："春季里那个好春光，西沟村的妹子插秧忙……"哼着，走着，不知不觉地远处传来了鸡叫声，抬头一看，东方已经呈现鱼肚色。他这才想起要穿裤衩，便把担在肩上的竹竿收了回来。咦，怎么搞的，竹竿怎么轻飘飘的？再一看，不好！竹竿上空空如也，裤衩连影子都没有！那裤衩什么时候丢的？在哪里丢的？他不晓得。也许是被风刮跑了，也许是晃动时落在了草丛中，也有可能挂在了哪棵树的树梢上，反正肯定是丢了。他想回头去找，可天已经快亮了，再继续前行，不能呀，自己整个儿光着身子，赤条条的，前面就是公社机关大院！哎呀，这可怎么办？这可怎么办？董鸭急得站在那里抓头、跺脚、发愣……

就在董鸭走投无路的时候，忽然发现隔河不远处有一盏灯亮了起来。有灯就有人家，有人家就能借到裤子。他急忙跳下河，游到对岸，朝那亮灯的地方奔去。这是一个单头户，户主是个寡妇，孤身一人。但董鸭并不知情。他只想能赶快借件遮羞的东西，哪怕是被单、麻袋都行。可就这样光着身子、湿漉漉地向人家借东西吗？那不把主人吓坏了？弄不好还要被人家痛打一顿！董鸭急得心里火烧火燎的，但又无可奈何！他只好硬着头皮，蹑手蹑脚地向那户人家摸去。走近了，他才发现这户人家门口有个走廊，走廊两头的柱子上拴着一根麻绳，麻绳上正晾着两件衣服，不过都是女人的。一件蓝士林褂子，一条花裤头。他想，事急无君子，管它是男人的女人的，总比我光着屁股好吧！于是，他便弯下身子，从亮着灯的窗户下面轻轻地绕过去，绕到走廊边，手一伸，扯下了那条花裤头，飞快地套在自己身上，然后转身就溜。谁知，他前脚刚走，屋里的女人就急急地起来了。原来她隐约听见门外好像有点动静。推门一看，果然发现自己晾在走廊麻绳上的裤头不见了。咦，出鬼啦！夜里起来解手时还在？她就四处找，找不着，以为是被风吹走了，又向远处看，这一看不要紧，有一个人骇然进入了她的视线，此人正急急地走在河岸上，下身穿的好像就是她的花裤头！

"坏蛋！"她一边追，一边骂。

那董鸭一见有女人追来，晓得不好，慌忙弃下鸭子，像支箭直向前逃窜。还好，公社机关大院就在前头不远，他七拐八拐地一头冲进了院子，还没来得及喘口气，迎面碰见了一个人。谁？徐书记。徐书记曾在董鸭的村子蹲过点，还为董鸭养鸭致富打过气、撑过腰。这天清晨，徐书记正在公社机关院子里锻炼身体，见董鸭光着上身、上气不接下气地溜进来，吃了一惊，忙问出了什么事，董鸭只好照实说来。

这时，那女人也已奔进了院子。

"你快把裤头还我！"

"我……我没拿你的裤头……"

"哼，你没拿我的裤头，你身上的裤头哪来的？还是花的！"

"是……是我自己的。"……

徐书记吃吃地笑，把董鸭叫到一边，说："不要嘴硬了，快把裤头脱给人家。"

"那我就光着屁股？"董鸭急了。

徐书记把董鸭叫进自己的房间，找了条裤衩让董鸭换上，然后，捡起地上的花裤头，掸了掸，送还那女人，还风趣地笑着说："他是个放鸭的，还是个能人，来路正宗。"

说得那寡妇也笑了。

原以为这场小风波就这么过去了，哪晓得接下来的事情就颇具戏剧性了。

改革开放后，家乡政府决定大力发展养鸭事业，成立了鸭集团，董鸭是远近闻名的养鸭能手，又是出身"养鸭世家"，根正苗红，自然得到重用，乡政府还破格聘用他当了集团的副总。为了扩大销路，鸭集团下设多个销售部，聘用的工作人员都是本地人，而当年那个追董鸭讨要花裤头的寡妇，也是其中的一员。真应了那句老话，不是冤家不聚头！但这时的她和董鸭都三十好几，而我也早已离开了家乡，在市里的一家媒体工作。

有一次，我回老家采访，在鸭集团办公室遇见了董鸭。董鸭气色很好，见到我这个邻居、发小来了，激动得满脸放光。寒暄一通后，我问他："还在打光棍吗？"

"不，有老婆了。"他说。

"谁？"我关切地问。

"就是她呗！"他一脸的甜蜜，"你晓得的，就是那年追我要花裤头的那个……"

啊？是她？是……是那个寡妇！我又惊又喜，心想，真是不打不成交呵！便问他：是怎么把她"混"到手的？

"怎么叫'混'到手呢？人家是明媒正娶！"他得意地告诉我，"是徐书记帮我们俩牵线搭桥的。"

他说的徐书记，就是当年为董鸭解围的那个公社"一把手"。

你说这算不算"传奇"？当年因为放鸭，半路上弄丢了裤衩，这一男一女差点成了冤家。如今也是因为鸭子，又把两个人撮合在一个屋檐下！是缘分，还是巧合？抑或兼而有之吧。于是，我拱手对董鸭说："祝贺祝贺！今晚该补喝你的喜酒哦！"

（刊《扬州文学》2002年第1期）

鞋的故事

　　杜书记住进我家那年，我还很小。那天，我和几个小伙伴正在河边挖蚯蚓玩，村长领着一个背着包袱的陌生人向我家走来。我问："你们找谁？"村长说："找你家大人呀，在家吗？"我点头说："在家。"便替他们领路。村长进门后，对我父母说："这位是城里来我们村蹲点的杜书记，要在你们家住一段日子。"我家出身贫农，父亲母亲又都是热心肠的人，自然满口答应。我更开心，因为这下家里可热闹了。趁杜书记和我父母说话的机会，我好奇地打量这位陌生人。他瘦高个儿，衣着很土气，尤其脚上穿的那双草鞋很显眼。我问杜书记："你也穿草鞋？"他说："是啊，我为什么就不能穿呢？"他把一只脚伸到我面前，让我欣赏他自己编的草鞋。哦，这双草鞋可好看呢！尽管也是稻草编的，却编得很密实、很飘逸，后跟和脚趾处还间杂着几根布条，这是为防磨破脚皮特意加上去的。见我愣愣地瞅着他，杜书记索性在堂屋里来回转起圈来，一边走，还一边说："穿草鞋可好呢，轻便、利脚，就像当年红军长征，走起路来，嗖！嗖！嗖！"逗得我和父母都笑了。

　　草鞋毕竟是稻草编的，容易坏。杜书记穿的草鞋更是如此。别人编一双草鞋可以穿上近一个月，他的草鞋却往往不到五六天就要换一双。因为他工作很忙，时而要到乡里、区里开会，时而又要到张三、李四家串门。有空时，他还常帮我父母挖地、挑水、喂猪，从不说累，更不怕脏。我父母就很过意不去，常夺过他的工具，不让他干。他却振振有词，说："一家人别说两家话，你们可莫把我惯坏哟。"时间一长，父母也就习惯了。有时，遇到难事，父母还会主动地喊他："哎，老杜啊，搭个手（方言，帮一下忙）。"笃笃笃，他就来了。你说，杜书记和乡下人有什么两样？

　　那时候，每到下雨天，我常见杜书记和父亲一起捶草、编草鞋。他俩还有一个共识，草捶得越熟，草鞋就编得越紧、越牢固，穿起来也就越不打脚。

　　杜书记偶尔也穿布鞋。我母亲曾经给他做过一双。那是因为他从家里带来的布鞋开了口子，母亲熬了两三个晚上给他赶做的。那天，杜书记从地里劳动一到家，母亲就笑嘻嘻地把新布鞋递给他，说："你试试，合脚不？"杜书记一愣，问："哪来的鞋？"母亲说："替你做的。"杜书记说："我不是有布鞋吗？"母亲说："你那双鞋早穿坏了，再说，这也是我和你大叔的一片心意呀！"杜书记于是接过鞋，一试，不大不小，正合脚，就问："你怎么知道我的尺码？"母亲咯咯一笑，说："你那双开了口的布鞋不是放在房里吗？是按照它的尺码做的。"杜书记"哦"了一声，说："真难为你了！"但这双布鞋杜书记白天从来舍不得穿，只是晚上临时换换脚，他还是习惯穿草鞋。直到他临离开我家的时候，这双布鞋还有大半新呢！

　　光阴荏苒。杜书记在我家住了半年多，和我全家人感情甚笃。忽然有一天，他悄悄告诉我，他马上要回城了。我听了，就像丢失了心爱的宝贝似的，很沮丧。临走的前一天，杜书记特地上街给我买了铅笔、本子。晚上，又将当月的伙食费如数交到我父亲手里。父亲哪里肯收！又掷给他。他急了，说："吃饭交钱，这可是三大纪律八项注意中规定的。"不得已，父亲只好勉强接在手里，数了数，收下一半钱，将另一半钱又退还给杜书记，说："到今天才半个月，哪能收你一个月的伙食费！"杜书记说："还有上次叔母给我做的一双布鞋钱呢！"父亲哭笑不得，想说什么却说不出来。

　　这天夜里，我和父母都没有睡好觉，尤其是我，心里总是酸酸的。翌日，天刚亮，我忽然被父母的说话声惊醒。原来杜书记已经不声不响地走了，走时，将自己的一双雨鞋留下没带走。母亲很着急，埋怨父亲早晨下地回来迟了，没来得及赶上送他。母亲是个急性子，说："估计走得不远，我去追他！"母亲一口气追了二三里路，结果还是没有追上。后来，父亲在杜书记住的房间里发现了一张纸，拿起一看，是他留下的便条："我因赶船，走得早，来不及当面辞行了，留下这双雨鞋给于叔作个纪念。"读罢，我和父母都流泪了。

（刊《中国监察》2001 年第 18 期）

欢欢喜喜过大年

春节，我们小时候叫"过年"，虽然几十年过去了，但对它的记忆仍很深刻。

所谓"盼过年"

"大人盼种田，小孩盼过年。"这是那时乡下人常说的话。大人盼望过了年后，气温回升，大地苏醒，好投入新的一年的劳作。小孩则盼望过年时，能带来许多快乐和惊喜。

"盼过年"的心情，对于乡下孩子来说，简直是一种折磨，一种煎熬，但也是一种享受。且越是临近过年，这种情绪越是强烈。我就有过这样的体验。每到这时候，我就像跟屁虫似的缠着爸妈问："今天是几（什么日子）啊？""怎么还不过年啊？""还有几天啊？"没完没了。而这时候，孩子再淘气，大人也不会发火，更不会骂我，因为快过年了，要图个吉利。"快了快了！""别急别急！""没看见大人正忙着做准备吗？"

193

爸妈总是这样，一边忙着手里的活，一边笑呵呵地安抚我。

说来好笑，小孩"盼"的内容其实很简单，能有肉吃，能有新衣裳、新鞋子穿，还能有好玩的文娱看。家境好一点的人家，过年的时候，大人还会塞给孩子一些压岁钱，压岁钱是用红纸包的，不多，三五角不等。

喧嚣的"年气"

记忆中的过年，与现在不可同日而语。那时过年的气氛之浓，真可用"喧嚣"二字来形容。

大概个把月之前，甚至更早的时候，村干部就要着手筹办过年的文娱活动：组建班子，编写节目，挑选演员，制作道具，排练……一直忙个不停。每到晚上或雨雪天，咚咚锵锵的锣鼓声，悠扬悦耳的乐器声，此起彼伏，不绝于耳。

从小年（我们那里是腊月二十四）起，家家户户开始蒸糕，做粉团，揉炒米，家境好的人家，忙着杀猪宰羊。村子里到处弥漫着浓浓的蒸汽和香味。

接下去，就要搭建迎春的彩门啦！彩门矗立在村口的要道处，有大半层楼高呢，都是就地取材，以松枝和冬青树为主，搭建成后，配以色彩斑斓的标语和装饰品，远远地看，雄伟而靓丽。

越是往后，节奏越快，年气也越浓。洗涮被褥，掸灰除尘，购买年货，张贴年画、对联……家家户户忙忙碌碌，孩子们上蹦下跳，大呼小叫，更有在外工作和做活赶回家过年的人，背着大包小包的行李，在村道上忽闪而过……总之，热闹死了！

打稻囤和迎财神

打稻囤和迎财神，是乡村过年时的习俗，只是二者时间有先后。打稻囤是在除夕晚上，迎财神是在正月初五清晨。

所谓打稻囤，就是在小蒲包里盛满石灰，人拎着蒲包沿路"噗噗"地敲打，每敲一下，就会在地面落下一个白色的灰印，圆圆的，海碗般粗，这就叫稻囤。打多少个稻囤，从哪儿打起，打多远，都由打的人自己定。老人们说，打的稻囤越多，预示着来年越是风调雨顺，五谷丰登。

我家打稻囤都是父亲和我的事。打时，我提着灯笼在前，父亲两手各拎着一个蒲包在后，边打边说些吉利的话，如"新年好啊！""雨水顺啊！""庄稼旺啊！""粮满仓啊！"内容靠自己自由发挥。我家打稻囤都是从河边码头打起，打到家门口，再从家门口出发，一直打到晒谷场。两条路线打下来，大约要花个把小时，好几千个"稻囤"呢！初一大早睡过"元宝觉"后，推开门一看，啊哟，两条白灼灼、菊花瓣似的"飘带"，人字形地伸向河边和谷场，气派而耀眼！

迎财神则是另一种情形。初五这天，刚蒙蒙亮，这家那家就有噼里啪啦的鞭炮声次第响起，因为"财神爷"送财来了，要迎。"财神"其实是由当地或邻村的男人扮演的，穿的衣服古怪而吉祥，头都用大红的绸布严严实实地裹着，只留双眼睛，肩上扛着"麒麟"。"麒麟"是用金箔纸和其他颜色的纸扎成的，有头、有尾，有独角，缚在一张长板凳上，样子挺怕人的，随行的人，一个敲小锣，一个打镲，咚咚当当敲一阵子，再唱一些吉利的歌，或说几句祝福的话。完了，这家主人就要给他们一些钱，或送些糕饼之类的东西。

尽管明知"财神"是人扮的，但在我们小孩子的心目中，却非常神秘，甚至还有点恐怖。我那时，每当见到"财神"进了我家，就吓得躲到门框后面，生怕惹恼了财神爷，被财神爷带走。

打稻囤和迎财神，是农村过年时的一幕轻喜剧，热闹，好玩，同时也承载着人们对新的一年的祝福和希冀。

"快走啊！看文娱去！"

看文娱，是乡下人过年的一道"大餐"。从大年初一开始，一直到正月十五元宵节，只要听到远处有锣鼓声，大人小孩就会狂欢乱叫："快走啊！看文娱去！"

过年时的文娱活动丰富多彩，而且各个村子（大队）的宣传队是互动的，今天你来，明天我去，后天，又是另一队人马来，一拨接着一拨。

这是过年期间最热闹、最快乐的时刻。踩高跷、舞狮子、唱小放牛、演活报剧，有的村还搭台子演大戏。

印象最深的，是唱"小放牛"和"荡湖船"，还有"打连枪"。"小放牛"是两个俊男靓女手里舞着长长的彩绸，一来一往，边跳边唱："春季里来什么花开？花呀树呀什么人栽？……""荡湖船"是两三个美丽的少女，"坐"在花花绿绿的彩"船"里，由众人簇拥着，迈着碎步，甚至原地踏步，来回左右载歌载舞，有点像"荡"，所以叫"荡湖船"。而"打连枪"则是一门绝活，耗体力，难度大。连枪是用竹子制作的，有一米多长，周围有许多孔，里面拴着一串串铜钱，舞动时，会发出清脆而有节奏的声响。连枪有多种打法：单打，双打，群打，从背后打，穿裆打，躺在地上打，扭着身子滚着打……总之，花样繁多，令人眼花缭乱。

那时，过年参加搞文娱的人，一般是没有报酬的，顶多年底给点儿工分，但没有人计较和抱怨。我家就相继"贡献"过三个"演员"，我爸，我二姐，还有我。十几天"年"下来，东跑西颠演几十场呢，连吃的喝的都是自己带。那时农村人的纯朴和热情，今天每想起来还很感动。

乡村物语（节选）

推磨

老物件：磨子　作者孙女于心然绘

推磨这活儿你有过体验吗？我有。是小时候。

乡下人有时想换换胃口，吃点麦面、豆腐什么的，都得使用磨子——推磨，也有叫拉磨的。磨盘是石头的，上下两块，有筛米的筛子一般大，圆圆的，厚厚的，其接触的平面都整齐地镌刻着一条条深深的槽子，俗称"磨牙"。这是石匠的杰作。光有磨盘不顶事，还必须有磨担。拉磨推磨，你凭什么拉、推？就凭磨担。磨担是用树棍做的，呈等腰三角形，前方装一个"木嘴"，推磨时，磨担用绳子悬着，将"木嘴"伸进绑在磨盘上的一个木头孔里，人用力来回推、拉，如此无数次地重复，雪白的面粉或豆浆就会接连不断地从上下两块磨盘之间的夹缝里"吐"出来。

我们家推磨起初都由妈妈和姐姐"承包"，我沾不上边，因为我还小呢，个子才有磨担高。但妈妈和姐姐推磨时，我常站在旁边看，觉得很好玩，磨盘圆圆的，不停地转，还伴随着沙啦沙啦的响声，像音乐，很好听。

可是，日子长了，才知道推磨这活儿不好玩，不但累人，还很枯燥呢！我长成少年后，最怕推磨，觉得这活儿简直是一种"刑罚"。

推磨能够平衡我心理的，是磨焦屑。因为磨这东西能边磨边吃。麦子是炒熟了的，磨盘一碾，香喷喷的，馋到人心里去！在物资匮乏的年月，这可是一项"奢侈"的劳动，虽然同样要付出体力，同样十分枯燥，但对于孩子来说毕竟"有失有得"。所以家里要是磨焦屑，我总是抢着干，每推一会儿磨，我就会找个借口停下来，伸手抓把"半成品"往嘴里送，经常吃得满嘴喷焦屑。妈妈就笑，说我是馋虫——馋就馋呗，谁让你叫我推磨的？

（刊《雨花》2004 年第 3 期）

舂碓

舂米的碓与蜻蜓的形状非常相似，只是大小不成比例。

我家原先没有这种碓，要舂米只有到屋后邻居家借用。这样很不方便。父亲平时会点木工手艺，他后来就锯掉一棵桑树，仿造了一副碓。别看这玩意笨头笨脑的，却还有点杠杆原理哩！你瞧，那么粗重的家伙，两三米长呢，就凭中间那个支点，巧妙地演绎着玄机。人在这头用脚一踩，那头随之就翘起来，不用费多大劲。但光翘没有用，碓的顶端还得有个垂直的圆柱状木桩，约有一尺多高，底部嵌满了铁齿，位置正好对准碓碗。碓碗是石头的，四周布满了条纹槽，稻谷就装在碓碗里。随着木碓起起落落，稻谷逐渐地破壳，稻壳由粗变细，白花花的米粒就闪烁其间。此时此景，颇有点"沙里淘金"的快感。只是舂碓时发出的声音不好听："噗……噗……"既沉又闷。

老物件：碓　作者孙女于心然绘

春碓不问年龄大小。我八九岁时就常帮家人舂米，只是当不了"主力"，"主力"是我嫂子和姐姐。她们舂碓时，我就挤在她们中间，伸出一只脚使劲儿踩。这时她们不会要我滚，因为多一个人的力，她们就可以省一点儿劲。舂碓时，常有邻居来串门。有一回，我和嫂子舂碓时，有个爱说玩笑话的光棍逗我，说我跟嫂子舂碓是"验大腿"。我不懂"验大腿"是什么意思，两眼木木的，嫂子大我十岁，她懂，就骂人家："放屁，人家还是个毛孩子！"

春碓虽然不像拉磨那样费力，但也是个挺枯燥的活儿。你想，就那么点空间范围，两条腿要不断地重复着踩，声音又不好听，多难受啊！但我和嫂子在一起舂碓时，就没有这种感觉，因为嫂子嘴会说，舂一回碓，能说许多许多笑话或故事。当我听完故事还在回味时，碓碗里的稻谷已经变成糠和米了……

说舂碓就是舂米，其实并不确切。碓还用来磕米粉——糯米粉，我们那时叫"磕碓"，平时极少，只有当春节临近或有人家办喜事时，才会有。磕粉的糯米是浸泡后爽干的，比磨子碾的干米粉更细、更黏、更好吃，用它搓圆子、做黏烧饼，是我童年时梦寐以求的"雅吃"。

（刊《雨花》2004 年第 3 期）

踩车

踩车，就是用脚踩的车，它是通过一种农具，把河里的水"豁"到田里来。这种"车"架子很庞大，由以下几个主要零部件构成：一是车轴，有三米左右长，很粗，中间有一个如汽车轮胎大的木制的圆盘，周围装有"齿"，"豁"水的拂链就挂在它上面；二是车拐，踩车的人立足的支点，比拳头稍大点，安在木楞上，木楞呈十字形立着，共十六根，每根上面装着车拐，可供四个人轮换站脚；三是车槽，拂链的"轨道"，也是上水的通道，长短不固定，一般都有六七米，斜躺着，上头担在堤口，下头伸进河水里；四是担车棒，比车轴稍长，碗口粗，水平地横担在车轴两头的立柱之间，人的上身就伏在上面。这几种构件相互依存，缺一不可。踩车时，人的双脚不停地跑动，转动车轴，车轴上的圆盘带动车槽里的拂板链，河里的水就被源源不断地"豁"上来，进入水渠和秧田。

水车一般农家都有，有的人家还不止一部，这取决于各家各户的土地多少。那时还是"单干"（公社化以前），我家有三部水车，因为田多，又不集中在一处。每到夏秋季节，父母和姐姐们都忙得不可开交，今天在这里踩，明天又会跑到那里踩。记忆中，我家踩夜车最多。踩车时，父亲喜欢哼哼小调，都是些老掉牙的。当我长到十二三岁时，父亲也动员我上阵了。初次踩车，吃过不少苦头，不是脚趾被车拐碰破，就是动不动"吊飞机"。你知道什么叫"吊飞机"吗？就是脚踩滑了或踩空了，人悬在半空中，但不会跌下来，因为有担车棒撑着，这时，其他的人就会立即停脚，等我把脚重新放好、站稳，大家才会一起继续使劲踩。

这是一般的家庭踩车。

老物件：踩车　作者孙女于心然绘

有一种踩车，壮男劳力才有资格上阵，叫"拗大车"。拗，字典上解释为固执、执拗，不随和、不驯顺的意思。把踩车说成是"拗大车"，足见这种活儿的气势和强度。拗大车通常是在夏栽之前，这时季节紧，需水量又大，各家各户都要请人帮忙，大多是换工，今天你帮我，明天我帮你，以此类推。拗大车一般是八个人，分两组，每组四个，轮换着上。"计时器"是一个像书一样大的竹筹子，插在车轴上，上面绕着线，线绕完了，筹子会自动地翻转过来，这时，休息的人，拍拍屁股就开始换班。因为是重体力活，男人们事先都要吃饱吃好，还要有一两个妇女专门为他们端茶倒水递毛巾。拗大车很好玩。担车棒上架着锣鼓，边踩边敲边唱。每个人脚上都穿着木拖，木拖周围装有铜钱，踩动时，四个人的脚同时发出"嘀嘀嗒嗒"的声响，既整齐，又极悦耳。这是脚下的"音乐"。担车棒上的"音乐"更好听了！锣鼓声咚不隆咚锵，咚不隆咚锵……小唱、小调都是即兴发挥。

拗大车不止一处，往往同一天同一个村子能有七八处、十几处。乡野天高地广，这些声音从四面八方传来，那种节律、那种气势、那种欢乐啊！

（刊《雨花》2004 年第 3 期）

撑船

在诸多农活中，我觉得撑船最好玩，也最有意思。这与我的性情有关。因为撑船时视野开阔，沿途风光无限，船又是行进在水上，一篙子下去，疾行似箭，耳畔风声，脚下水声，还伴有鸟飞鱼跳……好玩死了！

撑船不像荡桨。虽然都是使用双臂，但着力点不一样。荡桨是用桨片拨动水，使船行进，其着力点在水面。撑船是将竹篙插到河底，在接触的瞬间，一使劲，使船向前，其着力点在水下。荡桨需较宽阔的水面，这样桨才能划得开。用竹篙撑船，则对河面宽窄要求不高，只是弯道少些就好。

　　最好撑的船是中等木船。太大的船和水泥船最难撑，因为它太笨重，行走、侧身、掉头都很缓慢。但太小的船，如放鸭船也难撑，它太"活"，力使不好，就会打漂、打转。

　　我小时候最喜欢在笔直而宽阔的河道里撑船。但我们那里这样的河道很少，更多的都是弯弯曲曲，宽窄也不一。在这样的河道里撑船，就要考验掌篙的人的功夫了。功夫好的人，能因势利导，通过双臂灵活的摆动，能不紧不慢、恰到好处地找到篙子的落点，船也行进得既快且稳。功夫蹩脚的人，则会手忙脚乱，手里的竹篙就像打狗棍，胡戳乱指，船也行得像蛇扭，撑船的人和坐船的人都是活受罪。

当年乡下农活：撑船　作者孙女于心然绘

　　不是吹，我撑船的功夫不赖。大河、小河，大船、小船，我都能驾驭自如。这得归功于我父亲的教诲。父亲说撑船使篙要用巧劲，手半握，悠着点，不然手掌会磨出泡来。竹篙要贴紧船舷，下水时要快、要坚决。撑船的人要目视前方，不要光顾近处。在生河里撑船时，还要留心河形，用篙子探明深浅……父亲还说，撑船最有本事的，不是快，而是稳。

父亲所以教我撑船，是因为他觉得日后能用得着我。果然到了1960年，父亲的"预谋"达到了目的。那时为了糊口度命，父亲每天外出罱鱼，我就为他撑船。但罱鱼船不好撑，不仅需要有良好的掌篙技术，还要眼观六路，耳听八方，尤其要与罱鱼的人配合默契，稍一迟疑，鱼就会从人的眼皮底下逃脱。我撑罱鱼船多数是成功的，但偶尔也会失手。我有回就挨了父亲一顿臭骂。那天他的罱子下水后，碰到了一条大鱼的身体，但没有套住，鱼挣脱后，又向前游。父亲凭手感，估摸这条鱼起码有十来斤重，就急命我将船慢慢地向前移，可我心一慌，劲使大了，把船撑过了头，急得父亲直吼："你眼瞎啦！过了……过了……"当我把船转过身时，已错过了下罱子的机会，那条鱼早逃得无影无踪！父亲气得两眼喷"火"、鼻孔冒"烟"，我也后悔死了。

撑船能把罱鱼船撑好，不挨骂，那功夫才算到家。

（刊《雨花》2004 年第 3 期

拉犁

记得我念初中时，历史教科书上有过一幅犁的插图，这是古人发明的用来耕地的农具。至于这种犁是供牛拉的，还是供人拉的，不清楚。千百年过去了，这种原始的劳作工具还一直沿袭着。如果是牛拉犁，现在偶尔还能见到。倘若是人拉犁，到了 20 世纪 60 年代也"绝迹"了吧？

我小时候见过无数次人拉犁。不但见过，还亲自拉过。

那时，我们那一带大多是水田，每到秋冬季节，白汪汪的一片。水田只长一季稻。稻割完后，接着就要耕田，但生产队耕牛很少，仅一两头，耕不过来，就只好用人拉。拉犁一般需要三个人，一个人在后面扶犁梢，另两个人脖子和肩膀上斜挎着纤绳在前面拉，有点类似纤夫，但比纤夫还要辛苦得多。不仅要屈身埋头背朝天，还要在一二尺深的泥水里艰难地跋涉。犁铧插得很深，背和腿都要同时使劲，并且不能有须臾放松。一天犁拉下来，腰痛腿酸，连走路都踉跄，就像伤兵刚撤下阵地似的。这倒也罢了，最让我沮丧的是，本应是牛干的活，却变成了人来干，人与牲口画上了等号。

1960 年左右，我拉过几天犁，而且是在寒冷的初冬。这也是没有法子的事。拉犁能从生产队长那里领到五两六钱一天的原粮，按七折算，合三两九钱米或面粉。这对于正处在饥饿中的我有着极大的诱惑力。每次拉犁时，我上身穿件厚棉袄，中间勒根布条，下身却只穿条短裤衩，再冷也得背起纤索，站到刺骨的泥水里，一步一步地趔趄前行。有一天，天气骤然变冷，水田里都结起了一层薄薄的冰。我小小年纪，皮嫩呢，拉了几圈，两条腿就被锋利的薄冰划出了无数道血痕，有几处还流着血。在我前面拉犁的人没发现，后面扶犁的人看见了，连忙将我换下来，他来拉，我来扶。这样，有两个人在前面开路，冰就划不到我的腿了。但扶犁也不轻松，你得扶正方向，把握深浅，还要不时地摇动手臂，使粘在犁铧上的烂泥尽快脱落，以减少阻力，这其实是在支援前面拉犁的人。尽管我小心翼翼，但还是经常把犁铧插得时浅时深，这样拉犁的人就要吃大亏了。不是犁拉不动，定住，就是把犁拉空了，跌到水里。好在，那两个人都是家前屋后的邻居，又是长辈，性情温和，扶得不好，他们也不会怪我，还一个劲地夸我"肯吃苦"，"既能文又能武"。这当然是鼓励我的话，但在艰难困境中，它却像一杯杯热茶，给我能量和温暖……

拉犁是庄稼人的"常务活"。我拉的次数不多，但已有过切肤之痛的体验。

（刊《雨花》2004 年第 3 期）

插秧

农谚说："清明浸种，谷雨下秧。"而到立夏前后，就是插秧的季节了。

你见过农村人插秧吗？那场面真叫如诗如画。镜子般平整光亮的水田里，女人们弯腰蹲成"一字长蛇阵"，每个人左手握着秧把，右手敏捷地从中捻出一小束一小束，不停地往水里插。插时，会溅起一朵朵水花。那么多手上上下下，溅起的水花雨点般地跳跃，煞是好看！

女人插秧，男人们也没闲着。他们光着脚丫，挑着沉甸甸、水滴滴的秧把，在田埂上来回奔跑，为插秧的女人们源源不断地输送着"弹药"。这些男人大都练就一手绝活,不用下田,就远远地站在田埂上扔,一捆接着一捆,连珠炮似的,既快又准。要是有心眼儿"坏"的,那秧把就会变成"飞毛腿导弹",紧挨着某位婆娘,重重地落下,啪——"炸"得她满身是"花"……

插秧时,必定要唱秧歌。"咯噔咯噔咯噔哉……"每次总是这样开头。接下去就是唱的人自由发挥了,调子是多年沿袭下来的,你只管"旧瓶装新酒"往里面填词就是了。唱秧歌时,往往一个人唱,旁边有好几个人和:"大姐耶!""哎,妹妹耶!"……热闹,好玩。

记忆里,秧歌唱得最好的,要数秋香婶子。她嗓门儿高,声音脆,嘴一张,能传好几里,全是韵味十足的"原生态"!

但唱归唱,插秧可是件细活儿,来不得半点马虎和敷衍。庄稼人插秧就是在播种希望,"春种一粒粟,秋收万颗籽"嘛!所以插秧的女人们都极有责任心。好在,都是熟活儿,她们都能得心应手,挥洒自如。我那时在公社文化站工作,每到插秧季节,就将新编的秧歌装订成小册子,亲自送到插秧现场(那时叫送"精神食粮"),故而能无数次地欣赏到女人们插秧时那一双双手的技能。她们往往不用眼看,就凭手感,每穴苗都不多不少,不深不浅,也不用瞄准,拳头行(左右间距)、退步行(前后间距)都笔直如线。这就为以后推耙、薅草、追肥提供了方便。

插秧虽不是重体力活儿,但非常累人呢!最要命的是腰疼。干这活儿,要始终弯腰驼背,一弯就是好几个钟头,而且中途不得停顿。你知道为什么吗?因为插秧的人,都是相互"瞟"着的。蹲在第一个的,叫领趟,也叫上趟,领头羊的意思。其他的人,都是跟趟,也叫下趟。领趟的人,一般都技胜一筹,她栽多快,跟趟的人就要栽多快,否则就会被"包饺子"(被众人围在中间）。被"包饺子"的滋味是不好受的。你想，那么多姐妹在旁边围着你，多不好意思啊！所以，插秧的女人们，一个个都争强好胜，不甘落后。而且，她们都有一个"秘诀"，就是下地前尽量吃些"面疙瘩"之类的硬食，绝少喝水，以保持充沛的体力，尤其防止中途小解。这样做，"面子"是保住了，但腰可受不了啦！我常见母亲和嫂子每天插完秧回家，腰都有好一阵子直不起来，只好把两只手攥成拳头在腰部捶。不过，疼痛也只是一个晚上，到了翌日清晨，她们又会重新焕发出精神，笑吟吟地出现在"娘子军"的行列中……

（刊《扬州文学》2007 年第 3 期）

打场

乡村的夜晚是丰富的，最丰富的，莫过于月光下打场了。

所谓打场，简言之，就是将稻谷从秸秆上分离出来，亦即脱粒，但它与后来的脱粒机脱粒不一样。打场是人赶着牛，牛拖着石磙，反复转着圈，对"场"进行碾、压，以达到脱粒的目的。这活儿大都从傍晚开始，一直持续到次日天明，因为乡下人会算计，打下来的稻子第二天要赶太阳晒呢。

打场有三个步骤。首先是做场，也有叫剖场的，即将从田里运上来的稻把一捆捆地拆散、剖开，摊放在场上，再用叉子抖散、铺匀、找平。"场"约有篮球场那么大，圆圆的，一尺来厚。做好场后,众人离去,接下来就由牛倌和牛来作业了。其次是翻场。时间要到下半夜。这时的"场",经过无数遍的碾、压,已经变得很薄、很板,但还有许多谷子"赖"在秸秆上,需要在翻场后,继续作业,睡了半夜好觉的各家男女,只要一听到场头忽然没了动静,便会一骨碌从床上跃起,不约而同地从各个方向赶来,再次用叉子将稻秸揭起、抖散、找平,完毕,再交给牛倌和牛进行下一轮的碾、压。起场属最后一个步骤,也是某块地丰收成果最终揭晓的时刻。此时,牛倌已大功告成,正屁颠颠地离去,众人则又一次地会聚场头,叉的叉,抖的抖,扫的扫,抬的抬……忙得不亦乐乎。如果天气好,立马就摊开来晒。裸露的稻谷,静静地躺满谷场,朝阳一照,璀璨夺目。

对于我们孩子而言,打场再好玩也不可能全过程地跟踪,因为白天要上学呢。我们只能在放晚学后,溜到场上来"过把瘾"。先是看大人们做场,勤劳一点的孩子这时会帮助搬搬稻把,场做好后,等大人们离去,我们就把"场"当地毯,跟在牛倌屁股后面翻跟头、竖铁架(一种倒立游戏),"噢噢"声不绝于耳。牛倌很讨厌我们,但又赶不走,就想办法整我们。原来牛打场有个坏毛病,常会拉屎,一拉就是一大摊。牛倌就用脚踢起一团草悄悄地将其盖住,当我们疯到这里时,少不了要遭殃。"啊——屎!"个个龇牙咧嘴地嚷了起来。嚷也没用,识相的做法:撤!

打场最富乡土韵味的,是听牛倌唱"小夜曲"。那时,我家离场头很近,每当夜深人静时,便能有这样的"耳福":先是"啪"的一声响鞭,接着便是一溜清亮而悠长的小曲:"哎——大、来、来哟——那个——伊儿呀……"说是"曲",其实什

211

么也不是，因为翻来覆去，就那么几个音或几个字，不知所云。但牛倌却乐此不疲，且唱得有滋有味。最奇怪的是，每次听到这样的声音，我在床上就能隐约感受到场头出现一次"小高潮"。这无疑是牛倌的"发明"。你想，夜晚打场时，万籁俱寂，苍茫的星空下，只有牛倌和牛的身影，再就是辕套拉扯石磙发出的吱嘎声，而牛行进的速度又很缓慢，唯有这样的"乱弹"，能适应打场时的节律和情境。它既能为人和牛提神、鼓劲，又可以向各家各户报信，我的活儿还没干完呢，你们继续做自己的美梦吧！而对于我们这些疯了一天的孩子，能在宁静的秋夜里，搂着如此优美的"小夜曲"入眠、入梦，那真是一种温馨和幸福啊！

民以食为天。打场时最令大人们激动的，还是起场后面对小山似的丰收果实。这些金灿灿的稻谷，映在队长眼里，便是功勋，映在老农眼里，便是生计，映在姑娘和小伙们眼里，便是花布和新鞋……

农民的欢乐，莫过于斯。

（刊《扬州文学》2007 年第 3 期）

蒲鞋

我有时想，农村如要建博物馆，展品中，蒲鞋当是必不可少的，因为它是一个时期农民身上特有的标记。

蒲鞋，按说是用蒲（香蒲、菖蒲）编成的，但我们那里这种植物很少，所以一般都用稻草代替。

记忆里，每到冬天，许多农家便闲里找忙，将那些收割后脱过粒的稻草（主要是粳稻草）扎成一小捆一小捆，先用榔头使劲儿捶，捶熟后，再在草上喷点儿水，使其滑润，接下去，便进入"编"的程序。编蒲鞋大都是男人的事，月光小院里，或暗淡的灯光下，男人们叉开两腿骑在长木凳上，将事先搓好的草绳分成几股，一头缠在腰间，另一头缚在木凳前方，绷紧后，就形成几条"鞋筋"，随着双手灵活地抽、拉、旋、扒，蒲鞋由底至帮，渐具雏形……编蒲鞋不像做布鞋那样费时，我父亲高兴时一个晚上能编三四双。每编好一双，他总要用绳子串起来，挂在墙上，几天下来，能挂半面墙，像摆放展品似的。这其实是为开春后农忙"厉兵秣马"。

在乡下，蒲鞋有其特定的形体，它和草鞋、"毛窝子"不是同一个概念。虽然都是稻草编的，但草鞋结构简单，就一片薄薄的底，外加几只"猫耳朵"，再穿上绳就成了。相对而言，"毛窝子"要复杂得多。因为是冬天穿的，所以底比较厚实，还有很深的帮子，鞋帮用草也多，里面毛茸茸的，不然，怎么会叫"窝"呢？但，乡下人穿得最多的还是蒲鞋，因为它要跨越春夏秋三个季节。蒲鞋不同于草鞋，就在于它有鞋帮，而区别于"毛窝子"，就在于它的鞋帮比"毛窝子"矮，也比较薄。它是一种轻便鞋，有点类似布单鞋。但无论哪种鞋，都要编得既结实又飘逸。小时候，常见有的人家在用草编鞋时，同时掺进一些五颜六色的布条，这样的鞋，在当时堪称"精品"了。

和大人们一样，蒲鞋是乡下孩子的"主鞋"。我例外。我是布鞋为主，蒲鞋为辅。这可能是我们家境比别的孩子家好，而我妈妈又擅长做布鞋。但布鞋也有接不上茬的时候，特别是到了农忙季节，妈妈抽不出空来纳鞋底，那就只好用蒲鞋来当替补了。穿蒲鞋是个什么样的感觉呢？首先是轻，不觉沉，特别是新蒲鞋，穿和没穿几乎觉不出两样，这种鞋，对爱在外面"冲冲杀杀"的我，真是再好不过了。其次是暖和。稻草是个宝，光脚与粗糙的鞋帮鞋底不停地摩擦，发热快，且保温。但蒲鞋易"打脚"（磨破皮），也不耐穿，尤其我这个皮王，往往一双蒲鞋上脚不到两三天就"飞"了。所以妈妈那时就老抱怨我说："你这脚长锥子呢！"

穿蒲鞋最大的好处是不用花钱买。但乡下人绝不会因此而甘心穿一辈子蒲鞋。随着农村经济状况的好转，他们也期盼着哪天能扔掉蒲鞋，天天穿上布鞋，甚至有朝一日穿上锃亮的皮鞋，就像他们渴望过上"楼上楼下，电灯电话"的幸福生活一样。这种心情，乡下肚里有点"墨水"的孩子尤其强烈。记得上小学五年级的时候，一天，我发现我们班上有个姓钱的同学脚上穿了一双毛皮鞋，那皮鞋深棕色，高后跟，走起路来咯蹬咯蹬的，很帅气。我就羡慕死了，常跟在他的后面左看右看。所幸我跟钱同学是好朋友，经过软磨硬磨，他终于答应借我一只过过瘾，但只能穿半天。一只皮鞋穿在脚上能舒服吗？哎，那时就是好奇。

（刊《雨花》2004 年第 3 期）

烧灶

乡下的土灶是请瓦匠砌的,砖土结构,外形都差不多,弧形或长方形,半人高,烟囱伸出屋顶,锅大小不等,一般是大、中、小三口。灶台最靠里还安有两眼汤罐,煮饭烧菜时能"带"热里面的汤水。

老物件:农家土灶 作者孙女于心然绘

乡下的孩子恐怕没有不会烧灶的。这不用大人教,眼头见识。我从上小学起,每天的早饭都是自己做,放学回家,还经

215

常帮妈妈烧火。但我烧火是有"条件"的，我喜欢冬天烧灶，这样可以边烧火、边取暖，脚跷在灶膛口，抖抖"二郎腿"，那真是一种享受。我还喜欢烧柴火，尤其是树根、木棍，这种燃料特熬火，放一点能烧好半天，这样我就能节省时间做其他事啦。可以边敲火叉边哼小曲，可以借着火光翻看小人书，还可以瞒着大人在灶膛里埋几个慈姑或山芋（地瓜）……

与做其他事情一样，烧灶也要有点心计哩。柴草添多添少，何时添，怎么添，都很有讲究。添早了、多了，灶膛塞得太满，火不但上不来，还会闷烟。添迟了、少了，火接不上，那就得用嘴使劲儿吹。正确的做法是，边烧边添，半边半边地轮换着添，火钳要发挥作用，因势利导，拨、搂、捶……再者，烧灶要看对象，若是煨肉、炒菜，火猛是好事，而烙饼子、炒芝麻，火则应"文"一点，否则，"恶人烧野火"，做出来的东西就连狗都不会理了。

我对乡下的土灶一直情有独钟，尤其是对土灶烧出来的东西，如青椒炒"公鸡猴"和米饭锅巴，提起来就口角生津。我猜想，这除了粮食和蔬菜的新鲜程度外，恐怕还与烧灶的燃料和器皿有关。不过，城里人要吃乡下土灶做出来的饭菜也不是多难的事，经常下乡走走就是了。我和孩子因为爱吃锅巴，于是就经常到乡下姐姐家去。他们每次吃中饭时，都特意把完整的锅巴留下来，先用"文火"慢慢烤，然后在四周再浇点儿菜油，锅巴烤成后，黄澄澄的，咬一口，既脆又香！

（刊《雨花》2005 年第 5 期）

串门

在乡下，邻里间串门是一大特色。每当闲暇时，男人们嘴边叼支"喇叭"（纸卷的土烟），女人们腋窝里夹只鞋底，上了年纪的人，手里摇把芭蕉扇。哪家的门都是敞开着的，你只管进就是了！进了门，想坐就坐，想站就站，想聊就聊……

那时候，庄里的人家相互都挨得很近，有的还要在后墙开个小门，以便于日后串门。农家也有土墙或篱笆小院的，那其实是一道虚拟的遮拦，挡不住邻里间的交往。常有的情形是，这家的丝瓜藤爬到了对家的屋顶上，到时候对家的男人就会把长大了的丝瓜乐呵呵地送过来，顺便两家男人站在院子里说说农事。那家的母鸡有时跑错了门，把蛋下在了这家，这家的女主人也会像报喜似的，主动把蛋给送过去，借机两家女人说几句悄悄话……

邻里间串门大多是善意的，没有别的企图，小孩也如此，图个热闹而已。记忆中，来我家串门的人最多，这得益于我父母在庄上人缘好，尤其是我母亲，她是个乐天派，又特别乐善好施，每次有串门的来，她就像招待客人似的，倒茶、递烟、劝嗑瓜子……她也经常到别人家串门。但她外出串门时，从不会空着手，总要顺便给人家捎点瓜豆之类的东西……"邻居好，赛金宝。"母亲生前常说这句话。她还说："好邻居要勤走动，不走动，日子一久，感情就淡薄了。"

串门最勤也最有趣的，是哪家来了贵客。这在人口密集的村庄尤其如此。庄子那么大，"喜鹊叫，客人到"，是常有的事。每当这时，你瞧吧，那些串门的人，真是"千姿百态"。

这个端着饭碗踱过来瞟一眼，那个抱着小孩晃进门搭句讪。也有故作矜持的，但又熬不过那个"瘾"，于是就借口说："到你家拿样东西……"

　　串门是农家的习俗，也是人与人交往的一种渠道。看似平常，也漫不经心，却营造着一种淳朴而温馨的乡土情缘。

（刊《扬州文学》2007 年第 3 期）

办公室闲章

当过多年机关秘书，从事过多年办公室工作，有苦有甜，有悲有喜，当然，也有过无数次啼笑皆非的经历。随手记下一些片段，算是对那些日子的纪念。

笔杆子

在机关从事 30 多年笔杆子工作，深知其中的酸甜苦辣。有言为证："不怕飞机大炮，就怕总结报告。"足见干笔杆子这行的艰辛！

称职的笔杆子最讲认真——认真地谋篇布局，认真地遣词造句，认真地揣摩领导的意图，甚至"认真"得连一个标点符号都不含糊！也罢，若非认真，哪来行云流水般优美的文字？哪有使人荡气回肠的报告、讲演？

然而，笔杆子也不可太认真，认真过了头，往往会自讨苦吃。

作者（右）与笔友邵其波　摄于 1980 年

记得有一次，我为某书记起草报告。这位书记原本是办公室主任出身，特别爱讲"观点"，而且他的某些"观点"一旦形成，便根深蒂固，牢不可破。这回他事先向我说了 5 个观点，并说明这些都是经过他深思熟虑的，聪明的笔杆子，自然心知肚明，不敢越雷池半步。但我那时初出茅庐，年轻气盛，经过再三琢磨，觉得其中有两个观点意思相近，根本不必分开写，于是写作时便将其合而为一。原以为这位书记会表扬我，哪知道他一看稿子，眉头皱了起来："啊哈，你这位小同志，怎么把我的观点给篡改啦？"我吓了一跳，连忙结结巴巴地解释说："不，不是的，我看，我觉得这样写，观点会更集中、更精彩……""嗬嗬！"书记瞪了我一眼，批评说："不是你看，你觉得，是我看，我觉得，你是为我写报告，不是你作报告，懂吗？"我被"呛"了一鼻子灰，但还想"认真"地据理力争，可是一看书记的脸色，不敢造次，只好把想说的话咽了回去。

我常常思量，笔杆子如遇到一位通情达理的好上司，那一定是福分。若碰上一个霸气十足且文牍主义严重的上司，那可就要倒八辈子的霉了。不过，笔杆子也并非等闲之辈，时间一长，自然也会有对策。这些对策，有的是向别的笔杆子借鉴来的，有的是自己在实践中摸索出来的。比如说，笔杆子要常备一把剪刀，遇有起草"大路货"的报告，只管搬来一摞一摞的现成材料，剪剪拼拼就行了，不必自己劳心费神地去想、去抠。再有，笔杆子每接到任务后，要仔细地揣摩领导的意图，最好在文中多套用些领导常挂在嘴边的口头禅、顺口溜。还有，把文章做好后，即使自己十分满意，也别得意忘形，马上兴冲冲地向上司"交卷"。聪明的做法，是放在抽屉里压一压，捂一捂，该出手时才出手。要问为什么，对不起，这可是本人"悟"出来的秘密，不告诉你……

说了这么多笔杆子的苦衷，其实，笔杆子也有快乐和幸福的时候。那是在一项任务胜利完成后，受到了上司的表扬。或是领导的报告、演讲，赢得了台下一阵阵雷鸣般的掌声、喝彩声。每当这时，你注意瞧瞧笔杆子的表情，满面春风，两眼放光，喜形于色。要是有人在他耳边说上一句"领导的报告，秘书的功劳"，他听了，别提有多开心！

（刊《扬州晚报》2001 年 4 月 6 日）

接电话

小时候，听大人开玩笑说："吃饭莫靠盆，睡觉莫靠门。"——吃饭靠盆，你得为一桌子的人盛粥盛饭。睡觉靠门，你得为进进出出的人开门关门。在办公室里，当然没有"靠盆靠门"的烦恼，要说有，大概也只有接电话了。

只要有电话，办公室就不会安宁。电话很烦人。张三、李四、周五、王六，请示的，咨询的，告状的，也有请你找人的……没完没了。不管谁的电话，你都得竖起耳朵听，耐着性子应答，重要的电话，你还得逐个逐个地去落实。

坐了多年的办公室，电话接过无数次，说真的，就一个字：怕。

我害怕接电话的一个重要原因，就是怕让我找人。

电话请你找人的事是经常有的。如果他要找的人和你在同一个办公室还好办，把话筒交给他就是了，就怕这个人和你不在一个办公室，或者在同一个办公室但人出去了，这就麻烦了，你得为他去找，三层楼、四层楼的去"喊冤勒嗓子"。更怕的是，请你去喊某某领导来接电话，因为这时你得考虑有无必要喊领导亲自来接，再有，如果领导此时正忙，你可千万别冒冒失失咋咋呼呼的，否则自讨没趣！……瞧，接电话有多烦人！

于是，有一段时间，我就模仿他人的做法，充耳不闻，闻而不接，你打你的，我干我的，充其量受点噪音干扰而已。但这样也会出问题！

有一次，我独自在办公室里赶写一份材料，思维正活跃着呢，那该死的电话铃又"叮铃铃铃"地响了起来，而且响个没完！它越响我就越来气，越来气就越不愿去接。后来，电话铃是不再响了，但隔壁办公室的一位女同事急急忙忙地跑过来，说："主任，你的电话。"我问："谁打来的？"她答："不知道，是个女的声音。"一听说是专门打给我的电话，又是个女的，不好怠慢，连忙跑过去接，你说巧不巧，原来电话是我妻子打过来的，她忘记带家里的大门钥匙了，刚才下班时进不了门。天哪，闹到自己头上来了！我很感激这位女同事，如果她也像我这样，对电话铃充耳不闻，那我妻子不知要在太阳底下晒多久呢！

就像"吃饭莫靠盆，睡觉莫靠门"一样，怕接电话其实是缺乏一种为公众服务的精神。这位女同事无意中为我上了一课。

（刊《扬州晚报》2001 年 7 月 13 日）

侃大山

侃大山，就是闲谈，唠嗑，吹牛皮。

在办公室里，侃大山是常见的。空闲时，捧个茶杯或叼根烟卷，这儿转转，那儿晃晃，碰上新鲜话题，坐下来，一侃就是半天。但此举我不擅长，倒不是不合群，而是舍不得花费时间。我喜欢一个人静静地坐在一旁，或翻阅文件，或起草文书，或读书看报，有时灵感和兴趣来了，还写写文章。如果把精力花在侃大山上，不仅误了办公，连自己的业余爱好也顾不上了。

所以，平时有人走进我的办公室，我往往不会刻意奉迎，顶多点个头，打声招呼，就接着埋头做我的事了。久而久之，大家也都了解我了，只要见我在埋头办公，就都很自觉地擦窗而过，不作逗留。

不过，"树欲静而风不止"，总会有人不时地打乱你的平静。一次，基层工商所一位女士来局里办事，正从我办公室门前经过，出于礼貌，我向她点头致意，谁知，这一点头惹事了，她竟笑眯眯地晃进我的办公室，还一屁股"瘫"坐到了我对面的空椅上。不得已，我只好放下手里的活，陪她闲聊。哪晓得这位女士是神侃高手！从单位侃到家庭，从自己侃到丈夫、子女，而且大有继续"扩张"之势！天哪！我有一大堆公事要办呢！哪有心思听她天南地北地乱侃？但又不能硬生生地轰她走，只好耐着性子"听"下去。后来，还是我突然急中生智，故意抬起手腕看看表，说："哎，不早了，中午到我家吃饭吧！"听我这么一说，她才想起坐的时间不短了，忙站起来，拍拍屁股，匆匆离去。

此后，我便吸取教训，大凡办公时，尽量把朝走廊的门窗关上，并且竭力做到目不斜视。试了一段时间后发现，效果还真的不错。

有人说，男女搭配，干活不累。我的办公室都是男性，但并不见得工作效率有多低。倘若那位特能"神侃"的女士和我同在一个办公室，恐怕有朝一日我不变成"侃公"就会被她"侃疯"的！

（刊《扬州晚报》2000 年 10 月 28 日）

坐功

坐功是办公族的基本功。喏，文件要坐着圈阅，电脑要坐着操作，找人谈话要坐着说，在台上发言也要照稿子坐着念……不是吹，我的坐功在局机关称得上"一绝"，除了吃饭，除了方便，我能从早坐到晚。还是我的室友观察得仔细，说我座位下的地坪在全机关独一无二，我低头一看，嘿，还真是的，坚硬的水泥地已被我的脚踩得面目全非。

也有坐功不过关的。常见他们或倚在椅子上，扭来扭去，或捧着茶杯在办公室里徘徊转悠，就像座椅有锥子锥他的屁股似的。他坐不住，你也别想安稳地坐着。尽管领导三令五申，不准相互串岗，不准闲扯聊天，但要真正执行起来，也难，领导总不能每天八小时在各个办公室巡逻吧？

能坐得住的人，大致有几种情况：一是性格使然，习惯坐；二是有事可做，必须坐；三是椅子好，惬意，爱坐。上述几种，最主要的还是要有事可做。无所事事就会惹是生非，这是常理。马克思为揭示资本主义剥削的秘密，所以拼命地读书、探求，常在图书馆一坐就是十几个小时，连脚下的地板都被踩成一个老大的坑。曹雪芹"披阅十载，增删五次"，写出不朽巨著《红楼梦》，相信也不会是站着干的。至于书中的刘姥姥，因为无"公"可办，所以乐得她疯疯癫癫地去逛大观园，就像今天某些办公族们在班上没事时，捧个茶杯东游西荡一样。

前人苛求"站如松，坐如钟"，对于办公族来说，其实坐也不是唯一的，坐久了，总得站起来活动活动，有时还要出去走走，那又是另一码事了。

据说国外有提倡站着办公一说。美国的海明威就是站着写作的大作家。他说："我站着写，而且用一只脚站着，以便使我处于一种紧张的状态，迫使我尽可能简短地表述我的思想。"所以，他的作品素以简洁、明快、清新而著称。

于是，我便突发奇想，倘若把这种"站着写"的方式也引入机关，并推而广之，办公族们可能就要面临一场不大不小的革命了。那样，我们就要站着打电话，站着圈阅文件，站着与人谈话，站着读书看报。窃以为，如此这般，官场上裹脚布样的长文就会大大减少，假大空式的报告也会逐渐销声匿迹，那该节省多少宝贵的时间，提高多少倍的办事效率啊！但这恐怕是做不到的，至少目前做不到。所以，对我们这些办公族来说，即使自认为坐功好的我自己，也有个持之以恒的问题哩！

（刊《喜剧世界》2001 年第 12 期）

办公室的门

机关里，最普通、最常见的莫过于办公室的门了。

每天上班，临近办公室时，最先接触的是门。每次下班，拎起公文包时，最后告别的也是门。

办公室的门和家庭的门，有联系，也有区别。家门把世界一分为二——公是公，私是私。办公室的门，则是把世界合而为一——门里的人必须全身心地投入。

门是一道屏障。门外是走廊，是院落，是车水马龙，是一个五彩缤纷的世界。门内是桌椅，是电话，是公事、国事、天下事，是一方咫尺天涯的空间。当我们在椅子上款款落座的时候，习惯地称之为"办公"，而我们办公的时候，门就像个忠实的侍者，一直笔挺地站在一边，既不多嘴多舌，也不擅离职守，无论你工作多久，它都静静地陪伴着，直到你写完最后一个字，或打完最后一个电话时，它才轻轻地关上，然后，再"咯哒"一声，上好锁。

门对里面的人是很公平的，一样的办公时间，一样的办公设施，一样的亲近着每一个人。但门里的人对门的回报，往往不是很"公平"：有的人 1 小时能干 2 小时的活，有的人 2 小时干不到 1 小时的活；有的人整天忙得气喘吁吁、汗流浃背，有的人则"一杯茶，一支烟，一张报纸看半天"；有的人能在有限空间创造非凡业绩，有的人则为无限琐事耗尽精力，一事无成。门虽然没有褒谁贬谁，但进出这个门的人，不能不扪心自问。

门是社会的门，人也是社会的人。

不管门开着还是关着，总有一些美丽而时髦的诱惑从门口或门缝里混进来，撩拨着办公族们的心。这时，你如是一个智者，不妨多凝视一下门，它能给你以启示，这是执法者的门，是公仆们的门。门是全心全意为人民服务的窗口，也是心灵的窗口。何去何从？门就像一面镜子，能映出你的崇高与渺小、美丽与丑陋。无论如何，门总不希望你背叛它，而走进另一扇阴森恐怖的门。

人的生命有限，进出办公室门的次数也有限。总有一天，我们老了，退休了，最后深情地看一眼的还是办公室的门。尽管我们以后还有机会进这个门，但已经成为它的"客人"了。唯其如此，我们不如趁这个时候更珍惜这扇门，更珍惜门里的一分一秒、一墙一壁，甚至一张椅，一只水瓶……

（刊《当代秘书》2001 年第 12 期）

老领导

"川青三杨"在作者家中做客（右二为川青公社党委书记杨智）

　　一个已退休三十多年的老书记，当年他工作过的地方的老百姓，还时常牵挂他，想念他，以至在他生病时，还有不少乡下人不远上百里路，自个登门前去看望他，这样的干群关系真的称得上"鱼水"了。

　　我要说的是我的老领导杨智。

夕 照 街

我最初认识杨智是在 1970 年春。那时，我刚从部队复员，被临时借用到公社机关写写画画。一天，我正在办公室里写东西，听窗外有人叽叽喳喳地说："新书记来了！"我忙探出头来问："真的吗？叫什么名字？""杨智！"有人说。一听这名字，我乐了！因为我熟读的《水浒》一百零八将里，有个叫"青面兽"杨志的，尽管后来知道，"智"和"志"同音不同字，但我还是对这个新来的书记产生了一种莫名的兴趣。

杨智从外地调来川青公社上班的第一天，就遇到了一件"奇怪事"。有个年轻的公社机关干部（其实是临时工），因为妻子怀孕，买不起营养品，将自己的一件"的卡"上衣，以五块钱的价格卖给了公社卫生院的一位会计。这件事不知怎么的，传到了杨智的耳朵里。"这还了得！一个公社干部穷得卖衣服，影响多不好！"他当即召开党委会，并作出决定，补助这个干部 30 元钱，并叮嘱其马上将衣服赎回。

这个卖衣服的"干部"，就是我。

杨智当时约四十几岁，貌不惊人，矮墩墩的，但很精干，办事尤有魄力。用现在的话说，就是勇于创新，敢为人先。他在川青公社领头干的一件"轰轰烈烈"的大事，就是农田基本建设，我们那时都叫它"方整化"，就是对全公社几万亩农田、河渠、路道、桥梁等，按照统一规划、统一标准，分阶段进行彻底的改造，使之"田成方，河成网，树成行"，达到旱涝保收，连年丰收。这是个极其大胆的设想，其风险和工程量之大，是不言而喻的。为此，杨智挨过上级许多次批评，还遭受到各种诸如"不自量力""好出风头"等流言蜚语的干扰。但他坚定为官一任，就要造福一方，替老百姓办实事、谋福祉，这没有错！于是，他带领公社干部们，摸着石头过河，坚持一条道儿走到底。我那时在工地负责宣传鼓动工作，经常和干部群众泡在一起，尤其和杨智几乎如影随形。他那时每天天蒙蒙亮就下乡，直到深更半夜才回家，真可谓"晴天一身汗，雨天一身泥"。经过七八年的艰苦奋战，硬是将一个连年旱涝不断的"锅底洼"，改造成了年年丰收的鱼米之乡。川青公社从此出了名，地、县频频召开现场会，全国有二十多个省先后派人前来参观取经……"不是杨智，川青哪会有现在这个样子！"时至今日，当地的老百姓还很动情地这样夸奖他。

杨智不仅工作认真执着，而且待人也好，极富人情味。这在公社上下有口皆碑。作为"班长"，杨智更是以身作则。基层干部或群众，有为难事向他反映，或请他帮助，没有请吃送礼一说，更没有行贿受贿这个概念，许多时候，反倒是他主动关心或慷慨解囊。他在公社机关大院的家，最初是两间茅草房，生产队干部和普通百姓是他家里的常客，就像他下乡时到群众家里一样。记得那年有个知青招工时遇到点麻烦，材料在县有关部门审批时被"卡"住了。杨智那天正在公社三级干部大会上作报告，这个知青找到了会场，他二话没说，立刻丢下报告稿，跑到公社办公室给县里打电话，说明情况。后来，这个知青顺利招工进城时，他还自掏腰包，特意办了一桌酒水，为其饯行。"百姓无小事"是他的口头禅。他在川青的许多亲民善举，不知温暖了多少人心！有一年，已调至外地工作的杨智，想回川青老地方看看，当地农技站的一位老农，过去因家境困难，曾多次受到过杨智的照顾，听说他要来，连忙赶到桥头迎接，还当场要下跪，吓得杨智急忙将老人扶住，说："老人家，使不得使不得！过去的事情就让它过去，这都是我应该做的。"这就是杨智，一个多么深得民心、可亲可敬的人！

　　我和杨智相处的时间较多。尽管那时我还是个临时工，但事实上已成了他的"编外秘书"。杨智对文艺颇感兴趣，尤其对肚里有点"墨水"的青年更是关爱有加。恰巧那些年我担任公社文艺宣传队队长，又兼"编导"，还经常在《新华日报》《扬子晚报》等报纸副刊上发表一些诗文，这便引起了杨智的注意和对我的关照。此后，公社领导的大小报告稿，一般都由我起草。替杨智写讲话稿很有意思，他先提纲挈领地讲几句，说明报告稿的主旨，大致讲哪几个问题，然后，将事先准备好的三样东西递到我面前。一杯热茶，一包香烟，一盒泰州麻糕。之后，他再随口说一句："让你辛苦了！"马上走人。至于报告稿如何开头，如何展开，如何结尾，全由执笔人自由发挥。写不好也没关系，他绝不会责怪和为难你，顶多重来。所以，那时为他做事，虽然很辛苦，但没有压抑感，甚至很开心。

　　杨智在川青一待就是十年。他后来因政绩突出，一路升迁，直至退休。他是九十五岁去世的，算是高寿了！记得几年前我和妻去看望他，还送他一本我刚出版的书。因为书名叫《我心飞翔》，他就借题发挥说："嗯，这书名好！什么时候我们再飞回川青看看？"

我和嫂子姐

我们家称嫂子叫姐，嫂子大我 10 岁，又是我家同辈中年龄最大的，所以，我一直都叫她"大姐"——"嫂子姐"。

嫂子姐年轻时不仅漂亮，而且伶牙俐齿，脑子特别的好使，可惜就是不识字。她刚过门时，我还很小。有一次，我在外面闯了祸，父亲拿根树棍追打我，我吓坏了，屁颠颠地绕着田埂逃，我越逃，父亲就越来火，追得更凶。正在我走投无路时，忽然瞥见嫂子姐在门口的槐树下向我招手！我像遇见救星似的一支箭般溜到她跟前："大姐，快……快……"我上气不接下气地说。

"别怕，有我呢！"

嫂子姐很麻利地一伸手，把我拽进门，又引入她的房间，示意我躲在她的蚊帐后面。我的心怦怦跳，想："这样能行吗？"弄不好会被关门打狗呢！但大姐似乎成竹在胸：她先把房门虚掩起半扇，然后坐在床沿上佯装换衣服。这办法还真灵呢！父亲追到时，尽管火爆得像头狮子，但面对儿媳的闺房，他也不敢越雷池半步，最后只好扔下几句狠话，悻悻地离去。

那时乡下人吃的米全靠自家用碓舂。舂碓这活儿你见过吗？我可是亲身体验过了，不仅死板、单调，而且要一直不停地简单重复，很折磨人！所以我最怕舂碓，每次发觉大人要舂碓，我就躲得远远的，但唯有嫂子姐能拉得回我，因为她会变着法子哄我呢。

记得有一回，家里又要舂米，嫂子姐就提前给我下"饵"说："想玩游戏吗？"我问："什么游戏？"她说："别急，姐舂碓时告诉你，反正很好玩。"于是，高高兴兴地做了她的"俘虏"。"今天我们来个绕口令，看谁说得好。"大姐边舂碓边说。我不懂绕口令是什么，问她。她说："我教你。"她先说了一遍："我家养了只白鼻子白公猫，二姑娘家也养了只白鼻子白公猫，两只白鼻子白公猫打架，不知道是我家白鼻子白公猫打败了二姑娘家的白鼻子白公猫，还是二姑娘家的白鼻子白公猫打败了我家的白鼻子白公猫。"我学了几遍，总学不好，不是舌头转不过弯来，就是说了上句忘了下句。嫂子姐就咯咯地笑，一遍又一遍地教我。当我能流利地从头说到尾时，一箩稻也舂得差不多了。

俗说："老嫂比母。"这话用在我嫂子身上，倒很确切。我至今还记得，她在我和妻子婚姻上的良苦用心，最有趣的是一件"鸭蛋道具"。

那年春，我从部队复员，一时找不到合适的工作，就在生产队劳动，女朋友是苏南城里人。为了尽早确定婚事，家人催我去一趟苏南。临行前，嫂子姐帮我作了精心策划，从养鸭户那里凑足 10 斤鸭蛋，每只都清洗得光可鉴人，再包上纸，用柳筐精心地装好，连包扎的绳子都是她亲手搓的细麻绳。她说，这也能看出人的品行呢！接着便对我进行"单兵教练"，怎么称呼人，怎么察言观色，尤其——怎样用活这筐鸭蛋。她神秘兮兮地说："你们男人不懂，这鸭蛋上有文章呢。人家如很在意，并乐意收下，说明有戏，你不妨就多待几天。若人家不当回事，执意不收，那你就识相点，快去快回……"说得我两眼一愣一愣的。

后来，有很长一段时间，只要一提起这筐鸭蛋的故事来，吾妻和大姐总笑得合不拢嘴。

像这一类有趣的事，嫂子姐身上是很多的。它不是什么大智慧，就是一种聪明，或者叫机灵。

人无完人。嫂子姐也有缺点。她的缺点就是嘴太快，话也多。家里来了客人，十有八九都是她包场。我的父母都是从旧社会过来的人，便看不惯，少不了给她白眼。但嫂子姐从不记恨在心，还是大大咧咧的。那时，我哥在上海工作，我和妻都在县城上班，难得有机会回乡下老家。大姐待我父母非常孝敬。父亲得了癌症后，吃喝拉撒全由她料理。母亲病重时，她每天晚上和老人同睡一个被窝……在老家，我哥是邻居们公认的孝子，其实我最清楚，这多半也有嫂子姐的功劳。

嫂子姐是88岁时去世的，算是高寿了。她生前患有"三高"，因为常年服药，脸上有点浮肿，待人接物也不如过去敏捷，但她心态好，整天乐呵呵的。不久前，我在整理家里的老照片时，惊喜地发现了她年轻时的一张黑白照片，瓜子脸，大眼睛，高鼻梁，头上梳着两根乌黑短辫……不禁一声叹息："真的是岁月不饶人啊！"

（原刊上海《采风》2001 年第 12 期，2023 年 3 月稍作改动）

尴尬

一般人都知道，江苏的苏北与苏南是不能比的，苏北穷，苏南富，所以长期以来，苏南人是有点瞧不起苏北人的。有趣的是，我和妻子一个是苏北高邮人，一个是苏南丹阳人，"南北"两地都挂上号了！

1968年初，我从部队复员回乡，因为是农村户口，我一时找不到合适的工作，正在情绪最低沉时，女朋友写信给我，邀我去她家做客。女朋友是丹阳城里的姑娘，长得苗条清秀，且天生有一副好嗓子。我结识她纯属偶然，以后也只是通过两三封信而已。从部队复员后，我原以为这段"情"已成过去，却想不到她会一直记着我，还邀请我去她家做客。抱着"试试看"的心理，我拎着10斤高邮咸鸭蛋，第一次去了她家。

那时的苏北穷啊！遍地茅草房，交通尤其差，连人走出来都没有精神。但女朋友的全家人对我非常热情友善，一点也没歧视我这个"土包子"。她的母亲更是热心周到，每天早上给我端上三个荷包蛋，还撒点蒜花，吃的时候，她就坐在我的旁边，笑嘻嘻的，使我有一种亲近和温暖的感觉。

在她家几天本来玩得很开心，却想不到发生了一件让我很尴尬的事。那天中午，我们正在吃饭，门口来了个讨饭的，不知是谁问了一句："你是哪里人？""高邮……"他答。满桌的人哄然大笑。女朋友的二哥无意中又"雪上加霜"，说："小于哎，是你家乡来的客人！"我很尴尬，立刻把头低了下去，最后还是岳母帮我解了围。

后来，我有感而发，特意写了首《高邮人》的诗，登在《高邮日报》上：

第一次到苏南岳母家
恰巧遇上个讨饭的高邮人
岳母机智地为我解围
我却羞愧得满脸血红

其实高邮人无须自卑
高邮人也是大写的人
夏素珍的一曲《数鸭蛋》
曾从苏北唱红京城

高邮的名人贯古今
高邮的水土最宜人
高邮的鸭蛋甲天下
高邮的小伙最聪明

掉价的不就是一个穷吗
不信穷会在一个地方生根

237

不信铁树开不了花
不信布谷唤不回春

高邮人要认准一个理
命运的金钥匙就握在咱手中
高邮人莫学灯笼千只眼
要学那蜡烛一条心

高邮人正在翻九十九座山
翻过山就有好前程
高邮人正在蹚九十九道河
蹚过河就进小康门

看运河边的高邮汉子
汗水流得真英勇
听庄稼地里的高邮女子
秧歌唱得多动情

还是我的老婆有见识
嫁到高邮就挪不动身
她说：总有一天
高邮会让我娘家人吃一惊

这算得上是高邮人的"励志篇"吧。

无独有偶。1975年，我和妻从乡下调进县城不久，有一
天中午，家人正准备吃饭，忽然门口来了个讨饭的老头，一问，

是淮安人。这一下我乐了！因为我岳父母祖籍也是淮安。"天哪，真是缘分！"我笑着对妻说。妻虽有点尴尬，但无半点幸灾乐祸的表情。她热情地把讨饭的老人引进屋里，问长问短，给他吃的喝的，临走时还塞给他5元钱。妻对我说："好了疮疤别忘痛，你记不得你第一次到我家时，我妈为你解的围了吗？"说得我半天哑口无言。

多少年过去了，这前后两次的"尴尬事"，还不时地浮现在我的脑海里。如今高邮与丹阳一样，都成了县级市，淮安还升格为地级市。随着苏北的快速崛起，这类尴尬事已逐渐销声匿迹。

（刊《中国工商报》2002年8月28日）

难忘的婚礼

有一种婚礼，轰轰烈烈，豪华又有排场，自然让人羡慕。还有一种婚礼，朴实简陋，甚至清冷寒酸，却令男女主角刻骨铭心，终生难忘。我和妻的婚礼，应该属于后者。

我俩的婚礼是在 1968 年 11 月 25 日举行的。

那时，我刚从部队复员回乡不久，为了生计，毛遂自荐到公社帮忙打杂，就是做些写写画画的事。开始时，一分钱报酬都没有，说是年底可以给点"工分"。我的未婚妻是苏南丹阳人。当时的苏北和苏南差距很大呀！善良的岳父母出于对我的信任和关爱，特意让女儿撇下工作，来我家乡的镇上学缝纫。其实，就是把"定心丸"给我吃，让女儿陪着我，以便我集中精力和心思做好工作。

因为还没有正式结婚，我们不可能生活在一起。白天，各干各的事，她到镇上学缝纫，我去公社上班。晚上，谁先到家，谁就到村口迎候对方。等吃完了晚饭，各回各的房间做自己的事。日复一日。

我在公社机关"打工"的时间不长，就几个月，但在业余写作上却小有收获，《红扬州报》《新华日报》等省地报纸，隔三岔五地就会发表我的诗歌、小小说、通讯报道，有一篇报道还登上了《新华日报》的一版头条，算是"小荷"露了点"尖尖角"了吧。

就在结婚前两天，公社书记突然通知我，红扬州报社近期举办工农兵通讯员学习班，县里拟推荐你去参加，时间半年至一年。所谓"通讯员学习班"，其实，就是工农兵参与办报。对于酷爱文艺而又暂时未找到合适工作的我来说，这可是天大的好事！虽然不是正式工作，却是一次难得的展示自己的机会，我和妻都激动不已。但激动之后，我又犯难起来，我离家这么久，让她一个人待在我家算什么呢？名不正，言不顺呀！再说，她的户口还在苏南，生产队平时分粮分油也没她的份。于是，我对妻说："哎，我们结婚吧？"她听后一怔，问："什么时候？"我说："就明天，后天我就要走了。"妻把头摇得像拨浪鼓，说："不行不行，我还没有征求爸妈意见呢！"我说："你怕什么？如果他们不同意，就不会让你单身一人来我家。再说，我现在又到报社工作了，他们要是知道高兴还高兴不过来呢！"妻听我说得有道理，沉默了一会，最后还是同意了。

当晚，我把这个决定告诉了爸妈和嫂子。他们自然很乐意，只是觉得时间急了点，来不及准备，最难的是，手头没有钱——那时社员干一天活只能挣八九分钱。我理解爸妈的心情，就劝他们："我和小贤（我妻名）商量好了，一切从简，什么衣物也别买，就办两桌酒水，生产队每家每户各来一个代表。"爸妈说："这样好是好，就怕对不起人家小贤。"妻倒来得爽快，说："我不计较，我不计较！"

事情就这么定了。

　　第二天大早，妻和我嫂子每人拎一只篮子上街买菜。妈妈忙着杀鸡、淘米、洗涮碗筷。我则布置房间，写"请帖"。所谓"请帖"，也就是一张巴掌大的红纸，用毛笔写上户主姓名。父亲的任务就是挨家挨户地送"请帖"。

　　傍晚，天还很亮呢，客人们就开始陆陆续续地登门了，进门时，大都递上个"纸封子（人情钱）"。不拿不恭，只好先接过来，交妻保管着。原计划两桌人，但有的把小孩也带来了，只好临时再增加一桌。

　　鄙地乡下办喜事都流行"六大碗"，就是每桌六样菜，有鱼有肉。酒是散装的白酒。蔬菜都是自家地里长的。

　　喜宴正式开始前，我爸作为长辈，先举杯，说几句欢迎大家光临的话，然后，新郎和新娘并肩向在座的客人深深地鞠上一躬，以示敬意。因为就只三桌人，不像现在婚宴都是十几桌、几十桌，所以，我和妻倒也落得省事，不至于折腾得很累。

　　按家乡风俗，酒席过后，接下去就是闹洞房了。我们家乡闹洞房，就是"说四句"，通常由两个人搭档，一前一后，一唱一和，说的都是大吉大利的粗话、俗话。当然，也有文明一点的，我们的婚礼就是，因为我们本就无洞房可闹，窄暗的房间，没有花烛，没有明亮的灯光，没有任何像样的摆设，甚至，房门连个大红的"喜"字都没贴！

　　就在大家觉得宴席冷清寂寞时，不知是谁来了兴致，说："哎，欢迎新娘给我们唱支歌吧！""噢，好好好！"众人于是鼓掌。唱歌是吾妻的拿手好戏，又逢自己的大喜日子，自然无须推辞。于是，妻站起来，笑眯眯地说了几句开场白，接着便亮起了歌喉。记得那晚她连唱了三四首歌，都是当地流行的民歌，如《杨柳青》《拔根芦柴花》等。乡邻们平时只听说我妻会唱歌，却没有现场听过，更没有料到她的歌唱得这么好，于是，一次次鼓掌，一阵阵吆喝……这大概就是这场婚礼的"高潮"了吧。

"婚"就这样结过了。全部支出只有23元，包括香烟和喜糖。这全亏妻的理解与宽容！

2018年11月25日作者夫妇金婚纪念

第二天，我把客人们送的"纸封子"集中起来，准备退还人家。一点数，共有17只，都是用红纸包着的，上面分别写着送礼的人的名字。因为要退给人家，所以无须拆封。唯有一只"封子"的样子很特别，是用旧香烟壳折叠起来的，有点像"R"形，一头已经散开。出于好奇，我便打开看看，原来是一张欠据，立据人，是生产队一个姓纪的光棍，欠条是由别人代笔的："今欠到礼金五角，×××"。妻看得咯咯直笑，我也笑。但笑过后，我一本正经地说："你可别小看这张欠条，也别小看这五角钱，如果当真，还需立据人白干六七天活呢！"

自然，这张欠据没有必要退，退了，反而让人家难堪，就被我一直夹在了书里。

这就是我记忆中的那次"结婚"。

婚礼后的次日清晨，我就背起行囊，踌躇满志地踏上了去红扬州报社工作的征程。

扬州离丹阳很近。年底我和妻回岳父母家过年。两位老人听说我俩已举行过婚礼，既惊讶，又生气，岳母的火气更大，说："这么大的事你们就擅自做主啦！"但当听完我和妻的道歉和解释后，老人还是表示理解和宽容。

2018 年 11 月 25 日，是我和妻五十年金婚纪念日。当日，儿女们给我俩献花、拍照，亲友们纷纷用手机发来微信祝贺，晚上，又在南京某大酒店办了两桌盛宴。抚今追昔，我和妻感慨万千，妻不止一次地流下了泪水，我也有感而发，在宴席上当众念了首小诗：

不放鞭炮不拜堂，
如此婚礼似荒唐。
两三桌客穷逗乐，
二十几元含烟糖。
贤妻明理强欢笑，
拙夫励志盼飞翔。
历经沧桑心未老，
蓦然回首慨而慷。

（刊《银潮》2020 年第 4 期）

燃"煤"之急

你还记得许多年前居民家中烧炉子用的煤球、煤饼吗？煤球呈椭圆形，有土豆那么大。煤饼则是用简单的手工机械压制成的，圆圆的，直径约 10 厘米，厚薄不一，上面打满了圆孔。别看它们其貌不扬，却关乎着岁岁年年的人间烟火！

我们家经常烧的不是煤球，是煤饼。说是"经常"，也不尽然，因为也有脱供断炊的时候。

那时，正是 20 世纪 70 年代初，我和妻刚从乡下进城，我在宣传部当临时工，妻在食品公司上班，经济拮据自不待言，最大的难题就是生活用煤。因为是计划经济，许多东西都是凭户口簿供应，而我家只有妻一人是城市定量户口（她是按照知青政策解决"农转非"的），我和两个孩子的户口都在乡下。按当时本地的规定，单人是不发煤炭证的，所以，我们家日常烧的煤饼全靠求人批条子。妻是外地人，人生地不熟，这个艰巨的任务自然就落到了我肩上。这倒也罢了，偏偏在这个节骨眼上，县委组织部要调我到离城五十多公里的乡下工作。作为临时工，我没有讨价还价的本钱，反而还有点受宠若惊。所以当领导找我谈话时，我满口答应，说："听从组织安排！"领导问："有什么困难吗？"我想了片刻，不好意思地说："就……就是家里烧的煤有点……"领导呵呵一笑说："这好办，马上找人批给你 200 斤煤炭条。"我开心死了，忙不迭地把煤饼买回家，第二天就背着行囊下了乡。事后，单位的同事笑我太单纯，说你也不仔细想想，这 200 斤煤烧完了怎么办？为什么不向组织上提出解决自己和孩子的户口"农转非"？户口一解决，不是一切都迎刃而解了吗？我听罢，茅塞顿开，但为时已晚矣！

果不其然，没过多久，我们家的燃"煤"之急就显现出来了。因为 200 斤煤饼应付不了个把月。这样，每隔几天，我总要打电话回家了解"煤情"。妻倒很淡然，不但没抱怨我，有时还变着法子安慰我："有煤烧呢，前天我刚找人批过条子。"我信以为真，心想真是环境可以改变人，她也学会厚着脸皮去找人了！

有一天，我因事返城，傍晚回家后，见妻还没有下班（她此时被借调在县征兵办公室打字），我就准备开煤炉烧晚饭。谁知打开炉门，发现火已奄奄一息，再看墙角，只剩下一块煤饼！咦，昨天妻还在电话中说刚买过 50 斤煤，怎么会没有了呢？我就四处找，没找着。原来妻是"骗"我的，她根本就没有找人批过条子。我这才着起急来，只剩一块煤饼，晚饭虽能凑合，可夜里拿什么封炉子？明天的日子又该怎么过呢？求人划条子吧，可天已黑了！情急之下，我只好去找妻子。因为我有一次看见她的打字室里堆放着许多煤饼，是专供办公取暖用的，何不借几块回家救救急。我把这个想法对妻说了，哪晓得她一口回绝，说："你怎么想得起来的？这是公家的煤！"我说："你这不是枕着烧饼挨饿吗？我们又不是不还！再不行，我去找你们领导打个招呼。"妻说:"找谁呀?领导都下班了。"我知道妻的脾气,说多也没有用,就干脆趁她没注意,用旧报纸包了两块煤饼悄悄地带回家,但当晚还是被妻发现了。她气得一夜都没睡好觉,不停地唠叨说:"我和你多少苦日子都熬过来了,不能为一两块煤饼而失去人格!"

妻的批评使我惭愧,也让我心服口服。

次日,我去煤石公司求人批了100斤煤炭条,当我拉着板车快到煤炭店大门时,走在后面的妻子忽然叫我停下来,她不声不响地从板车上取出两块煤饼,放在店门口。我一头雾水,问:"你这是干吗?"妻说:"昨天你不是拿了我打字室的两块煤饼吗?现在就当还了公家。"

我一听,乐了,连说:"好,好,好!省得我去你们打字室还了。"

此后,我家烧的煤饼总是紧巴巴的。但正是这种紧巴巴的日子,不断净化着我们的心灵,也培养和锻炼了我们的生存能力。

夏天的一个傍晚,我搭乡下的便车回家。刚走进巷口,就看见我家窗户有一股浓烟向外冒着。我吓了一跳,以为发生了什么事,急忙奔进家门,见妻正弯着身子,脸上还有几处黑灰,细看,屋角突然多出了一个土灶,她正在生火做晚饭哩!原来妻是不忍心让我老是为烧煤的事求人,就自作主张,请瓦匠在室内砌了个小灶。"图纸"是妻亲自设计的,两个灶膛,有煤就烧煤,没煤就烧柴火。这办法虽然"机动灵活",但烧柴火的罪可不好受——烟大、呛人。我说:"别受这个罪了,还是烧煤吧!"

妻说:"不,烧柴火好哩,还有点农家的乐趣。"

我问："哪来柴火？你能到乡下去捡？"

她反问："为什么不能呢？怕丢你面子？"

我不再吱声了。因为我的目光已被门外的一堆柴火吸引着——这些树枝树叶一定是妻起早带晚四处捡来的……

此后，我们家就一直采取"双轨制"，有煤烧煤，没有煤就烧柴火，尤以烧柴火为主。

记得有一次，我回家时，发现床底下撂着一堆煤饼，我又惊又喜。但妻"警告"我说："这煤饼可不能动！你妈不是马上要来吗？煤饼省下来等她来烧。"你看，煤饼几乎成了"奢侈品"！

我在乡下一蹲就是四年。漫长的四年啊，煤球、煤饼一直是压在我心头的铅块，也是我想方设法为家人排忧解难的"重中之重"。

直到 70 年代末，我家烧煤的问题才算基本解决，因为这时我和孩子的户口都相继"农转非"。当我和妻拿到梦寐以求的"煤炭证"时，真的激动得热泪盈眶啊！

现在，恐怕再没有人为"烧"的问题发急、发愁了，液化气、天然气、管道煤气，已经普及到城乡家家户户，而"煤炭证"则早已成为"历史的文物"。但尽管如此，当年的煤球、煤饼，仍像燃烧着的红红的火苗，不时地闪烁在我的记忆里。

（刊《爱情婚姻家庭》2002 年第 11 期）

那时夏天

　　小暑过后，就是更加炎热的大暑了。大清早，我就急吼吼地忙着擦拭空调、电扇，还让家人赶买防晒、降温用品。老伴笑："热天还没来呢！你急什么？"——不听，未雨绸缪嘛。

　　真的，现在的人，冷倒不怕，就怕夏天。我更是如此，夏天一旦气温升高到30℃以上，我就感到吃不消。为此，老伴常跟我"忆苦思甜"，当然，说的都是些年年重复的老话，那时的夏天——

　　那时的夏天，内容可谓五花八门。且不说孩提时我们几个孩子王如何在生产队的场头爬草垛、占"山头"，父亲追打我时，不小心误入"草垛阵"，被搞得晕头转向。也不说少年时，我们如何光着屁股在大河里"扎猛子"，或穿着拖鞋在村道的砖头堆里捉蝈蝈，或摇着芭蕉扇，在乱树丛中抓知了、逮萤火虫……我只说参加工作后，夏天的那些日日夜夜。

　　那时夏天，很热，真的，比现在热（冬天好像也比现在冷）。常常一觉醒来，看看床，草席湿漉漉一大片，酷似人形。

那时夏天，妻子天一亮就到巷口生煤炉，我则穿个大裤衩，到河边去挑水。还没到上班时间呢，两人脸上、后背都已大汗淋漓。

那时夏天，西瓜买回家，先用竹篮吊在井里，降降温，要吃，再从井里拎上来，拳头一敲，就裂开了，汁水四溢。

那时夏天，带儿子逛街，儿子喊热，三分钱一支赤豆棒冰，就让馋嘴儿子吃得摇头晃脑，笑眯眯的。

那时夏天，没有空调、冰箱这个概念，连电风扇也成了"奢侈物"。想纳凉，蒲扇、芭蕉扇是常用的道具。再不行，就举家出动，到运河堤上去兜风。

后来，我和妻都先后调到县委党校工作。说来好笑，当时偌大的一个党校机关，就一台十八英寸的日立牌彩色电视机。记得有一年夏天，正热播电视连续剧《霍元甲》。每到晚上，党校内外的男男女女、老老少少，都不约而同地齐聚过来，一个不大的天井，黑压压地坐满了看客，众人一边摇着扇子，一边观看电视剧，觉得惬意死了！

夏天，也被称为"苦夏"。这称谓挺让人揪心的。但那时的生存环境都这样，人们普遍能吃苦，不怕热，也不觉得热，甚至还喜欢热。

农谚说："不冷不热，五谷不结。"老人说："夏天多流汗，平时少得病。"还说："有钱难买伏天泻。"说的大都是夏天的好。

其实，人们对夏天的认知，恐怕与心情也有关呢！有什么样的心情，就会过什么样的夏天。我只是回想不起来，那时的夏天，我们是在一种什么样的心境下度过的——是苦涩？是无奈？是焦灼？是快乐？是淡然？抑或以上兼而有之？

人的感觉也真奇妙。那时夏天里"诞生"的许多故事，在当时并不以为意，而今天回想起来，有许多却成了百谈不厌的"经典"。

今年最炎热的夏天又要到了，但愿我们都能有一种好心情，更希望在这个夏天里能诞生出更多新鲜的"经典"。

我家的"电器时代"

　　20世纪60年代末，我刚从部队复员回乡不久，家父便在全村第一个安装有线广播。这在当时可是一件新鲜事儿。为了炫耀和摆阔，父亲坚持要把广播喇叭挂在家里的最显眼处——照壁。

　　家里有了广播，顿觉满屋人气旺盛。喏，早、中、晚都有新闻听，有好歌听，喇叭每天还报三次时哩！

　　开始那几天，父亲老盯着喇叭出神，鼻孔一扇一扇的，说："真是神仙过的日子！"那时他是生产队的打钟人，社员们每天出工收工，都要听他的钟声指挥。所以，父亲每次进门出门，手里总不离一只小闹钟。记得刚安装有线广播那天，父亲很晚才回家，母亲等他吃晚饭等急了，问他："老头子，现在几点啦？"父亲看了看闹钟，说："快八点了。"话音刚落，广播喇叭里传来一串清脆的"女高音"："刚才最后一响，是北京时间二十点整……"母亲一听，瞪大眼睛责问父亲说："你也不看看清楚，现在是二十点了嘛！"说得全家人哈哈大笑。

有线广播好是好，缺点是不能随身带，随时听。于是后来就盼望能有一台收音机。但那时农家几乎没有人家买得起，要有，也只是极个别生活条件较宽裕的人家。我见过公社一位姓周的副社长有过一台小收音机，下乡时常抓在手上，走一路听一路，虽然破旧不堪，又经常失音，需要不断地拍打，但我还是垂涎三尺，有时还模仿他拍打收音机的动作，取笑他。他也不恼，随我们说。

1975年，我们全家到了县城。虽然跳出了"农门"，但一般家用电器还是可望而不可即。那年，妻兄从美国访学回国，带回彩电、冰箱、全自动洗衣机等进口电器，我和妻羡慕死了！但羡慕归羡慕，你要真正拥有它，谈何容易！深刻地记得，有一年夏天，气温高达40℃，大人小孩都热得吃不下饭，睡不好觉，没法子，只好忍痛花一百元买了一台二手电风扇。这是我们家第一次拥有家用电器，但收音机还是买不起。上初中的儿子早晨听英语广播，只好每天跑到邻居家和他家的孩子一起听。有一次，儿子受了点委屈，回来冲我发牢骚说："爸，我以后再也不到别人家去当旁听生了，像乞丐似的！"经儿子一刺激，我和妻一咬牙，得，准备喝半个月菜汤！就到旧货店捧了一台旧收音机回家。虽然是二手货，隔几天就要花钱请人修，但毕竟是"奢侈品"，标志着我家也跌跌爬爬地进入"电器时代"了！

20世纪80年代初，文化生活还很单调枯燥。那时我和妻偶尔想看场电影，都要携儿带女到电影院。儿子女儿都上学，哪能耽误学业？有一天晚上，妻给正在房间里做作业的儿子送开水，发现儿子正把腿盘坐在椅子上，盯着前面邻居家的后窗看。原来邻居家日前刚买了一台电视机，晚上正在转播中国女排对古巴女排的排球赛……看到孩子如此"望梅止渴"，我和妻都很内疚。曾有几次蠢蠢欲动，终因囊中羞涩而作罢。直到1985年，我家才东拼西凑地买了一台14英寸的电视机，称得上是一次"划时代的变革"。从此以后，便越发不可收拾。有了小尺寸，又想大尺寸的；有了黑白，又想彩色的；有了国产的，又想进口的；有了台式的，又想壁挂式的……好在，从那时起，所有电器商品大降价，原先买一台电视机的钱，后来能买全套家用电器，这对我们这些低收入的家庭简直就像天上掉下的馅饼！

进入21世纪，家用电器成了家家户户的寻常物，品牌、花样也在不断翻新，更有手机、电脑、宽带、家庭影院等接踵而至，真让人应接不暇！

不仅城市，就连过去穷乡僻壤的农村也是如此！我的三姐，老伴去世后，虽然独居乡下，儿女也不在身边，但手机、电视、电饭煲、固定电话等，应有尽有。去年，我和儿子儿媳去乡下看望她，三姐笑呵呵地安慰我们说："放心吧，我有这些宝贝呢，有什么事我会跟你们联系。"她所说的"宝贝"，自然就是家用电器。

现在还有人为买收音机、电视机这样的家用电器发愁吗？我问我自己，也问所有人，回答肯定是，付之一笑。

（刊《大江南北》2018年增刊）

天籁之音

　　每天清晨，我都准时在微信朋友圈里发这样一幅问候和祝福的"表情动画"，一只雄鸡立在高高的土坡上，迎着即将喷薄而出的朝阳，引吭高歌："喔喔喔……"说真的，我挺喜欢这幅动画的。倒不是它有多出众，而是因为那活泼的画面和天籁般的声音，令人振奋，引人遐想。

　　鸡鸣，狗叫，这样的热闹场景，在我儿时的乡村，随处可见，而在城市里，特别是像南京、上海这样的大城市，"鸡犬之声"齐鸣的场景就难得一遇了，能听到的，只是一两声狗吠，也仅是偶尔，因为小区里有养宠物狗的，至于鸡叫声，尤其是雄鸡那高亢激越的啼叫声，几乎绝迹。这既在情理之中，又让人有点遗憾，好像生活中少了点什么。

　　记得许多年前的某个春节，还在县城工作的我，特意邀请南京的妻兄一家来我处做客。晚上，我陪妻兄睡在一张床上。天拂晓时，妻兄突然推醒我，神经兮兮地说："小于，你听，这是什么声音？"我一边揉眼，一边屏息细听，遥远处，隐隐约约有"喔喔喔"的鸡叫声和"汪汪汪"的狗吠声。我如实说了。妻兄是大学教授，书卷气十足，顿时兴奋起来，说："啊哟，我要的就是这声音！"停了一会，他问我，附近能不能欣赏到鸡鸣狗叫，我说，县城很难，要跑到很远的乡下。妻兄说："那我们把活动计划调整一下，明天就安排下乡如何？"主随客便，我自然满口答应，何况我在城里也"蜗"腻了。

1991年春节南京丹阳亲戚欢聚于高邮

我对农村生活了如指掌。我的童年、少年都是在农村度过的。记得那时候的农家，几乎没有不养鸡的。每天天蒙蒙亮，雄鸡便"喔喔喔"地报晓，一处雄鸡叫，四庄八村的雄鸡都跟着响应。农家也有不少爱养狗的，家门口，树荫下，村道上，常见到狗狗们蹿来蹿去。狗对鸡一般都很友好，尤其对相对斯文的母鸡，常和它们一起玩耍。狗的吠叫不像鸡那样频繁和有规律，只有遇见生人或突发性的事情，才发出"汪汪"的叫声。我小时候，对狗们"好"过了头，上学放学的路上，无论哪一家的狗，只要瞅见我来了，总是躲得远远的。人说"七岁八岁狗都嫌"，这话像是对我说的。那时候的我，整天都泡在鸡鸣狗叫的氛围里，却并没有感觉到"乐在其中"。

后来，我和妻都相继进了城。随着时间的推移，县城的躯体在不断地"肥胖"，城里的人越来越拥挤，加上年年都搞创建卫生城，哪容鸡狗们立足？即便远处有寥寥鸡犬之声，也会被日趋喧嚣的市井声所淹没。小县城尚且如此，大城市就更不用说了。难怪妻兄在我这里听到几声鸡鸣狗叫就欢呼雀跃起来。

百闻不如一见。根据妻兄的建议，大年初二这天早饭后，我便集中家人和客人们，带上干粮，背着摄像机上了路。我们沿着大运河堤缓缓前行，哪里农户密集，就往哪里走。见到鸡和狗狗，大家就像遇见多年未见的好友似的，立马停下来，或围观，或凝视，或问候，或留影……那种新奇感、欢愉感，就像《红楼梦》里的刘姥姥进了大观园！

我们来到了一处小村庄。不知谁家的大黄狗，看见我们来了，老远就发出"汪汪"的叫声。还有几家的庭院里，不时地爆发出"咯咯蛋""咯咯蛋"的欢叫声。我对妻兄说，这是母鸡下蛋后正向主人报喜呐！

临近中午的时候，更让人惊喜的一幕出现了！村庄中央，一只硕大的公鸡，正骄傲地"屹立"在高高的草垛上，伸长脖子，"喔喔喔"地演奏着"男高音"呢！它其实是在"啼中"。"啼中"你们知道吗？就是报时，告诉你，现在已经是中午啦。众人都兴奋得几乎要跳起来。你听那清纯而嘹亮、粗犷而悠长的声音，多美呀！当时我想，古诗中有"蝉噪林逾静，鸟鸣山更幽"的句子，倘改成"鸡啼村逾静，狗吠庄更欢"，岂不更合乎眼前的实际？这可是城里人羡慕的"原生态"啊！

这天我们是怎么返城的，不记得了。只记得，一路上大人小孩们都觉得意犹未尽，都在谈论和回味着与鸡狗们相遇时的美好时光。更有甚者，爬到运河堤的高坡上，学着大公鸡的神态，伸长脖子，引吭高歌……

许多年过去了，尽管我全家已迁居南京多年，但当时陪同妻兄一家乡村游的情景，还依稀记得，特别是那鸡鸣狗叫的画面，那"喔喔喔""咯咯蛋""汪汪汪"的天籁之音，仍不时地出现在我的脑海里，让我兴奋，让我感动。这或许也是"望得见山水""留得住乡愁"里的意境吧？

文坛漫步

卷首：我写我爱

走南闯北大半生
舞文弄墨缘分深
莫笑水淡无颜色
我写我爱性情真

作者　摄于 1981 年

我的处女作（诗三首）

——侦察兵生活速写

攀登

落鹰山，鹰难攀，
峰峦高耸入云间，
山石嶙峋藤断路，
要想上山难上难。

难上难啊难上难，
难不倒英雄侦察班！
一根绳索抓在手，
双手用力朝上攀。

一丈，轻飘飘，

两丈，头冒汗，
三丈、四丈手发麻，
五丈、六丈咬牙关！

哪怕冷风利似剑，
何惧荆棘刺儿尖！
英雄一个接一个，
恰似利箭射向天！

登上山，笑开颜，
拨开云雾四下看。
听！谁在唱：
"万水千山只等闲！"

雨夜蛙声

风声，雨点，
雨点，风声……
夏日的夜啊，
像锅底一样漆黑，

这时候，你听
——在甘蔗林中，

在深山野谷，
响起一片蛙声。

咯咯，咯咯！
唱得多动听；
咯咯，咯咯！
淹没了隆隆雷声。

电光一闪一闪，
"青蛙"在地面爬行，
暴雨啊，狂风啊，
朝他们猛烈地冲击！

看他们紧贴着土地，
接受大自然的考核。
这些"青蛙"的秘密，
只有憨厚的甘蔗林晓得。

咯咯，咯咯！
蛙声报告着敌情；
咯咯，咯咯！
蛙声传递着命令……

忽听枪响，
蔗林中跳出一排侦察兵！
手中的刺刀亮闪闪，
蛙声变成了喊杀声……

飞渡龙虎峡

龙虎峡，龙虎峡，
好一群"龙虎"闹山峡：
漩涡张大嘴，
巨浪摇白发，
涛声阵阵如雷吼，
狂风突起天欲塌！
一句民谣传千载：
"神仙难过龙虎峡。"

军号吹，红旗展，
侦察健儿要过峡！
背包肩上背，
匕首腰中插，
邀来大山做裁判，
提醒月牙眼莫眨。
战士好像出鞘的刀，
嗖嗖嗖直往激流"杀"。

连长领先劈航道，
"浪里白条"英姿发。
风再大，且当战鼓擂，
浪再高，权当泥丸踏，
顺水游，来个水上飞，

顶风游，好个鹰穿峡……
歌声响彻八百里，
直把那群"龙虎"活气煞！

（刊《解放军文艺》1965 年 6 月号）

高邮的早茶

到我老家高邮去，吃早茶是必不可少的内容，也是一种享受。高邮的早茶人气很旺，且经久不衰。特别是到了节假日，县城里的大小茶楼馆店，诸如"红灯笼""张记"等，更是一道道风景。门口排队买筹的，室内餐桌围坐的，旁边眼巴巴等待翻牌的……各色人等，千姿百态，热闹非凡，笑语声，招呼声，伴随着浓浓的蒸汽不绝于耳："喂喂，得罪了，请让一下，让一下。""啊，不好意思，客人太多，请稍等稍等"……

高邮的早茶，说是"茶"，其实并不确切，茶也有，但当家的是两样"主点"。一是包子，有青菜包、荠菜包、绵干菜包、三丁包、五丁包、虾仁包、蟹黄包，还有虾饺、肉饺。其特点是，皮薄，馅多，新鲜，味道好，这在外地很难吃得到。二是面条，花色也多。光面、饺面、雪菜面、干拌面、浇头面，应有尽有。面条各地都有，唯高邮的面条更是好吃。有人概括为三好：原料好，都是带碱的水面，且压得紧，有质感；汤水好，佐料精致，酱油是掺虾子提前熬制过的，使用时，还得放进瓷钵里在汤锅炖熟；再有，掌勺师傅火候掌握得好，面下得

265

不硬也不烂。临上碗时，再撒些胡椒粉和蒜花，得，一碗"浓妆艳抹"的面条就 OK 了。除了包子和面条，考究一点的，还配以一两海碗大煮干丝，原料是上乘的百叶和鲜美的虾仁，做工十分精致。一般是在吃包子和面条之前，先上桌，这样，食客们边品尝干丝，边喝茶聊天，边等待下一个"节目"，既错开了时间，又丰富了早茶的内容，一举多得。

作者妻子陪其兄贾大龙教授吃高邮早茶

高邮人吃早茶的习惯，与扬州城颇有渊源。"早上皮包水，晚上水包皮"，是古往今来扬州人的一种特有的生活方式。所谓"皮包水"，就是吃早茶，"水包皮"，就是进澡堂子洗澡。高邮离扬州市区很近，又隶属扬州，其舌尖上的联系和渗透是很自然的。所以，高邮的早茶与扬州城里的早茶并无二致，甚至，高邮的早茶更接"地气"，因为来吃早茶的，大都是本地的寻常百姓，有拖家带口的，有亲友间轮流坐庄的，有老头老太们即兴小聚的，还有结束晨练后意犹未尽，顺道来打打牙祭的……现在生活条件好了，消费观念也改变了，吃早茶不再是"奢侈事"，反倒是人们懂生活、会生活的一种体现。

吃早茶的人群中，也有不少外地人，节日长假期间尤甚。但如果是组团来的，早茶想吃得舒服点，需提前一天预订，否则，只能做散客，想进包间就没有机会了。

外地的游客对高邮的早茶似乎特别"贪"，常见他们每每享完口福后，还要请服务员帮忙为其打包。更有甚者，特地绕道到中市口的面粉加工店，称上一大包重实实的生面条带走，说是"给家人们也尝尝"。

吃早茶，不仅在县城是一景，周围的乡镇也很盛行。记得有一次，我陪几位南京的亲戚去临泽镇上吃早茶，此后他们每次回忆起来，都很动情。茶楼外薄雾缭绕，茶楼内蒸汽弥漫，三五张餐桌茶客满座，七八样小菜点心琳琅满目，更有一串串清亮的叫卖声不时地从窗外传来，令人着迷……

此地早茶一般要吃到上午九点半左右，当然，上班族除外。有一次，我和老伴回老家吃喜酒，返宁那天，儿子突然心血来潮，借口来接我们，特地从南京驱车两个多小时，想顺便赶到高邮吃早茶。哪晓得，那天早上下雨，车不敢开快，到县城时已近十点。我们和店家协商，能不能"特事特办"？店老板倒很有人情味，一口答应："可以可以！"于是，久未享口福的儿子终于解了一次早茶的"馋"。

（刊《现代快报》2017 年 4 月 10 日）

四德泉

四德泉，一个很好听的名字！其实，它是一家浴室，老字号浴室，位于高邮城区中市口附近的南市口，焦家巷拐角处。已故高邮籍作家汪曾祺有一篇小说，叫《皮凤三楦房子》，是写外号叫皮五癞子高大头的，高大头的修鞋店就在南市口，离四德泉也就几十步远。

南市口过去是个很繁华的地方，街道两边的大小店铺密密麻麻，四德泉浴室就"嵌"在其中。老实说，与周围的店铺相比，四德泉其貌不扬，甚至还很寒酸，除了门楼上一盏高高在上、写有"老字号四德泉"红字的长方形标志灯（过去是灯笼），并无其他出众之处，但它名气很大，人气也旺，来这里洗澡的人，络绎不绝，并且大家都很熟。

"来啦？"

"嗯，来啦！前几天感冒，才好，来闷哈（下）子。"——"闷哈子"是高邮话，意思是进澡堂泡一泡，蒸一蒸。

也许是日久生情，我以前在县城工作时，是四德泉的常客，即便后来移居南京，只要回老家，四德泉是必然要光顾的。

　　四德泉是一家名副其实的老字号店。浴室至今还保存着明清时期的石刻，为汉白玉石材，有一米多高，上面横刻"凤池"二字。此为当年浴室门头牌。至于"凤池"为何后来易名，没有人能说得清楚，也无从考证。

　　四德泉，内设普室和雅室。进门便是个买筹子（门票）的地方，从过道进去，先见到有个大大的厅，整齐地摆放着一张张长躺椅，铺着海绵垫或长毯子，客人洗完澡，要在躺椅上歇歇，喝点茶，旁边有个小长条桌，方便客人放置东西。此系普室。雅室大致相同，就是更整洁一点，有空调、大屏彩电。

　　普室和雅室门口处，都有一个"打把子"的地方。"打把子"也是当地方言，就是为客人提供热毛巾，客人从浴池上来后，跑堂的服务人员会用两块热毛巾帮你把背上的水擦干，"把子"前后要给好几次的。

　　浴池分里外两间。外间是淋浴和搓背处，里间是个很大的浴池，浴池旁边，就是个热气腾腾的烫水池——这是给人"闷哈子"和烫脚的地方，烫水池上面盖着厚实的木架，防止有人不小心掉下去……

　　知道了吧？这就是四德泉，简单而又简陋，与外面那些高档会所、休闲中心相比，简直格格不入。爱顾面子，喜欢阔绰的人，四德泉会用素面朝天回应你——不好意思，另请！

　　老字号店，许多地方都有，尤以服务行业居多，但能像四德泉这样，始终恪守"老字号"特质和品牌的，不多。四德泉不仅店规严、门风正，其服务也是很到位的。你看，服务人员在店堂内来回穿梭、忙碌，个个都洋溢着笑意，茶水一杯接一杯给你续，热"把子"一次又一次给你送。搓背的，修脚的，按摩的，也都忙得不亦乐乎，而且收费都很低廉。再者，客人

夕 照 街

泡完澡，若肚子饿了，不碍事的，浴室对门就是饺面店，吧台一个电话，过几分钟，面店的伙计就将热腾腾、香喷喷的面条、煎蛋送到你面前……

有位叫武志红的旅行作家这样表述他在四德泉体验的感受——

"这种老式澡堂，跟常见的水浴会所差别很大。进去你就脱光光，无遮无挡。……大厅里什么人都有，光着身子跷着二郎腿的，正在穿衣服或脱衣服的，喝着茶聊着天的，穿戴整齐给你递毛巾跑堂的……

"好像没人看你，又好像别人都在看你。"——这就是南方人初来四德泉洗澡，浴客们"赤身相对"时的尴尬心情。

他还谈及在四德泉搓背、修脚的情形：

"搓背，这是一个我曾经极度抗拒，但在这里搓过一次就爱上的项目。这边搓背的老店，地方很局促，没有躺椅只有凳子，即便这样，师傅也能搓得到你全身，而且很仔细、很认真，到现在我仿佛还能感受得到搓背时的那股酸爽。

"搓背出来，仰在躺椅上，我不准备修面，但修脚倒可以试一试。

"结果，修完，师傅捏我的大拇指，抬头看我的反应。神奇！我大拇指是嵌甲（指甲长到了肉里）。平时不管是自己剪指甲还是足疗店修脚，弄完可不能捏，一捏就疼，仿佛指甲在挤肉。这回却没有。

"修脚速度还飞快。

"不得不服。"

这是一位外地游客作家对四德泉服务水平的评价，看得出他是客观的，发自内心的。

我在四德泉洗过多少回澡，记不清了。要我说，最让我感动的，还是弥漫在浴室大厅里浓浓的乡情、温情。在这里，大家有拉不完的家常，说不完的笑话，即使外来陌生的浴客，也会很容易被"俘虏"或"同化"，从而进入那湿乎乎、润绵绵、暖融融的人文环境之中。

最近一段时期，不少地方的洗浴中心、足疗店都相继关门或歇业，而我前几天回老家时，见四德泉每晚都灯火通明，生意倒似比原先更红火。我想，个中原因，大概跟它始终坚守"老字号"的特质，没有那些乌七八糟的事，"德至客归"的传统一直绵延至今有关吧。

（刊《解放日报·朝花时文》2019 年 7 月 25 日）

周巷汪豆腐

　　吃豆腐在我老家历史悠久。远的不说，从我童年记事时起，豆腐就是家庭餐桌上常见的菜肴之一。"青菜豆腐保平安"，母亲常说这句话。

　　豆腐的吃法多种多样。据我所知，除了传统的青菜烧豆腐、萝卜或慈姑豆腐汤外，还有冻豆腐、臭豆腐、乳豆腐、蒜拌豆腐，近年又时兴淮扬风味的鸭血豆腐和带有川味的麻辣豆腐……豆腐的吃法如此之多，但给我印象最深并且一提起它就满口生津的，是汪豆腐。

　　说到汪豆腐，就要先说那个"汪"字。为什么叫"汪"呢？这个字是不是这样写？查阅字典，解释为"深广"或"液体聚集在一个地方"，似不确切。又到高邮籍著名作家、文坛久负盛名的美食家汪曾祺的文集里去寻找答案，仍未果。好在，音是对的，此地人都这么叫，那就只好"以讹传讹"吧。汪豆腐我小时候就吃过，而且不止一次。那是人家办喜事时，"六大碗"中的一碗，也有叫"汪酸汤"的。豆腐都切得细细的，放在荤汤里煮沸，配以鸭血、粉稠，外加酱油、糖、盐、葱、蒜等佐料，考究一点的，还放些茶干和虾米，吃的时候用调羹舀，味道好极了。

与别的菜肴不同，汪豆腐算是一道"过渡菜"。上这道菜时间有讲究。上得太早，吃过汪豆腐，再吃其他菜就没有味了，但也不能太迟，若太迟，大家已经酒足菜饱，想吃汪豆腐也吃不下了。所以，有经验的厨师总是在客人酒酣耳热之际，才将热气腾腾的汪豆腐端上桌。

汪豆腐是本地的一道特色菜肴，别处间或有之，我出差时偶尔品尝过两三次，总觉其形备而神不足，甚至形也不备神更不足。

要领略汪豆腐的美味神韵，还是往周巷跑一趟。周巷是高邮北边的一个乡，汪豆腐是那里的"拳头产品"。这么说吧，提到周巷乡，许多人就会想到汪豆腐，而提到汪豆腐，人们必然会想起周巷乡。一种传统菜肴，让人牢牢记住一个地名，足见周巷汪豆腐是多么不同凡响！

吃周巷汪豆腐我还闹过一个笑话。那是二十多年前，我参加工作后第一次到周巷乡（当时叫公社）去。公社夏书记说："今天没什么好招待你的，就请你尝尝周巷的汪豆腐吧。"我听了不以为意，想："豆腐早吃腻了，有什么尝不尝的？"中午吃饭时，果见餐桌上放着一大海碗汪豆腐，细看，豆腐切得四方方的，都像黄豆粒那么大，又细又匀，盛在大碗里呈馒头形，上面撒着几粒葱花，绿白相间，很好看。虽是刚做出来的，却不冒一点热气，像是经过冷却似的。我因为肚子饿了，不等主人招呼，就先舀了一调羹放进嘴里。"啊——"我嘴里咕噜一声，却说不出话来，眼泪强忍着。原来这豆腐被一层油汤封住了碗面，热气出不来，但骨子里烫呢！夏书记笑道："这可是周巷的汪豆腐，不烫不成交啊！"接下去，我就变得"文雅"

多了，慢慢地舀，慢慢地品尝。咦，几调羹下肚，我就被这豆腐陶醉了，真的陶醉了！你瞧，它油而不腻，稠而不粘，既细嫩，又爽口，味道尤其鲜美，使人食后回味无穷。在此之前，我吃过很多次汪豆腐，但从没有吃出如此感慨来。有此一遇，以后我每到周巷乡去，汪豆腐都是必不可少的。

但吃周巷汪豆腐有个规矩，一次只能供应一大碗，想再吃，对不起，请您下次再来。也许这正是周巷汪豆腐的师傅的高明之处——食多无滋味嘛！

与周巷汪豆腐相媲美的，还有近年时兴的雪花豆腐。雪花豆腐也叫"汪"——汪雪花豆腐，也颇有名。外地人到高邮来，都非常爱吃。

雪花豆腐与周巷的汪豆腐，是两种不同风格的汪豆腐。相同之处，都很鲜嫩、爽口。不同之处是，前者豆腐削得更细，但无规则，犹如雪花般，后者切成细方块状，刀工尤见功夫。前者盛在碗里看起来较为稀薄，吃起来润滑，有点像"饮"，后者则比较厚实，口感更好，俗说"有咬嚼"。相比之下，我更喜欢吃周巷的汪豆腐。

周巷汪豆腐不是随时想吃就能吃得到的。这些年，我常蹲在城里，下乡的机会越来越少了。要吃汪豆腐，只有自己学着做。周巷汪豆腐之所以闻名遐迩，其中有不少诀窍，归纳起来有"三个必须"：一是原料必须好，是正宗而新鲜的黄豆豆腐，而且要做得不老不嫩；二是操作必须精细，将劈成小块的豆腐放进清水里浸泡半天或一夜，滗去黄水，以减少豆腥味和碱气；三是必须有好汤，老母鸡汤更佳。"唱戏的腔，厨师的汤"，没有好汤，做不出周巷那样的汪豆腐。

（刊《中国特产报》2003 年 7 月 7 日）

鸭蛋，还是高邮的好

　　我的家乡高邮是著名的鸭蛋之乡。有一首民歌是这样唱的："高邮麻鸭肥奋奋呐，膘肥那个体胖个儿壮；生下鸭蛋圆溜溜呐，溜圆那个里面有双黄……"据江苏邑县风物丛书《高邮》中记载，1957 年，全国民间音乐、舞蹈调演时，这首由高邮民歌手演唱的《数鸭蛋》，以其诙谐、风趣和浓郁的乡土气息，声震京华，敬爱的周总理看了也高兴地笑了。

　　高邮鸭蛋确实为我的家乡争了不少的光。据说，已故高邮籍作家汪曾祺有次到外地出差时，当地的同行听说他是高邮人，多露出惊羡之色说："你们那里出咸鸭蛋？"乐得汪老合不拢嘴，调侃说："好像我们高邮就只有咸鸭蛋似的！"

　　无独有偶，1968 年春天，我第一次到苏南岳丈家，当时家境贫寒，买不起像样的礼品，父母说，那就带点鸭蛋吧。于是，家人便把鸭栏找了个遍，又和邻居家借了一些，终于凑齐了 10 斤。我还以为这点礼品太寒碜呢，哪晓得岳丈全家人高兴得不得了，岳母更是脸上笑成一朵花，说："哎哟，从没见过这么标致的鸭蛋！不愧是高邮的！"

的确，鸭蛋还是高邮的好。

高邮是苏北里下河地区的一个县级市，东临兴化，北接宝应，大运河往西是一片烟波浩渺的高邮湖。境内河渠沟汊纵横交错，更有大片大片的芦苇荡分布其中，水草丛中鱼虾、螺蛳特别多，是野生鸟禽和水生动植物生存繁衍的天然场所。许多人只知道高邮咸鸭蛋个大、味鲜、双黄多，却不知道与这里优越的自然环境有关。其他地方，虽然也产鸭蛋，但与高邮的鸭蛋比较，逊色多了。

高邮鸭蛋中，也有双黄的，这更是鸭蛋中之精品。双黄鸭蛋是鸭子食精、食猛所致。它有鹅蛋那么大，但比鹅蛋蛋壳质细、光亮，其中部有一道凸起的圆箍，切开，两颗蛋黄紧连在一起。但吃起来的味道与单黄并无二致，只是好看好玩而已，又因为数量稀少，所以本地人和外地人常把双黄鸭蛋作为馈赠的佳品。

前些年，高邮市曾多次举办过"鸭蛋节"，使本来就颇负盛名的高邮鸭蛋更加被国人青睐，但冒牌货也接踵而至。我在出差途中，甚至在老家县城，经常看到有些商店门口挂着"高邮咸鸭蛋"或"高邮双黄蛋"的标牌以招徕顾客，细看根本不是高邮的鸭蛋。难怪有位上海朋友给我发短信说："很想买你们高邮的咸鸭蛋，就怕买不到正宗的。"这也从另一个侧面说明，高邮鸭蛋多么讨人喜欢！

据我所知，高邮近年发展经济、治理市场正风生水起，鸭蛋市场也得到了有力净化，相信那位上海的朋友，如再来高邮，定能买到正宗的高邮鸭蛋。

（刊《中国特产报》2002 年 3 月 14 日）

说说老家的面条

外地人对我家乡的面条很感兴趣。我南京的妻兄也是如此。他每次来我这里，都要过一把"面条瘾"，不仅刚来时吃，临走的那天，还要再"狠狠地"撮上一碗。其"痴迷"的程度，让我既感动又困惑莫名。

本地的面店到处都是，花色也多，光面、饺面、菜汤面、浇头面……应有尽有，吃的人很多。我也吃过无数次面。依我看来，天下面条都大同小异，无非是些汤啊水啊硬啊烂啊的，没什么大不了的。所以我压根儿就吃不出妻兄那样的感觉来，也从没往这上面想。有一次我问妻兄："鄙地面条到底和南京面条有什么不同？"他略一沉思，便娓娓道来："你们这里的面条至少有三好：一是原料好，都是现机的带碱的水面，且压得紧，有质感；二是汤水好，佐料精致，酱油是熬过的，猪油是炖过的，这和别处不一样；三是师傅火候掌握得好，面下得不硬也不烂……"嘿，他还挺有研究的！后来我再在本地和外地吃面条时，就注意观察、比较，果然如此。这使我对妻兄的鉴赏水平佩服得无话可说。

　　本地的面条好吃，但本地人却没有觉察，或者觉察了并没有往深处想，更没有把它作为一个特色来培育和弘扬。原因恐怕就是这事情太小，捧不上台盘，或者靠它发不了大财。其实，这是一种偏见和误解。与高邮面条不同，高邮的咸鸭蛋虽然也是"小事情"，却名气很大，且经久不衰。可以这样说，只要过时过节，只要提到咸鸭蛋，国人没有人不立刻想到高邮。而且由于鸭蛋的"牵引"，也带动了其他行业、其他项目的发展。可见，咸鸭蛋已经成为高邮的一张靓丽的名片，成了促进一方经济发展的助推器。这与当地政府多年来大力宣传、精心策划并经常举办盛大的"鸭蛋节"等活动是分不开的。相比之下，高邮的面条就没有这么"幸运"啦！

　　发展经济，固然需要想远的、干大的，固然需要大手笔和大项目，但与此同时，也不可忽视对本地资源的开发利用。我们平时常说的一句话，叫"自强不息"。何谓"自强"？依我看，除了自我加压外，还应包括对本地资源和本地一些特色性东西的自信和执着，并努力加以培育和弘扬。正如有文章所说："留住特色，培养特色，既是经济学之道，也是艺术上的大学问。"

　　我也很赞成江浦县著名的优秀乡村教师杨瑞清的那句话："小事情，把它做到极致，就成了一番大事业。"

　　"小事情"当然不仅仅是面条。

（刊《新企业》2002 年第 8 期）

喜欢吃鱼

我喜欢吃鱼。一直如此。好在，现在鱼价不贵，花鲢、鲫鱼、草鲲也就十块钱左右一斤，黑鱼可能贵些，野生的，每斤要二十来块钱。每隔三两天我就要家人买点鱼回来。

喜欢吃鱼，大概与我小时候的生存环境有关。

我的家乡高邮，河多，荡多，鱼也多。我父亲就是捕鱼的能手，小时候，常见他每天傍晚罱泥回家时，总要拎上一篓子重实实的鱼，有鲤鱼、鲫鱼、黑鱼、鳊鱼，都是活蹦乱跳的，喜煞人哩！鱼到家后，妈妈就忙开了，煮鱼、砸鱼圆、熬鱼汤……忙得不亦乐乎。

鱼米之乡鱼为首。鱼为我的家乡争得好大面子。家乡人吃鱼的名堂很多，饭店餐桌上的"过桥鱼""软兜黄鳝""银鱼羹"，都是名闻遐迩的传统名菜。尤其是"软兜黄鳝"，更是一绝。这些年，随着养殖业的蓬勃发展和"食文化"的普及提高，家乡人吃鱼的花样又在不断翻新，如近年餐桌上流行的"雪菜鱼""臭干金丝鱼""剁椒鱼头"……更是令外地食客满口生津。我出差在外地也经常吃鱼，但总比不上家乡的味道美。

而色彩斑斓的"软兜黄鳝"经过一番"扬弃"后，至今仍是餐桌上的一道诱人的风景。

　　家乡的鱼之所以做得好吃，首先是鱼的品质好，是在无污染、水质好的淡水里生长的。相比之下，鱼塘里人工养殖的鱼，就远不如野河、湖荡里的鱼味道那么鲜美了。其次就是烹调手艺精细。家乡人做鱼菜，特别重视佐料和火功，佐料要全，火候要恰到好处。常有这样的情况，同是一种鱼，不同的厨师，做出来的色、香、味大相径庭，原因就是烹调手艺高低有别。当然，鱼的吃法多种多样，烹调手艺也随之千变万化，不是我这篇短文所能胜任的。就像"软兜黄鳝"，说起来简单，将黄鳝宰杀后，取其脊背，将油锅烧红，快炒，再投放糖、醋、酱油、生姜、淀粉等佐料……但真正做起来，可考究得多，稍一大意，那就不是正宗的"软兜"了。

　　吃鱼我还喜欢吃鱼子。鱼子只有春秋季公鱼、母鱼交配时才有。它们都是些细小的生命，是未来在河水里游走的鱼。可惜了，它们早早地被扼杀在摇篮里！这些鱼子大都是灰黄色，菜籽般细小，它们密密地粘在一起，呈长条状，紧贴在鱼的肚子里。每条鱼的子儿不多，所以，爱吃鱼子的，得发扬风格。我爸起初不让我吃鱼子，说是吃鱼子人会"拙"，"拙"就是笨的意思。其实是我爸骗我的。鱼子煮熟了，很硬，很结实，小孩子吃多了，不易消化，这倒是真的。但这种担忧对我是多余的，我妈笑我："他这个大皮王，吃铁都能消化。"所以，家里但凡煮鱼，鱼子大都由我包揽，姐姐们也不和我争。但鱼子究竟有多好吃，我也说不上，只是喜欢。

　　据说，吃鱼能使人聪明，但我至今无法测出我的智商有多高，但有一点是肯定的，鱼的蛋白质含量高，多吃鱼，有益于人的心脑血管，还能有效地防止肥胖，并使皮肤细腻白嫩。都说我家乡的小伙子长得挺拔，姑娘们生得水灵，这恐怕和他们日常多吃鱼有点关联呢！

（刊《扬州晚报》1993 年 7 月 8 日）

呵，焦屑

那天，妻从超市购物回来，笑吟吟地把两只装得鼓鼓的小塑料袋伸到我面前，说，你不是说南京买不到它吗？看，这是什么？我凑近一看，呵，这不是焦屑吗？

真的是焦屑，细细的，色泽暗红，从封口处捻开一小角，便能闻到一股焦香味，有点儿野。

原以为大城市不可能有焦屑卖，因为我在小县城时都见不到，却想不到南京会有！听妻说，那天买焦屑的人还不少呢，只一会儿工夫，柜台上的"小山"就消失了大半。

看见焦屑，儿时的岁月便穿过时空而来。那个时候，每当麦子登场，父母总要先淘些小麦，晒干后，放在锅里用文火慢慢地炒，炒到麦粒呈暗红色，沙啦沙啦响，就架起磨子来磨。哎哟，磨焦屑的场面可诱人呢！石磨呼呼地转，粉屑簌簌地落，香味肆意地飘逸。我常在父母磨焦屑时，把小脸凑过去，不时地抓一把解解馋。母亲就叫："馋猫，会呛着的。"不听。母亲也不当真，任由我吃成大花脸。

焦屑有好多种。汪曾祺说："把饭铲出来，锅巴用小火烘焦，起出来，卷成一卷，存着……攒够一定的数量，就用一具小石磨磨碎，就是焦屑。"其实，汪老说的锅巴焦屑，只是焦屑中的一种，还有大麦焦屑、小麦焦屑、糯米焦屑，还有皮糠焦屑。锅巴焦屑城里人吃得多，我们农家吃的，大都是麦焦屑，这种焦屑比起米粉和锅巴焦屑更香，更原汁原味。

那时农村孩子上学，要跑很远的路，早上走得早，大人来不及做早饭，焦屑就是常用的替代品。要是当住宿生，焦屑更是必不可少啦。我在临泽上中学时，每到开学，母亲总要用一只长长的、碗口粗的布口袋，装满焦屑让我带去，说："正在长身体呢，饿不得的。"还真亏它，那时学校的伙食很差，每天下晚自习后，肚子就饿得咕咕叫，这时焦屑就成了最及时的填充物，一碗热腾腾的焦屑穿肠过，顿觉自己是极幸福的。

后来，不知打什么时候起，焦屑就渐渐地淡出了生活。我在县城工作时，想吃焦屑，只好写信或打电话到老家，让姐姐帮我磨点带给我。再后来，连这点"后门"也给堵上了，为啥？磨子被淘汰了。便有点沮丧，怕是今后和焦屑再也无缘了。

焦屑谈不上稀罕物儿，现今要是说焦屑多么好吃，似乎有点矫情。时下好吃的东西太多了，就算五谷杂粮也是五花八门，应有尽有。城里人乐意买点焦屑回家，也是为偶尔打打牙祭，换换胃口，平时吃腻了膏腴肥甘，突然吃点焦屑，便觉得新鲜、刺激。还有，吃焦屑方便，你试试看，挖两匙羹，放进碗里，加点儿糖，用开水一泡，端起来就可以吃，比方便面还要方便，而且实在。对那些上班族、"夜猫子"，尤其适用。

对于我来说，自然远不止这些。每次品尝焦屑时，其实都是在品尝童年，品尝往事，譬如，那个吃焦屑吃成大花脸的小男孩，那个上中学时装满焦屑的小布袋……

（刊《雨花》2007 年第 5 期）

临泽三条街

　　镇子不大，就三条街，前街、中街、后街。每条街，一声都能喊到底。街面也不宽，扁担横过来，就能挨着边。但她，朴实，温馨，繁华。因位于兴化、高邮、宝应三县市交界处，所以辐射面很广，方圆几十里的庄户人家，提起临泽镇，无人不晓。但那时，人们都不叫她镇，叫街，到临泽去，就叫"上街"。

　　我家离临泽街约三里路，街"上"过无数次矣。我的中学时代就是在临泽度过的。所以，我对街里的每条巷子、每处建筑，都了如指掌。

　　记忆里，临泽三条街特色各异，这也许是自然形成的。

　　乡下人卖草卖菜卖鱼卖虾，就在前街（因位于镇子西边，所以也叫西街）。这里有个叫韦家大场的地方，有点像现今的露天菜场，很开阔，是农副产品的主要交易场所。周围有铁匠铺、豆腐坊、烧饼店、老虎灶，还有个很大的竹厂。小时候，我常跟父亲在这里卖草，每次草卖完了，父亲就犒劳我一块烧饼，或两根油条。如果时间还早，父亲就到旁边的竹厂转转，看看有没有合适的毛竹或竹椅可买，我呢，就喜欢站在铁匠铺前看人家打铁，"叮叮当! 叮叮当! ……"很好听。

想买衣服或日用百货，一般都到中街。中街有点像镇上的经济文化中心，剧场、广播站、文化站、新华书店，应有尽有。不过，最热闹的还是百货店、布店、饭店和小吃店。那时，没有"微笑服务"一说，但两边店里的生意人和过往顾客，都很熟，都十分亲热，相互打不完的招呼。"上街了?""哎，上街。""麦子割完了吧?""刚割完，什么时候到我们乡下玩去?"……

母亲每次上街都喜欢买零头布，因为便宜，不到一半钱，所以她和布店里的老陈、老周混得很熟。"嫂子，替你留两块白大粗，拼起来可做被里子呢!""哎哟，巧不，我正为缺条被里子犯愁呢!"母亲忙不迭地把零头布接在手里，就像接过什么宝贝似的，脸上笑成一朵花。

所以，中街在我的印象里，总是涌动着一股浓浓的乡情和温情。

不过，我小时候最爱去的地方，还是后街。因为后街有两爿旧书摊，大都是小人书，可以看，也可以租，我那时最喜欢看小人书了。

后街是条石板铺成的路。据说从两头数，块数总不一样，我没有考证过。石板路两边的店铺，都以服务业为主，而且大都是些手工业者，如鞋匠、锁匠、篾匠、白铁匠，还有爿修钟表店……

后街有几个人必须提及。戴眼镜的挑水工，二十大几岁，细皮白肉，戴副深度近视眼镜，常见他挑着两大桶水，在石板路上呼哧呼哧地疾奔而过，他的腰被压得很弯，穿草鞋的双脚落地时，发出一连串"扑扑"的声音，令人心痛。他应该当个店员，或做个教师才对，何苦干这力气活? 不得而知。再就是修钟表的那个白胖子。好像他的柜台从早到晚都亮着灯，白胖子独自埋着头，目光聚焦在手里的活计上，认真得像个学究。出于好奇，我每次从他店门口经过时，都要把头伸过去，瞅他几眼，这时，他的目光就会从眼镜上方的空隙中，悠悠地伸出来，像是警告我，小孩子家，走开！还有一个人，是个代写书信的老先生，常见他正襟危坐地向请他写信的人，一字一板地念："××吾儿，见字如面……"

因为是水乡小镇，临泽三条街，除中街外，都与河相连，连街名也混着叫，前街也叫前河，后街也即后河。河上有桥。桥下行船。船川流不息。不息的，还有满河的桨声、篙声、叫卖声。这些声音，粘着水气、雾气，齐涌向镇子，使三条街整天徜徉在喧哗和缥缈之中。

而且，街上许多美味佳肴，仿佛也与水有关。像早茶早点、汤鸭、雪花豆腐、软兜长鱼、煮干丝、过桥鱼等等，都是因"水"而涵生，并因"水"而驰名。至于后河（即后街）的"王四瘪子汤羊"，则是淮扬系列名菜之一，据说已申请全国著名商标。

想起十多年前，我曾陪南京的几位亲戚，在临泽街上吃过一次早茶。他们至今回忆起来，还很动情。茶楼外薄雾缭绕，茶楼内蒸汽弥漫，三五张餐桌茶客满座，七八样小菜点心琳琅满目，更有一串串清亮的叫卖声不时地从窗外传来，令人着迷……他们建议我，什么时候再去趟临泽，重温一遍当年"着迷"的感觉。

我欣然允诺。只是，临泽三条街还如从前吗？我已有好多年没去过了。

（刊《雨花》2007 年第 5 期）

爱的和弦（散文诗）

心渡

一条大河横亘在前面。

夜很静。偶尔一两声蝉鸣。月亮故意把他和她的影子重叠在一起。月会逗人。

她一边走路，一边在叠着一只纸船。

他跟在她后面，默默地，听得见自己的心跳。

前面就到渡口了。他就在河那边。

"不送你了？"

"不送了吗？"

"还想送吗？"

"想再送吗？"

"你说呢？"

"你说呢？"……

风乍起，吹皱一河绿水，轻轻地，弹拨着一根悠长的琴弦。

终于，他俩在河边站定。

她把叠好的纸船小心翼翼地放在水面上。

河很宽，也很窄。水很深，也很浅。

渡船还没有过来，纸船已漂离了岸边，颤颤地……

心雨

兵野营时，认识村里的一个姑娘——娟。

兵其实是个官，小官。但娟仍叫他"兵"。她说她爱叫这个字。

他很喜欢娟。有机会，总偷偷地把目光伸过去。娟碰着了，就脸红。

兵看见娟常在池塘边浣衣。有一次，他也提了件军装来到了塘边。

"您早！"娟莞尔一笑，挪了挪身子，让兵蹲下来。

"咯吱咯吱……咯吱咯吱……"

娟搓衣的声音真好听。

"对不起，借用一下棒槌好吗？"兵彬彬有礼。

娟把棒槌递了过去。

兵捶衣的动作很笨拙。娟瞥见了，直想笑。

娟越笑，兵的心越突突地跳。

第二天，也是这个时候，兵又抓了件衬衫来到池塘边。

"您好！"兵憨憨地一笑，蹲下身子，和娟靠在一起。

娟从兵的手里抽去衣服。

兵慌了，说："别……别……"

娟一怔："咋啦？"再看兵的衬衫，白白的，还有叠过的痕迹！

娟佯装不知。

"咯吱咯吱……咯吱咯吱……"

洁白的皂沫从娟的指缝里冒出来、溅起来，兵用手去接，像雨。

心距

她和丈夫进城许多年了。

他俩原来在离县城很远很远的乡下。

那时，丈夫刚从部队复员回来，种田。她则毅然抛开生她养她的城市，来这陪着他。后来呢，他们夫妻又双双进了城……

某一个假日，她发心要和丈夫、女儿一起到当年生活过的地方走走。

汽车在弯弯曲曲的乡村公路上颠簸着……

三个人，不，两代人，在绿色的田埂上缓缓地行进……

满眼的油菜花，黄黄的，香香的，真醉人！

"他爸，还记得这地方吗？"她牵牵他的衣袖。

"不记得了……"他迷茫地望着她。

"不记得了么？"她好失望。"这里……这里原是条灌溉渠。"

她说这话的时候，脑海里清晰地浮现出当时的情景。淡淡的月光下，静静的旱渠里，她羞怯地和他依偎在一起，忆苦甜，说心事，谈理想……

"哦，想起来了！对！对！"他深情地望着妻子，心中无比惭愧。

"妈，当年你就是为了爸才来这里的吗？"女儿说，"你真傻！"

"女人是水，男人是山，水要绕着山转呢！"她说。

"那……山难道不能围着水转吗？"女儿问。

她没有回答。眼角有泪……

（刊《海燕》1999 年第 9 期）

轮渡上的叫卖

　　很多年前，扬州到镇江，六圩是必经之地。从六圩上轮渡后，如顺水的话，一个小时左右就到镇江轮船码头。我爱人是苏南人，每年我都要陪她回老家一两次，在六圩码头乘轮渡时的情景，留给我的记忆太深了。广播喇叭一响，铁栅门哗的一拉，所有的旅客都"嚯"地跃起，背的背，拎的拎，扛的扛，抬的抬……通过检票口后，人群便潮水般地向渡船"喷泻"而去。注意，我写的是"喷泻"二字，意思是汹涌而锐不可当。一点也不夸张。我爱人因为要抱孩子，所以走得很慢，每次"抢"座位的任务都交给我，我会以百米赛跑的速度冲在众人前面。这也是没有办法的事，人太多，稍一迟疑座位就没有了，我倒没什么，只是妻和孩子都晕船，怕苦了他们。当所有的旅客都到齐后，汽笛"呜——"的一声长鸣，轮船便启动了。

　　"喂喂，旅客同志们，请大家坐好坐好，男同胞女同胞，大哥哥小嫂子，大家互相关照，有孩子的请带好宝宝……这班轮渡是从六圩开往镇江……"我们还在气喘吁吁，一个四十开外的白胖子出现在船舱里。他肩上挎只木箱子，手里握着高音喇叭，操着一口好听的扬州腔。第一次遇见他时，我还以为他是船上的工作人员，后来才知道他是个生意人，是专门在轮渡上推销化妆品（主要是雪花膏的）。几句开场白后，白胖子即切入正题，他从木箱里拿出一瓶雪花膏，旋开盖子，逐个向众人展示，肥阔的嘴巴犹如悬河："树要阳光，人要化妆，护肤用霜，奇效无双。姑娘搽它，赛过秋香；小伙搽它，皮肤健康；老头搽它，满面红光；老太搽它，乖乖老香。如若不香，扔进长江……"他的叫卖，既押韵，又风趣，满舱的人都被他逗乐了。尽管这类化妆品到处都能买到，但大家还是被他的热情感染了，这个买两瓶，那个买三瓶。白胖子原地不动，钱和货就从众人的头顶上接来接去。他的动作很麻利，一边嘴里不停地打着哈哈，一边飞快地接钱、找钱、递货，不一会就能售出好几十瓶。看看这舱里的人买得差不多了，他便欠欠身子，很绅士地说声"得罪"，又去赶另一舱的生意。白胖子虽然嘴有点"油"，但货倒是绝对的正宗，那时根本就没有"假冒伪劣"一说，所以和他交易尽管放心。

当轮船快到镇江码头时，白胖子的吆喝声便戛然而止，这时，再有人想和他交易，他会婉言谢绝。他又像刚开始那样，抓起高音喇叭，主动地协助船上的工作人员维持秩序："旅客同志们，前方就是镇江，镇江就要到了，前往苏州、无锡、上海方面去的旅客，请把行李准备好，有孩子的请带好宝宝。出门在外，团结友爱，安全自在，旅途愉快……"他一边说，一边帮助旅客抱孩子，接行李。大概也是因为太热情和勤快吧，白胖子在轮船上的人缘极好，以致许多旅客从他身边经过时，总要最后回过头来赠他一笑。

此后，一连好多年，我只要去苏南，在六圩至镇江的轮渡上，都会遇见这位白胖子，都会听到他那既熟悉又亲切的扬州腔，说心里话，我很喜欢这个白胖子，尤其喜欢他的吆喝和叫卖，那简直是一种艺术，真正的民间创作，有着浓浓的"绿扬"韵味！后来，不知什么时候起，从扬州去镇江不再经过六圩，而是改道瓜洲。可惜在瓜洲去镇江的轮渡上，我再也没有见到过白胖子，当然也不可能再欣赏到他的吆喝声和叫卖声了。

（刊《扬子晚报》2001 年 1 月 14 日）

母女俩

　　这是个听来的故事，文中开头的"她"，据说今年已58岁。

　　36年前，她和从部队复员的他，第一次从苏南来到苏北。那时，苏北可不像今天这么好，交通尤其差。先坐火车到镇江，再从镇江坐轮渡到六圩，又从六圩换乘公共汽车，紧接着，还要跑两个半小时的土路……就这样，折腾了两天两夜，才从一片茅草房中找到了她未来的家。

　　临结婚前一天，妈在电话里再次问女儿：

　　"你孤身一人去苏北，穷乡僻壤的，不怕？"

　　"不怕！怕什么？"女儿说，"有他哩！"

　　妈最理解女儿的心，只要人好，哪怕天涯海角也要跟着人家。妈叹了口气，不再为难女儿。妈依着她。

　　女儿用一颗善良的心，温暖了一个家庭。用温柔的手指，轻轻地抹平了一位年轻小伙子爬满额头的皱纹。

　　36年后，当年的女儿也长成了妈。她也有个女儿，长相极像妈，瓜子脸，高挑个，见到人也是腼腆地掩口一笑。八年前，女儿上大学时和班上一个男同学好上了，毕业后，她跟着他从苏北来到苏南，在一个乡下中学当老师。

临领结婚证前一天，妈打电话再次问女儿：

"你独自一人在苏南，人生地不熟的，不怕？"

"不怕！怕什么？有他哩！"女儿说，"你当初不也是独自一人来苏北的吗？"

妈最理解女儿的心，就像当年她妈最理解她的心一样。只要人好，哪怕海角天涯也要跟着人家。妈叹了口气，不再为难女儿。妈依着她。

此后，母女俩每年都要来回走一趟。7月初，学校放暑假，女儿就带着丈夫、孩子来苏北看妈妈。快过年了，妈妈又背着大包大包的土特产去苏南乡下看女儿。

苏南——苏北。

苏北——苏南。

她们不知走了多少回。

要问苏南好、苏北好，母女俩只顾甜甜地笑，谁也说不清。

（刊《扬子晚报》2006 年 12 月 13 日）

时师傅

时师傅刮脚称得上一绝。

刮脚是一项很传统的服务项目，苏北一带的浴室随处可见。"桑拿 × 元，擦背 × 元，刮脚 × 元……"瞧，家家浴室门口的价目表都对"刮脚"明码标着价哩。所谓刮脚，就是用一把铁质的长杆刀（两边口较钝）在脚丫之间上下左右地旋、挪、搓、刮，刮去皮屑，刮出黄水，然后再用滚烫的湿毛巾捂、捏、揉。这活儿很费时，但管用，脚气重的人，刮后即刻止痒，舒服异常。第一次给我这种感觉的，便是时师傅。

那是 20 世纪 70 年代的事情。一天，我刚进中市口的向阳浴室坐定，一个戴着黑边老花镜的老头（其实他当时才 40 来岁，因为黑、瘦，背微驼，便显得老气），把头从门口伸了进来："哎，刮脚吗？"我以前从没有刮脚的习惯，便摇摇头，回说不刮。"噢，不刮就罢。"他憨憨地一笑，把头缩了回去。也算我和他有点缘分，洗完澡后，我忽然感觉左脚奇痒，猜想可能是霉菌在作怪，便用手在脚丫间抓、搓，但仍不过瘾，这时刚好时师傅从门前经过，我便喊住他，问："刮个脚多少钱？""两

297

块。"他答。"我只一只脚要刮，也是两块？"我故意逗他。时师傅一笑，说："先刮吧，钱好说，不会多要的。"说话间，他已把小凳放在我面前，掸掸屁股，落座，摊开了工具包。

"你是本地人吧？"他问。

我点头。

"一定是个干部？"

我不答，只望着他。

"姓——"

"于。"

我脱口而出，心里在嘀咕，倒霉，遇上啰唆嘴了。

但平心而论，时师傅刮脚很尽心，刀工也好，一阵旋、挪、搓、刮之后，便给了我一种飘然欲仙的感觉。而且他很讲信誉，高低只肯收我一只脚的钱，说是开始就讲好的。这反倒使我有点内疚和狼狈。此后，我便成了时师傅的常客，每隔一段时间，就要去他那里"享受"一番。说真的，我渐渐地喜欢上这个"老头"了。

时师傅刮脚真有意思。最有意思的是他的那双眼睛。大凡刮脚，顾客都是仰在躺椅上，而刮脚师傅则坐着小矮凳，这一点，时师傅与别的刮脚师傅没有什么两样。不同的是，他戴着一副深度老花镜，黑边的，因为脸瘦小，镜架落得很低，又因为他要仰着脸望我，于是就很自然地在他的眉骨与镜片之间形成了一个夹角，而他的眼睛就深藏在这夹角里，两道幽幽的目光则越过镜架的上方，悄悄地投向我的脸，并不时地与我的目光交会。老实说，他的眼睛不怎么耐看，从我的角度看，白的多，黑的少，但他那专注得近乎静止的神态，端的滑稽得可爱。这个老时！我常在心里善意地"骂"他。后来，我终于发现了秘密。时师傅手里的刮刀是受他的眼睛指挥的。顾客面部表情的一丁点儿细微的变化，都能及时而准确地被他"破译"，并能在他手里的刮刀上得到恰如其分的反映。顾客面部表情平淡，或注意力不集中，他就知道是用力不到位，于是刮刀就会加重。顾客眉头一皱，或面部肌肉猛一收缩，他就晓得用力重了，于是旋即放慢放轻。倘若顾客双目似闭非闭，嘴巴一合一咧的，那就说明力道恰到好处，这时他就会迎合你的感觉，一口气地刮下去，直到他认为适度为止。这就是时师傅刮脚的独到之处，也是他手艺精湛的秘诀所在。时下不是常讲"顾客是上帝"吗？我每次请时师傅刮脚，真的就有一种当了"上帝"的感觉。

时师傅给我刮过多少次脚，我已记不清了。不久前，我从南方旅游回来，刚到家，第一件事就是去向阳浴室洗澡，请时师傅刮脚。但令我大吃一惊的是，时师傅已经去世了！细问，原来他得的是淋巴癌，发现得快，"走"得也快。天哪，多好的一个人，怎么忽然就没了呢？

（刊《扬子晚报》2001 年 10 月 27 日）

那人那事（三则）

清水河边

　　城东头有条无名河，水很清。河岸上有棵大柳树，柳树下有块方方的石头。每天从早到晚，总有一对老夫妻坐在这石头上，长长的鱼竿在水面一颤、一颤……把他俩的心情撩拨得好快活。

　　哦，退休了，他才有如此的雅兴。老伴每天陪着他，帮他换蚯蚓，提水桶，时不时地把目光投到老头子的脸上……

　　无奈，这是一条活水河，河里的鱼不像养在塘里的鱼，可精哩，哪能轻易地给人活蹦乱跳的惊喜！老伴就笑他，说他每天钓回家的小鱼小虾，还不够猫吃哩。

　　便有一些承包鱼塘的专业户，主动跑过来，拉他到他们的鱼塘去钓，说"上面"来的人都是这样的，何况你是穿过制服的老局长呢。他呢？纹丝不动，就像自己座下的那块坚硬的石头。

　　夏日的某一天，一场暴雨后，他和老伴又来到了河边。咦，今天的鱼特别好钓，频频地上钩，且都是巴掌大的鲫鱼，还有圆滚滚、重实实的青鲲。老伴乐得合不拢嘴，他却满脸的惊异！一打听，才知道是昨夜的暴雨把附近的鱼塘淹了……

　　天啦，我都干了些什么！他"命令"老伴把桶里的鱼一条不剩地送回鱼塘里。鱼也通人心哩！它们激动地在水面上翻着身，吐着"花"，算是向他俩致敬，然后，便消失在鱼塘的深水里。

　　打这以后，他俩就再没来这儿钓过鱼。

　　倒是那些承包鱼塘的专业户们，老是念着他，没事时，常聚集在柳树下，望着一河的清水，七嘴八舌……

（刊《短小说》2002 年第 1 期）

陋室记

　　这就是局长大老李的家。

　　集体宿舍楼，四楼向右拐，两间普普通通的居室。没搞过任何装潢，没有时尚的摆设，甚至没有几张像样的桌、椅。不过，这些从来就不在他心里。奢侈、豪华、舒适、享乐，于他如浮云。

　　16 年前，他刚从部队转业时，单位曾"优先"安排他一套三室一厅的居室，他婉言谢绝，说："安排比我更急需的同事吧。"

他和老伴、两个儿子，乐呵呵地住进了这陋室，一住就是这么多年。后来，两个儿子都相继结了婚，生了子，室内更是拥挤得连脚都放不下。儿媳们便"联合起来"，动员他向单位写调房报告。他又摇摇头，说："还有比我更困难的哩！"那年，二媳妇终于憋不住了，借口去南方打工，从此就没有回来……

老李没住上该住的房子，单位里的职工却陆陆续续地搬进了宽敞、漂亮的楼房。集体乔迁那天，老李领着新楼里的孩子们，一口气放了许多鞭炮，"炸"得楼上楼下的人个个心花怒放。

便有一些"好事者"，联名向上级"请愿"，要求为老李解决住房问题。但老李不允。

至今，老李一家人还住在原来的陋室里。

这陋室，其实很坚固、很坚固，抵挡得住任何疾风暴雨。这陋室，其实很大、很大，容得下鸟声、涛声、民间疾苦声。

有一天，一位住着"小洋楼"、挺着"将军肚"的老战友前来看他，这人在大老李的楼下默默地伫立了好久，然后，才慢慢地转身……

（刊《中国工商报》2001 年 2 月 14 日）

躲雨（人物特写）

朱万林骑着自行车风风火火地往家赶。

这里是司徒乡，离朱万林的家和三垛镇有二十几里路。他是三垛镇工商所的干部，下乡调查、走访，或检查工作，是他每天的"必修课"。而每次下乡，他至少要来回往返两趟。基层的事情多呢！他哪回不是把自行车踩得飞转？但回家不像上班，他完全可以从容些，高兴起来，还可以边骑边哼哼歌，只是今天不能玩，因为天快下雨了。你看，天上乌云密布，旷野狂风骤起，更有一阵阵隆隆的雷声从远处传来……经验告诉他，暴雨将至！

回家的路还没有走到一半，他现在唯一的选择，是尽快地穿过眼前这一段前不搭村、后不靠店的庄稼地，只要能穿过这段"雷区"，旁边就是村庄，不愁没有躲雨的地方。哪晓得，老天爷就像成心和他作对似的，就在他一个劲地往前冲的时候，哗啦啦的暴雨伴随着格炸炸的响雷骤然而至！风又太急、太猛，车已没法骑了，只好下来，用手推。朱万林知道，雷雨天，人在野地里行走，易遭雷击。明智的做法，是赶快找一处安全的地方，暂时避避身。可哪里才是安全的地方呢？他犹豫了片刻，噢，想起来了！小时候，每到夏天，不管刮风下雨，他总是家乡河里的"常客"，人在闷热的夏天，待在河里的幸福和愉悦，他曾不止一次地享受过。对，与其愣在岸上挨雨浇、挨风抽、挨雷劈，还不如钻进河里安全、痛快！好在大河就在身后，也容不得他多想，说跳，他就跳进河里了。

哇！河里的确很惬意！水流不急，水温宜人，人在水里，就像在泳池里泡着。唯一的不足，就是头没法放——要么赤裸着任雨浇，要么憋住气，把整个脑袋埋进水里。哎哟，这样不把人憋死了？别急，朱万林是当过兵的，脑子"机动灵活"着呢！他四周搜索一下目标，发现不远处的河面上浮着几片荷叶。荷花的叶子张开时有米筛子那么大。嘿，这不就是伞吗？朱万林立刻向荷叶的方向游去，很麻利地摘下一片顶在自己头上。这真是绝妙的创意。人藏在河水里，只露出一个头，而头有荷叶遮护着，雨是浇不到的，雷是劈不到的，而呼吸、观望、聆听等一切的人体器官却能正常运行。

雨，在下在下……

风，在刮在刮……

雷，在炸在炸……

朱万林就在河水里一直泡着，泡着。

毕竟是雷阵雨，说停就停。看，云散了，风止了，雷跑了。

一轮明月悬挂在树梢。浑身湿漉漉的朱万林把自行车扶起来，继续赶他的路。乡下的路，雨后一片泥泞。自行车已没法骑了。还是老办法，扛。于是，自行车就成了他肩头的"宠物"。

"嘿，晴天我骑你，雨天你骑我，咱俩扯平了！"朱万林还挺幽默。

（刊《中国工商报》2001 年 12 月 14 日）

文人与花（外一篇）

　　古往今来，文人与花似乎有着不解之缘。唐代大诗人白居易一生偏爱桂花，他曾写过数首咏桂诗，其中有首："遥知天上桂花孤，试问嫦娥更要无？月宫幸有闲田地，何不中央种两株？"宋代诗人赵师秀酷爱梅花，他对杜小山说："但能饱吃梅花数斗，胸次玲珑，自能作诗。"可见他对梅花的痴迷程度了。现代文人中爱花的也大有人在。大诗人郭沫若特别喜爱白兰花，他用自由体写的那首《白兰花》诗，形象生动，脍炙人口，流传甚广。"世纪老人"冰心独钟玫瑰。据说，作家出版社在设计《冰心近作集》的封面时，几易其稿，最终考虑到老人的爱好，画了玫瑰花。她90岁寿辰时，巴金先生特地托人送上用90朵红玫瑰精心插成的花篮。

　　文人爱花，有的是出于调节体脑，陶冶性情，或美化居室的需要。如著名作家老舍，一生栽种过许多花草，他家庭院，就是个绿色的世界，仅盆景就有好几百，一年四季，都姹紫嫣红，芳香扑鼻。平时，他总是写作一会儿，就要停下来，到院子里转转，或赏赏花，或浇浇水，或锄锄草。他在散文《养花》

中写道："有喜有忧，有笑有泪，有花有实，有香有色，既须劳动，又长见识，这就是养花的乐趣。"但，更多的文人则是借花言志，托花抒怀，于是，按照自己独特的审美情趣，常赋予花儿某种象征意义。如兰花喻芳洁，莲花喻清正，桂花喻吉祥，海棠喻美人等等。元末诗人王冕爱梅花，写诗咏道："冰雪林中著此身，不同桃李混芳尘。忽然一夜清香发，散作乾坤万里春。"诗人把梅花完全人格化了。宋末著名画家郑思肖素爱兰，也画兰，但他从不画土，以抗议元侵占宋土。据记载："邑宰闻其精于画兰，不妄与人，贻以赋役取之。"郑怒曰："头可得，兰不可得！"其人品与兰品何其相似乃尔！

　　爱花的文人中，不乏托花寄情的"有情人"，他们把对恋人的炽热情怀，倾注在某种特定的花上，或泼墨挥毫，或低眉吟哦，"言在此而意在彼"，如醉如痴，如泣如诉。周瘦鹃爱紫罗兰，他说："我爱此花香静远，一生低首紫罗兰。"据说，他爱紫罗兰还有一个原因，年轻时，他曾与一位西名叫紫罗兰的姑娘相恋，后因阻力太大便分手了。此后，他便以多种方式寄托思念，将书房命名为"紫罗兰庵"，庭院更名为"紫罗兰小筑"。毛主席既是伟大的政治家，也是大诗人，他的那首怀念夫人杨开慧的《蝶恋花》词，堪称托花寄情的典范："我失骄杨君失柳，杨柳轻飏直上重霄九。问讯吴刚何所有，吴刚捧出桂花酒……"既浪漫，又充满深情。

　　花是大自然美的精灵。爱花之心人皆有之，况文人乎。

（刊《扬州晚报》2000 年 3 月 1 日）

兰花的香与美

夏兰刚刚开罢，建兰又悄然绽放。你瞧，一两盆兰花在室，顿觉整个屋宇高洁典雅起来，更有那阵阵幽香扑鼻，时时沁人肺腑。

兰的花，确实与它花不同。就说我家的这两盆铁骨素吧，虽不是什么名品，但因是素心的，那洁白无瑕的花，每株4—5朵，或翘首兀立，或掩映在婀娜多姿的翠叶之中，鲜嫩欲滴，如白玉般晶莹可爱，让人既想抚摸她，又不忍心触碰她，伸出的手会倏然停在半空。也有彩心兰，花茎粗壮直立，着花7—9朵，花被上有紫红色斑点或线条，萼片呈倒卵形，同样妩媚动人。无论是素心兰还是彩心兰，其蕊柱（俗称鼻头）都突兀着，那醉人的香气就从这里源源不断地释放出来。兰花的香，不像茉莉那样扑鼻，也不像米兰那样浓烈，更不像夜来香那样怪异，她是一种天然的香，幽远的香，高贵的香。我家的这两盆建兰刚开花时，妻说闻不到香气。我说，你要离远点，她就退到门口的马路边，回来后，她对我说："嗯，好香，幽幽的！"据说，兰花的这种香味目前还无法被合成出来。

相对于兰花的香，我更喜爱兰花的淡雅和恬静。西汉时的刘安，三国时的诸葛亮，都有"淡泊明志，宁静致远"之格言，当代著名作家李国文的《淡之美》一文，更是对花卉的"淡"推崇有嘉。而兰花（尤以素心兰）似乎是其形象代言。她的那种幽香、那种淡与静之美，堪称花中之最！

我爱兰花，几十年来不改初衷。但兰花伺候得好，不易，能让其按时开出花来更不易。虽有"春不出，夏不日，秋不干，冬不湿"等养兰经指点，但实际操作起来要复杂得多，难怪有些养兰失败者常发出"一年苗，二年草，三年了"的叹息。但也不是高不可攀，养兰也和做人一样，关键是要有一颗平常心，君子心。粗枝大叶者，急功近利者，断然养不好兰，当然也不可能真正享受到她的"王者香"和"淡之美"。

有一两盆兰花点缀，家会显得更典雅，更温馨。

（刊《中国特产报》2002 年 8 月 26 日）

水乡的红盾（散文诗）

邻居

工商所门前是一条河，河那边有一爿寡妇开的小店。

清晨或傍晚，穿制服的人到河边洗衣或拎水时，对岸便有一双笑眯眯的目光，从窗户里伸过来。

"你好！"

"你好！"

一家人似的。

寡妇前年死了丈夫，开店少了帮手。每次从镇上进货回来，所长总派人帮她点货、卸货。

所里的小食堂要买油盐酱醋，就把钱放在木桶里，从河这边推过去。

寡妇逢人就夸："这些穿制服的邻居比自家人还亲！"

有天傍晚，所长从外面执法回来，突然听见对岸有尖厉的呼救声。

"不好，有歹徒！"所长大喊一声。全所的人"腾"地跃起，所长第一个冲出院子，跳进冰冷的河水里。

　　歹徒终于被擒住了，所长的手臂、臀部被刺了七刀，血流如注。

　　寡妇哭着对人说："都是为了我……"

　　众人把所长抬上船，要送他到附近的医院救治。寡妇跟在后面，泪水一直滴到河边。这时，她忽然发现，河中心隐隐约约地浮动着一顶帽子。

　　呵，是所长的帽子，那上面嵌着一颗殷红锃亮的国徽！

脸红

　　斌有一见到女人就脸红的毛病，偏偏他管理的辖区内就有一家俊妹子开的小店。斌每次执法来到这里，生怕和她靠得很近，所以总是不下车，两只脚点着地，朝窗户里扔几句话，或接过当月的管理费，之后，脚一蹬车，就走了。

　　日复一日。

　　一天，斌突然收到一封举报信，反映俊妹子的小店卖假货。斌大吃一惊，心里骂："看我这怪毛病，误大事哩！"

　　第二天一早，斌气呼呼地来到了俊妹子的小店。那妹子照旧地把捏着钱的手从窗户里伸出来。

　　"给——"

　　"什么给？"

　　"这个月的管理费呀！"

　　斌没有接她的管理费。他从自行车上跳下来，三步两步跨进店门，锐利的目光在货架上扫来扫去。斌的举动把俊妹子吓蒙了，她眼睁睁地看着一箱箱假烟、假酒"束手就擒"。

　　"这是怎么回事？嗯？"

斌一反常态，两眼像电光似的，一动不动地盯着那俊妹子。也真怪，就凭这一眼，斌以后见到女人时，脸就没再红过。

卖豆芽的娟嫂

农贸市场的早市人山人海。

穿制服的强一瘸一拐地从卖豆芽的摊位前经过。

"咋啦？"卖豆芽的娟嫂好奇地问。

"没什么，害了个疖子。"强说。

"怎么不去医院呢？"娟嫂的男人在村卫生室工作，她懂，说，"会感染的！"

"忙呢，没空。"强说着，就走过去了。

卖豆芽的娟嫂还想喊住他。这时，有个买菜的人在她摊位前站住了。娟嫂说："对不起，到别的摊买吧。"说罢，丢下秤，急急地走了。

好大一会工夫，娟嫂满头大汗地跑进菜场，找到了强，把一包药塞到强手里——这是她跑到丈夫的卫生室买来的。

"快，先吃下药，然后我帮你再敷一下。"她说。

强很是感激，接过药片，头一仰，服下了，但却不肯让娟嫂为他敷药——强自己清楚，疖子是害在"那个"部位。娟嫂见他忸忸怩怩的，心里就明白了，脸上掠过片刻红。

等强离开后，娟嫂这才想起自己手里的活儿。但这时的早市已近尾声，那两大筐小山似的豆芽正茫然地望着她呢！

（刊《中国工商报》2000 年 9 月 29 日）

边玩边写

乐在"农"家
——浙江长兴农家乐小记

　　国庆长假后，艳阳高照，气候宜人。我们和妻兄两对老夫妻约定，到浙江长兴的农家乐度过了十天美好时光。

　　此地的农家乐店家星罗棋布，不仅收费低廉，而且服务规范、周到。所以，来这里的游客很多，大都是江苏和安徽一带的人（不少是回头客），而游客中又以老年人为"主力军"。常见一些老头老太三三两两地围坐在店家门口，或看书，或打牌，或聊天，还有的拎着刚买的大包小包的农副产品，在马路上晃悠……

　　农家乐，是乡村旅游的一种形式，也是一种乡土文化。它以"农"为根，"家"为形，"乐"为魂。在长兴、安吉一带，农家乐作为一个团队，下辖许多个"点"（即农家乐店家），"点"的周围一般都是美丽的田园风光，环境舒适，空气清新，因而受到城市人群的喜爱。简言之，到农家乐，就是住农家屋，吃农家饭，干农家活，享农家乐。

我们这次住的是一户叫"天天旺"的农家乐，一幢近似平房的两层小楼，院子里长满了花草，旁边就是翠绿的竹林，还有二三十只散养的草鸡。此户距离周围的景点较近，又临近农贸市场，拂晓能听到鸡叫，夜晚能听见蛙鸣，全天能欣赏到袅袅升起的炊烟。常有挑着蔬菜和提着鸡笼的村妇，哼着小曲，从店家门口姗姗而过……总之，弥漫着一股山村农家的浓郁气息。

这家店主夫妇，都是土生土长的本地人，约五十来岁，待人热情而本分。男主人开车、买菜、做饭、养花、料理家务，样样精通，堪称"全能"。女主人则擅长绣花，常见她捧着绣盘，一边飞针走线，一边笑吟吟地和客人们聊天，悠闲且随和。

在农家乐店里用餐是一大享受。三五个人、七八个人一桌，想吃什么，提前和店家预定。

我们最喜欢吃的是青椒炒公鸡猴（童子鸡）、大蒜炒肉丝、汪豆腐，还有草鸡汤。每次主人端上桌，那色、那香、那味，真的让人未到嘴先口角生津！这在城市里是享用不到的。

吃午饭时，我问男主人有什么"诀窍"。男主人咧开大嘴呵呵一笑说："第一，我们这里的鸡都是正宗的草鸡，而且全是散养的，你们看，院内和院外的竹林里到处都是。第二，店里吃的米和蔬菜也是当地土生土长的，既新鲜又环保。第三，我们做饭、炒菜使用的是铁锅，燃料又都是从山上捡来的柴禾……"他还问我："你们去过日本吗？我在许多年前去过，日本民间的茶道就有一条，器皿必须是铁质的，燃料也一定是柴火。"

哇，主人知道的还不少呢！我们一桌子的人都会意地笑了。都说农家饭菜好吃，这也许就是他们的厨艺之道吧？

除了住和吃，这里的"玩"也是一乐哩！在农家乐"玩"，最大的好处是，轻松，自由，随意。想看书就看书，想打牌就打牌，想出去爬山就出去爬山，这颇适合老年人的特点。我们还常帮店家打扫鸡栏、整理花圃、修剪花草哩！当然，这些全凭客人高兴，随意发挥。

此地的农家乐，晚上是最热闹的，每一家都如此。灯火通明，游客如织，笑语声声，让人轻松又愉悦。

有一天傍晚，"天天旺"店新来了十几位上海的游客，他们当中大多数是年轻人，所以特别会折腾！喝酒，吹牛，跳舞，唱卡拉OK，一直"疯"到深夜，连我们两对老夫妻都禁不住诱惑，也上阵了，一口气连唱了十几首歌……

农家乐在江、浙、皖地区红火起来，是最近几年的事，浙江的长兴、安吉一带可能更早些，所以，这里早已形成了"气候"，人气越来越旺。没有去过的老年朋友，不妨到那里体验体验，相信一定不会让你失望。

大连没有淡季

早就听说大连很美，可我亲临其境后，又发现她的另一个特点，这里一年到头都没有淡季。

　　我是去年八月应邀参加一个笔会去大连的。大连的同行们很热情，知道我们不少人是第一次来大连，就在笔会期间，穿插安排几次游览观光。

　　大连好玩的地方真多！

　　首先去的是星海广场。此广场，极大，真的浩如星海，据说是亚洲第一广场。群山环抱，大厦林立，满眼是绿，遍地是花，更有无数的喷池沿途而设，远看像两条巨大的白龙正腾云驾雾。广场中央，巍峨高耸的华表，闪闪发光。临海处，还有一处胜景，叫"千人脚印"，这是为纪念近百年来为大连的腾飞发展做出过巨大贡献的杰出人士，用紫铜精心浇铸成的，有上百米长，近十米宽，其中还有一双小脚女人的脚印，鲜明而真切。

　　其次，游览世界和平公园。该公园位于开发区月亮湾，以世界诗人大会发起筹建的《百国首脑和平圣诗碑林》为主要景观，占地 30 万平方米。极佳的自然景观、厚重的历史文化与崇高的和平信念在此交融。圣诗碑林、和平长廊、百国首脑铜像等大型群雕，在这里奏响世界和平的华章。水幕电影、露天剧场、海溪浴场、长桥咖啡厅等游乐服务设施，在这里构筑起心灵的港湾。

最后一天，去了旅顺口。旅顺过去统辖大连，叫旅大市，现在变过来了，是大连统辖旅顺，旅顺成了大连的一个区。同行告诉我们，旅顺是战略要地，建设规模是受到严格控制的。但旅顺似乎因"严格控制"而显得更整齐、更美丽、更壮观。放眼看去，沿途一排排高大的建筑群，横空出世，气势磅礴，一座座依山傍水的别墅，色彩斑斓。至于古炮台、白玉山塔，以及水陆相连、苍茫一线的入海口，更是让人浮想联翩，流连忘返。

短短的三天游览，让我大开眼界，而大连的同行却说，这还只是玩了点"旮旯"！听此言，我按捺不住激动的心情，决定急邀家人们也来大连饱饱眼福。

哪晓得，当晚我向宾馆预订房间时，服务员给我泼了一盆冷水，说："不好意思，先生！所有的客房早已爆满，估计其他宾馆、旅店也是如此。"我不信，便打电话向周围的几家大宾馆询问，又亲自搭出租车到一些个体旅店了解，结果回答都是一样的。这才猛然想起，此时大连正红红火火地忙于接待十几个大型会议，更有 APEC 第三次高官会议，将于 8 月 24 日起在大连隆重举行，此外，第六届国际华人诗会也在此拉开帷幕……这样一来，各大宾馆、饭店的接待自然都很吃紧，而国内外一批接一批的游客，便趋之若鹜地涌入中小旅馆和个体旅店。这种情况是我万万没有料到的。

既然大连时下正值旺季，我只好打电话和家人商量，还是等以后淡季时再来，但我不知道大连的旅游淡季是什么时候，便又向服务员打听。

"请问，大连什么时候是淡季？"

"对不起，先生！"女服务员说，"我们这里一年到头都没有淡季。"

啊，这怎么可能呢？我以为该服务员是和我开玩笑，但仔细打量，人家脸上的表情很认真。服务员怕我不相信，特地转身到服务台拿来一个记事本递给我，说："这是预订单，先生您不妨看看。"我接过一看，嘿，还真是的，上面记着一长串订户，有海南的，深圳的，上海的，有的客房已预订到了国庆节、元旦！

服务员见我一脸沮丧的样子，说："先生您下次如确定来大连，我们随时恭候，只是务必在半个月前打电话和我们预订。"说着，她很客气地递给我一张名片，说："这上面有我们的电话号码。"

哦，大连没有淡季，这使我既惊讶又兴奋。想不到这个常困扰着经营者和生产者的大问题，在这里竟然不是问题！由此想到，所谓淡季、旺季，其实是相对的，关键是你要有吸引人的东西，有自己独特且经久不衰的"品牌"。

（刊《扬州日报》1993 年 8 月 25 日，收入本书时稍作增删）

高邮芦苇场

　　朋友，你去过高邮的芦苇场吗？你浏览过那里的秋天吗？这是怎样的一方"风水宝地"呀！

　　芦苇场在高邮县城以北约 25 公里处的界首镇西边，中间隔着一条大运河。去年秋季的一天，我和几位朋友从渡船上过去，在大堤上站定，立刻被眼前的景象惊骇了："哦，这就是芦苇场吗？何等的壮观啊！"她静卧在烟波浩渺的高邮湖之滨，说是"场"，不如说是一片巨大的绿洲。远远地望去，翠绿的芦苇起伏着，一直绵延到远方与天际接壤，而悬在半空中的芦花，则与阳光交相辉映，一波接着一波，白如浪，白如雪……

　　我喜欢上这地方了。

　　我们跳上一条机帆船，"突突突"地顺着河道开出去。水上"阡陌"，也如城里的马路，纵横交错，每条都笔直如线，不同的是，这里满眼是绿。河水碧绿，原汁原味地荡漾。芦苇碧绿，尽情地摇曳。菱叶碧绿，铺陈在河道的两边。荷叶碧绿，沐浴着太阳和煦的光……感觉中，连风和空气也好像是绿的。我记起了朱自清写梅雨潭的那篇《绿》来："那醉人的绿呀，仿佛一张极大极大的荷叶铺着……"其实，芦苇场的绿比起梅雨潭不知要"极大"多少倍，且绿得更质朴，绿得更自在。人置身在这样的环境里，仿佛周围的一切都消失了，隐退了，只剩下了绿色。而绿色是生命的颜色，绿色充满着生机和活力。一处美的绿洲，就是一处暂栖身心的港湾呵！

陪同丹阳亲友畅游高邮芦苇场

　　船在芦苇场的纵深处行进着，越是向前，越是静谧。抬头望天，天是染过的蓝，幽邃而浩瀚，几缕白云悠闲地游走。俯首看水，水在静静地流淌，偶有凋谢的荷花花瓣散落水面，十分斑斓。草丛深处，不时地冒出几声蛙鸣，黑影划过，是飞去鸟儿的掠影。更有一座座风车在远方欢快地旋转着，把这片绿洲衬托得更加风情万种。此处虽没有"黄河之水天上来"的气势，却有"蝉噪林逾静，鸟鸣山更幽"的意境。这与城市里的繁华和喧嚣形成了强烈的对照。多好呀！我伏在船边，一边欣赏着身旁无边的绿，一边贪婪地享受着周围奇妙的宁静，觉得脑子里杂念滤尽，通体有了玻璃般的透明感，又像鸟儿飞进密林，自由极了，宁静极了！

　　芦苇场作为全市的特种种养基地，建于1979年。她以芦苇为基础，芦苇是造纸的好材料，有近10万亩（地积单位，1亩约合666.7平方米）呢！但称得上"龙头"的还是养殖业。这里不仅盛产菱、藕，也养鱼，养虾，养蟹，养鹅、鸭，养珍珠……船在荡里航行时，不时见有一张张巨大的渔罩伸出水面，还有一眼望不到尽头的丝网在空中笼罩着，里面养有各种鸟、禽，也有湖蟹。由于空间大，各种各样的鸟儿在网里飞来飞去，如同在广阔的蓝天翱翔一般，无拘无束。船工告诉我，他们每年的养殖业产值都在数千万元。嗬，多么妖娆的地方啊！无意之间一转身，瞥见一群鹅簇拥在一处高坡上。有趣的是，它们都把一条腿缩在翅膀下，只让另一条腿支撑着硕大的身体，就像故意在练"一腿功"似的，我朝它们挥手、吆喝，它们却领会错了，赶忙伸长脖子，放下另一条腿，纷纷跃入水中。

在芦苇荡中采摘菱角、鸡头米

　　午餐是在芦苇荡中的一条大船上吃的，这更是享受大自然野趣的"点睛之笔"。一群人围坐在船头，天上鸟在飞，水里鱼在游，桶里对虾蹦，舱里螃蟹爬……一切都是就地取材，要吃多少有多少，价格也很便宜。我们一边喝酒，一边吃菜，一边聊天，其乐融融。酒过半巡时，船主端上来一条大鳜鱼，足有二三公斤重，说是刚从水里捞上来的，单"鱼花"就盛了满满一碗。更有一大脸盆烤得鲜红的螃蟹，每只都有四五两重，其色、其味都极诱人。几位外地朋友大快朵颐，满脸放光，连说："哎，好吃！好吃！"此时此境，哼起曹操的诗："对酒当歌，人生几何。"似觉缥缈，而吟哦欧阳修"醉翁之意不在酒，在乎山水之间"的名句，则更能表达胸臆。啊！我们是完完全全地陶醉在这绿色的怀抱中了。

这天，我和朋友是怎么回到城里的，印象不深了，但临别时，船工的话还句句记得。他说："我们这里一是环境美，二是特种养殖多，加起来叫特色美。"哦，"特色美"——有特色才叫美。多么恰当而又有意思的概括！愿高邮芦苇场永远留住并培育这样的特色，使美常驻人间。

（刊《中国特产报》2002 年 4 月 25 日）

武夷竹筏

坐在漂流的竹筏上，览胜观光，是在武夷山。

当地人说："到武夷山不玩竹筏，等于白来。"要不是这句话，我们还真的会错过这次机会呢！

这天，天气晴和。我们几个人购了票，从九曲溪的上游，登上一只竹筏。筏工是两个年轻人，一前一后地立在筏上，手里的长篙轻轻一点，竹筏便燕子般地斜滑向溪中心，顺流而下。这条九曲溪，堪称武夷山水中美的使者。溪不宽，只三五十米，水也不深，大都一篙见底，但水流湍急，源远流长，它是武夷群山中无数条涓涓细流汇聚而成的，难怪它绿得那么固执而纯真。顺着溪谷看出去，但见两岸奇峰翠岭逶迤着，倒映在溪水中，溪水唰唰地流淌，山影便随之起伏摇荡，煞是妩媚动人！我俯在筏边，就像读一幅天然的水墨画，又像在聆听一支清亮的渔歌。

九曲溪因九曲十八弯而得名，也因弯曲极致而成为绝妙的山水。每当竹筏漂过一道弯时，我们便有一种山、水、人合而为一的感觉。不像在庐山，攀上崖顶，远远地眺望鄱阳湖水，也不像在滇池，坐在游艇上，遥遥地默读群山。这里是山和水相间相错，相环相绕，相厮相守。山在水中，水在山中，筏穿行其间，人便在山水中。陶渊明曾因"采菊东篱下，悠然见南山"而自鸣得意，其实，这里的好山好水随时随处可见。而且，山如此之近，伸手可摸，水如此之亲，举脚可濯。更何况，一切都是动态的，山在游，水在转，人在漂，神龟在爬行，鱼鹰在展翅……此时此境，人仙参半，回归大自然的乐趣尽在不言中。只是忙坏了筏工，既要为竹筏把篙，又要不失时机地帮我们留影拍照。

苏子诗云："横看成岭侧成峰，远近高低各不同。"说的是诗人登庐山时的感受。而坐在竹筏上，漂流武夷山水间，曲中探奇，人的视角是"多元"的，既可读山，也可读水，既可"横看"，也可"侧看"，还可以仰视，能获得比徒步登攀时更多的惊喜。喏，壁立云水间的天游峰，从竹筏上仰视，磅礴巍峨，氤氲葱郁，不愧是美男子、伟丈夫。而大板山呈现的则是另一种奇特：裸露的身躯一毛不拔，却密布着无数道皱褶，传说这是仙人的手指印，在阳光和碧波的烘托下，那么耀眼迷人。

漂流中，时有古人题刻映入眼帘，陈省、陆游、辛弃疾、戚继光……处处墨宝，字字珠玑，催人抚今追昔。奇中之奇，莫过于停放在悬崖绝壁上的一排排悬棺，不知当初是怎么弄上去的。这些先人的杰作，至今依隐约可见，叫人叹为观止。还有姜子牙垂钓的鱼竿，山坡上的"童子观音"，经筏工一点拨，顿觉妙趣横生。更有无数未名的奇岩异石，任你自由地去附会想象：或雄狮，或虬龙，或农夫，或大佛……

最刺激的胜境，要算在五曲溪了。此处峰峦叠嶂，怪石嶙峋，山脚挨着山脚，呈"S"形蜿蜒，硬是把溪流逼成一个个大弯急弯，涌起的洪波，落差很大，筏工说，最深处逾百米，故水呈黛色，一路轰鸣着。我们都把心提到了喉咙，有人惊慌得手足无措。筏工急呼："坐好，别动！"说话间，一个90度的急弯迎面扑来，眼见筏头直插山脚，不想筏工用竹篙迎头一顶，"哗——"筏头腾起一片波澜，迅即偏向了一边，顺顺当当地贴着山脚飞驰而过，令人虚惊一场。险中观景，又是一大美事哩！你瞧，这山那峰，蜂拥而至；这洞那穴，穿梭而过；这禽那鸟，当空而鸣……一切的美，都是以闪电般的速度突现，让你眼花缭乱，看不够，赞不休；一切的险，又都是在经过剧烈的颠荡后悄然逝去，叫人浮想联翩，感慨多多。人生的经历，不就像这漂流的竹筏么？有时山穷水尽，有时柳暗花明，有时惊涛拍岸，有时丽日当空……多好啊！坐在漂流的竹筏上，宛如回放了一遍人生！

当竹筏快漂出九曲溪时，水面渐宽，碧波荡漾，一切又都归于平静。而此刻，我们都有一种"豁然开朗"的感觉，但心情还是无法安静下来。流连忘返中，仿佛看见刚沐完浴的玉女峰，正含情脉脉地为我们送行呢。

哦，武夷竹筏，谢谢你！武夷山，再见！

（刊《中国旅游报》2001 年 3 月 12 日）

随笔篇

恪守善良

如果有人问我，对你成长影响最大的人是谁？我会毫不犹豫地告诉他，母亲。我的母亲是个特别善良的人。记得那时候，我们家并不很宽裕，但家前屋后的邻居，都曾多少不等地受到过我母亲的"惠顾"。村子里有个叫"二斤半"的姨奶奶，丈夫常年病卧在床，儿子打铁，挣不到钱，穷得叮当响。每到春天青黄不接之际，母亲就会隔三岔五地给她家送一点米或面过去。后村有个姓纪的光棍，好不容易谈了个女人，可临成亲时，床上竟然铺着一层稻草。我妈知道后，二话没说，将自家刚买的一床细席从床上抽下来，连夜送到他家。就连外地来讨饭的"叫花子"，母亲也从不冷落人家，不但给吃的、喝的，还经常请到屋里来烘烘火，聊聊天。

母亲善良的品格，给我以潜移默化的影响。所以，长大成人之后，我一直都以母亲为楷模，把恪守善良作为做人处世的根本，践行日久，也积累了一些心得。

恪守善良，首先要有一颗仁爱之心。人的心灵是"总开关"，一切宽容、豁达、纯洁与友善，都根源于此。反之，一切冷漠、刻薄、肮脏与邪恶，也都由此产生。很难想象，一个蛇蝎之心的人会做出菩萨心肠的善事来。善良是心地纯洁，忘我无私。善良是善待生命，仁爱宽厚。善良的人，还应有祛邪除恶的正义之心，淡泊名利的平和之心。而人的这种善心，不是生来就有或说有就有的，而是要靠平时"修炼"，即通过自己自觉地克己和律己，不断地战胜自我，以升华自己的道德境界。同时，还要自觉地抵御住各种腐蚀和诱惑。

恪守善良，就要学会和运用与人为善的思维方法。古罗马哲学家蓝基利说："从同一扇窗户看出去，有人看见的是枯草，有人看见的是枯草下面的嫩芽。"待人处世也有这种情况。有人总习惯用阴暗的心理和多疑的目光看待一切。职称没评上，就以为是领导和自己过不去。邻居家购买了一辆豪车，就以为是向左邻右舍摆阔抖富。甚至连走路时，人家忘记给你点个头，也怀疑是故意给自己脸色看……这不是正确的思维方法。世上毕竟好人多。何苦把自己搞得神经兮兮的？我在家里就经常教育孩子们牢记两句话：一是凡事尽可能先往好处想，二是宁可人负我，我不负人。孩子们起初笑我是东郭先生，我说，也许是吧，但想吃东郭先生的恶狼毕竟极少。正如有文章说："为了极少的恶狼而不惜将一切视为恶狼，其实是我们自己在向恶狼靠拢。"

记得儿子上大四那年，学校系领导拟推荐他为保送研究生，但在最后张榜公布时，却没有他的名字。儿子起初很气愤，并决定要向系领导"讨个说法"。我和妻便耐心地劝导儿子，你没有被保送，不等于就是系领导搞不正之风，也许是你某些方面还不如人家强，也可能是组织上想考验你，锤打你，你不是正申请入党吗？那就得处处严格要求自己。儿子听我这么一说，心中的不快顿时烟消云散。后来，他通过自己的努力，先后考取了南京大学硕士、博士研究生。

做个善良的人，还要积善行，积善事。"积"者，积累是也。即从点滴做起，从小事做起，持之以恒，"积善成德"（孙中山语）。

记得许多年前，我在媒体上读到过这样一个故事。某个小镇上，有位叫柯曼的医生，他为了方便人们就医，特意把诊所设在小镇的一个较高的山坡上，并在门口竖起一块醒目的招牌，"柯曼医生诊所在二楼"。柯曼医生不仅医术高明，而且医德、医风均为小镇人所称道。平时若遇穷人来求医，他不但分文不取，还要常常搭上食宿、车旅等费用。至于深夜出诊、冒雨上门抢救危急病人，更是寻常事。所以长时间以来，他和小镇人的关系就像血溶于水。后来柯曼医生不幸去世，小镇人为了永远纪念他，便在他的坟前立了一块硕大的石碑，但人们却想不出该在石碑上刻写些什么。因为他们觉得任何语言都无法表达自己对善良的柯曼医生的哀痛和崇敬之情。就在墓碑空白的第三天，一个曾经被柯曼医生从死神手里夺回生命的小男孩，终于为全镇人作出了最好的选择。他将那块诊所的招牌挂在墓碑前，洁白的石碑映得招牌上的字更加醒目：柯曼医生诊所在二楼。

"人心是块回音壁。"善良的人总会受到众人的崇敬和爱戴。就像这位柯曼医生。

（刊《做人与处世》1998 年第 6 期）

换一个角度

　　我喜欢晴天，喜欢阳光明媚的日子。在这样的天气里，一个人倚身阳台，或行走在马路上，我会觉得，春风为我而拂，杨柳为我而绿，鲜花为我而开，小鸟为我而鸣。我便感叹，世界是多么的美好，人间是多么的温馨！

　　怕就怕阴天。阴天，阳光被乌云吞噬，茫然四顾，或雾霭沉沉，或淫雨绵绵，或飞沙走石，或电闪雷鸣……我的心便像压上了硕大的铅块，朋友对我微笑，我会认为他是不怀好意。汽车鸣一声喇叭，我会觉得它是故意气我。即使置身于震耳欲聋的喧嚣声中，我也会感到寂寞和无奈。而且，在阴天，人常感腰酸背痛，提不起劲。上了年纪的人尤其如此。难怪古代多情文人要发出"秋风秋雨愁煞人"的哀叹。

　　然而，气候作为一种自然现象，是不可逆的。苏轼词："人有悲欢离合，月有阴晴圆缺，此事古难全！"不管人们怎样褒贬，晴天和阴天总是无序地交替。阴天不可能被封杀，就像晴天不可能永远垄断一样，况且，久旱无雨的日子，也是很令人尴尬的。且不说夏阳似火，倏然飘来一朵祥云，会赐给你浑身清凉。也不说冬云蔽日，须臾落下一场大雪，能带给你满腔惊喜。人类要生存，阳光与雨露并重。农谚说："不冷不热，五谷不结。"又说："风调雨顺才能五谷丰登。"谁能妄言地球上的芸芸众生只是太阳的杰作？

传说，古代有个"哭婆"，雨天哭，晴天也哭。一和尚问她缘由，她答："我有两个女儿，大的嫁给卖鞋的，小的嫁给卖伞的。"晴天，我想到小女儿的伞卖不出去，雨天，我想到大女儿的鞋卖不出去。和尚劝她："下雨也好，晴天也好，天晴时，你应想大女儿的鞋店一定生意兴隆。下雨时，你应想小女儿的伞店一定买卖红火。""哭婆"听罢，茅塞顿开，破涕为笑。可见，同样一件事，观察问题的角度不同，结果就大不一样。事物都是相克相生，天气也是如此，有晴必有阴，有阴必有晴。晴天固然需要珍惜，阴天也不可无端虚度。正如有位哲人说过："大千世界，圆满只是转瞬，缺陷才是永恒。"

唯其如此，人们还是要调整好自己的心态，以适应变化莫测的天气。

（刊《中国工商报》2000 年 1 月 28 日）

往事并不如烟

　　去一位老年朋友家作客，因为是同乡，闲聊中，话题涉及最多的都是些老家陈年八古的往事。我对朋友说："不知怎的，我对眼前发生和经历的事都很淡然，而对许多年前在县城的生活，尤其是对乡下的那段'苦日子'，至今仍记忆犹新，甚至耿耿于怀。"朋友呵呵一笑说："我也有同感。不过，记忆能长久地留在脑海里，这记忆就不会老。"

　　哦，这是某位哲人说过的话，我还隐约记得。

　　有一个词，叫"往事如烟"。说的是人们感叹岁月的流逝，记忆中的旧事就如同一缕缕青烟渐渐地飘远了，慢慢地模糊了，最终消失在人们的记忆深处。这是人脑的一般记忆规律。但并非所有的往事都如此轻易地消散，随着时光的流逝，有些往事却渐渐地在脑海里沉淀下来，宛如一缕缕挥之不去的青云，永远萦绕在脑海和心灵的深处。

　　几年前，读过一本好书，书名就叫《往事并不如烟》。书中记叙的是史良、章伯钧、储安平、聂绀弩、张伯驹、罗隆基等一批有才、有德、有能的中国早年知识分子的真实故事。作者章诒和是原民盟中央负责人之一章伯钧的次女。那时，她还很幼小，父亲有时在家中召集人开会时，她就爱躲在玻璃屏风后面观看与会的大人们的音容笑貌和言谈举止。几十年过去了，这些尘封在记忆中的人和事，在章诒和女士温柔而细腻的笔下，一一再现，真切而感人。书中有许多精彩的描写，如章伯钧落难时，熟人、朋友路上遇见他便"180度转身逃离"，甚至连罗仪凤与会时把鞋穿错了的细节，都写得翔实而生动，令人鼻酸和震撼！此书由人民文学出版社一版再版，读者好评如潮。毋庸置疑，这是作者在对漫长的往事回忆中，用血和泪打造出来的精品。

人的大脑就像个记忆的仓库，而能在这"仓库"里储存下来且历久弥新的往事，有许多都是金子。这些往事，或喜、或悲、或妙趣横生，或刻骨铭心，或生死攸关，或情意绵长。对它们的回忆，就像在沙砾里淘金，从中可以汲取养料，滋润心灵。如对艰难岁月的回忆，可以更加珍惜今天。对某次失败和挫折的回忆，可以长智慧，明事理，避免日后重蹈覆辙。对身边好人好事的回忆，可以获得榜样的激励。对父母养育之恩的回忆，可以愈加注重亲情……在这方面，上了年纪的人，似乎更具优势。老年人经历的事情太多太多，退休后可以静下心来，慢慢地进行梳理、回味和思考，从而使积淀在记忆中的"金子"，重新放出光芒。我就有这方面的体验。2004年前后，我曾在《扬子晚报》《雨花》《银潮》等报刊，陆陆续续地发表过三十多篇回忆性散文，如《乡间物语》《临泽三条街》《轮渡上的叫卖》等。由于文中记叙的都是亲身经历过的往事，所以，尽管时间久远，但记忆深刻，许多活泼生动的细节很自然地就从笔端流淌出来。曾经有儿时的伙伴打电话问我："你的记性怎么这么好？"我说，我也说不清，只是记得。

　　有人说，爱回忆往事，是人走向衰老的征兆。我不这么认为。在我看来，回忆往事和人的老化没有必然的联系，相反，还可以活动脑神经，延缓衰老。许多上了年纪的人，从工作岗位上退下来后，通过回忆，或著书立说，激扬文字。或对储存在记忆中的知识、资料，进行深度挖掘，从中有所发现，有所发明。还有的老同志，老战士，在纪念抗日战争和世界反法西斯战争胜利九十周年期间，在纪念红军长征胜利八十周年活动中，运用记忆中的大量史实和丰富史料，讴歌革命胜利果实，教育、启迪、激励下一代……这样做，既丰富了晚年生活，促进身心健康，又对社会作出了贡献。

　　"回忆是一把梳子，把蓬乱的往事慢慢地梳理。回忆是一泓碧水，能依稀照见当年的影子。走过的路，有正有斜，经历的事，有悲有喜。回忆——但不是恋旧，找回自己又放飞自己。"这是我许多年前写的一首题为《回忆》的诗。愿我们这些上了年纪的老年人，在对绵绵往事的回忆中，找回初心，永葆青春。

一招鲜，吃遍天

江苏省昆山市有个奥灶面馆，是个经营面条生意的百年老店，名气很大，常年门庭若市，车水马龙。上海、江苏、浙江、安徽等近邻的游客都慕名而来。

这些外地游客又不仅是吃碗面条就走，于是这里的宾馆、商场、旅游业很旺，出租车日夜川流不息。

不用说，奥灶面馆成了昆山市的一个亮点和经济增长点。《人民日报》曾为此刊登过一篇题为"一碗面条与一座城市"的文章，称赞奥灶面馆不仅为昆山市人民创造了物质财富，而且更是昆山历史文化的一个生动载体。

有人曾问过该面馆老板："为什么别的面馆就没有你们奥灶面馆的名气、效益好？"

老板回答："那是因为他们没有自己的特色。"

民间有句谚语，叫"一招鲜，吃遍天"。小时候，父亲也对我说过"荒年饿不死手艺人"的话。

其实，两句话的意思都差不多。一个人要在社会上立得住足，必须掌握一门真正属于自己的手艺，"绝活"更好，这与现在倡导的"工匠精神",不谋而合。

"一招鲜"与"吃遍天"相伴相随。"鲜"是前提,是"吃遍天"的必备条件。鲜者,独特、特长、特色是也。一个人即使其他方面并不优越,甚至很差,但只要找到能发挥自身特长的目标,并信心百倍、锲而不舍地奋斗下去,终有一天能感动"上帝",使之"鲜"起来。即使未能"吃遍天",也会成为自己安身立命的法宝。

茨威格在评价巴尔扎克时说:"一个人如要伟大,必须集中精力于一个目标,而不是自我消耗,分散在各种欲望中。"我国清代大臣曾国藩在写给侄儿的书信中,也有"唯恐不专"之教诲。

当今这个世界,乱花迷眼,物欲横流,人的欲望太多,就像有位作家所形容的那样:"企图十个指头按住二十只跳蚤,一双眼睛盯着满河滩卵石。"但,人的一生毕竟精力、能力有限,跟风、随大流固然不可取,而目标太多、太散,想事事都"鲜",也不可能,相反还会使自己迷失和被淹没在多种目标中。

时代呼唤各种复合型人才,但同时又急需有特殊技能的专门人才。面对竞争日趋激烈的人才市场,一个人要想脱颖而出,有所作为,就必须找准自己的人生突破口,选准适合自己特长的目标,并能孜孜以求、持之以恒地为之奋斗。当然,要使自己的"一招"最终能"鲜"起来,达到"吃遍天"的境地,绝非易事。只有智者、勇者、意志坚强者,才能在芸芸众生中独树一帜,而成为社会生活中的一道亮丽的风景。

（刊《今晚报》2020 年 6 月 12 日）

说"不"的学问

在单位上班时，在与同事、朋友乃至家人的交往中，需要经常说"是"和"不"。一般来说，说"是"容易，点个头，承个诺，就可以了。而说"不"就不一样啦！譬如，有人为了买房想开张假离婚证明，请单位盖个公章，你肯定不会答应。又如，有同事或朋友想揩公家的油，借公车私用，你当然也会坚持原则，断然拒绝。再如，开会时，对别人不正确的意见，你也可能会据理力争，不附和，不举手，甚至公然反对……诸如此类。这些都需要说"不"。但这个"不"怎么说，怎么做到既有理有节又使对方心悦诚服，这里面就有讲究了。说得不好，就有可能造成误会，产生矛盾，甚至把好事情办砸。

我就有过这方面的体验。有一次，某好友电话约我参加他家的晚宴，我当时手头正忙着赶写一份文稿，走不了，便直接回绝道："唉，我倒忙死了，哪有这闲心思？不去！"对方又再三相邀，我不耐烦了，干脆就把电话挂了。朋友尴尬极了，打电话来问："你今天怎么啦？吃错药了？"我一时语塞。事后想想，我如果当时换一种说"不"的方式，先向朋友说声谢谢，再解释一下不能去的原因，最后祝他们晚宴快乐，恐怕就不会造成那种尴尬局面。但这时后悔已经迟了。这就是不会说"不"的苦果吧？

人与人相处是件很微妙的事情，说"是"和说"不"都不是一件很容易的事情。而由于众所周知的原因，说"不"更难，它需要比说"是"采取更艺术的表达方式。

人一般都企求圆满，企求一帆风顺、一举成功，因而喜欢听顺从的话，恭维的话，希望自己的所作所为能得到别人的肯定。这在情理之中。但人非圣贤，不可能说什么话都对，做什么事都很正确，错误总是难免的。这就要有人对他说"不"。

说"不"，很多时候意味着一种责任。我们一方面要谦虚做人，在一些非原则性的问题上，对上级、对同事、对朋友、对亲人，尽可能地多说"是"；但另一方面，又要坚持原则，坦坦荡荡地做人，该说"不"时就要说"不"。如果该说"不"时硬说"是"，那么无论对他人还是对自己，都是一种极不负责任的行为，也是极不道德的。总之，说"不"需要良心，需要责任，需要勇气。

但敢于说"不"，不等于会说"不"，能说好"不"。常有这样的情形，出发点是好的，但"好心得不到好报"。意见是正确的，但对方不理解或不愿意接受，甚至勃然大怒。想维护自身正当的权益，却给对方以高傲自私的印象……这既有对方的原因，也有说"不"的一方的原因，比如说话的态度、方法等。常听到这样的字眼，"废话！""去你的！""坚决不行！""听你的还是听我的？"还有有意无意讽刺挖苦的。而同样说"不"，有些人却能做到，或态度虔诚，或出语谦逊，或机智幽默，或婉转柔情……两种说"不"，哪种效果好，不言自明。

上中学时，读过一则至今难忘的故事。有位年轻的作曲家拿着手稿来见罗西尼（19世纪意大利著名作曲家），并且当面演奏。罗西尼一面听，一面不停地把帽子脱了又戴，戴了又脱。作曲家问："是不是屋里太热了？""不！"罗西尼说，"我有一见熟人就脱帽的习惯。在阁下的曲子里，我碰到那么多熟人，不得不频频脱帽子。"那位作曲家听罢起先脸上红一阵白一阵的，接着便感激地对罗西尼说："是的，先生阁下，您的批评一语中的！但请您相信，下次让您见到的一定都是生面孔。"

这堪称是说"不"的经典！我极佩服罗西尼批评的艺术——幽默而深刻！既表明了自己的观点，又不至于使对方难堪。

总之，说"不"也是一门不可小觑的学问。相信人们若掌握了其要领，就会像手里握有一把能及时而巧妙地打开对方"心锁"的钥匙，不但不会引起别人的反感，相反还会成为别人的良师益友呢。

（刊《金陵晚报》2018年12月7日）

跳出来看自己

　　长篇小说《欧阳海之歌》的作者金敬迈，说过一句让人振聋发聩的话："跳出来看自己。"我至今不但记得，还把它作为做人处世的座右铭。

　　那是在特殊的年代，金敬迈同志遭受迫害，被关进监狱接受审查。这里与世隔绝，周围的许多"犯人"都先后变疯了，唯有他安然无恙。诀窍之一，就是他学会了"跳出来看自己"，不把自己当作一个"犯人"来看待。凭着这个，金敬迈安然地熬过了四冬五春，直到 1976 年的秋天。他说："跳出来看自己，它给我的好处，远不止躲过了一场精神病，还使我看到了自己的心，看见自己的得失，从而使自己变得聪明些，少干蠢事。"

　　这真是字字如血的人生感悟！让人浮想联翩，似乎，我们还可以作些延伸。

　　跳出来看自己，按照金氏的解释，就是"让自己成为自身的旁观者，脱离开自己的身心"。所谓"脱离"，亦即摆脱、超越，跳——跳出自己的身心。人往往不能正确地看待自己，或者过高，或者过低。过高过低，自己发现不了。这就要借助于"旁观者"。跳出来的自己，就是个"旁观者"。而这个"旁观者"，因为是从自己的身心中跳出来的，所以他对自己的了解比起别人对自己的了解，要透彻得多。也不同于照镜子，照镜子只能观察到自己的外表，而跳出来的"旁观者"，则能看清自己的"内心和得失"。

古往今来，善于跳出来看自己的智者，不乏其人。孔子云："吾日三省吾身。"这个"省"，不是由别人来"省"，而是让跳出"吾身"的另一个自己来"省"。老子也说："忘其身而身存。"这个"忘"，也需要让自己从其身心中跳出来，不跳出来怎么能"忘"？被誉为"超标准的健康老人"梁漱溟，经历过人生大起大落的磨难，但他心如止水，始终乐观向上，其中的奥秘就是"淡泊无我"。"淡泊无我"，也即跳出被浮躁和喧嚣尘世裹挟中的自身，放飞心灵，走向超越……

跳出来看自己，关键是跳，难的也是跳。跳出来，是灵魂出窍，思想凌空。跳出来，是摆脱自我，超越自我。跳出来，靠的是悟性、自觉性。这就不是所有人都能做得到的。有的人不懂得跳，不会跳，有的人不想跳、不敢跳，还有的人非但跳不出来，还自我陶醉，越陷越深。但，金敬迈同志跳出来了。无庸讳言，他也茫然过自卑过，甚至想到过自杀。但，当他跳出来看自己，让自己成为自身的旁观者，他终于发现，牢房关押的自己，不是个"犯人"，而是个好人，是个热爱党、热爱社会主义的文艺战士。于是，他逐渐地清醒过来，他暗暗告诫自己："我得挣脱出来，我得活下去，我不能疯。要不，真相大白，冤案澄清，对我都毫无意义了。"此后，他开始自己帮自己解脱，他开始放声大笑，甚至脱下鞋子，砸向房顶上的灯泡，以示抗争。

看，"跳出来"的金敬迈，立刻变成了另一个人，变成了一个天不怕地不怕的斗士！

跳出来看自己，的确是启人心智、让人耳聪目明的妙法。掌握了这个妙法，人们就能客观地看待自己，避免盲目，少干蠢事。如果你是个领导者，就不妨经常"跳出来"，以一个旁观者的身份，审视自己的言行举止，如此一来，你就不会飞扬跋扈，颐指气使，讳疾忌医。如果你是个唯利是图、精神空虚的大款，你不妨也"跳出来"，用旁观者的眼光，审视一下自己的经营之道，你会发现那个腰缠万贯的自己，是多么的贫困和猥琐。如果你是个漂泊者、失意者，你也会在"跳出来"的过程中，惊喜地发现另一个自己，原来，"他"身上还有许多宝贵的潜能没有发掘出来，从而树立信心，从头开始。

经常跳出来看自己，你的人生定会很精彩。

（刊《中国工商报》2002 年 6 月 1 日）

把小事情做好

这是一个听来的故事。

有家中外合资企业公开招聘工作人员。在数百名角逐者中，有5人顺利地通过了书面考试，下面只剩最后一关——面试了。

面试是在公司8楼，时间上午7点。提前赶到的5名应试者，看看时间快到，都聚集在电梯口，准备上楼。正在这时，有位中年妇女提着几只空水瓶从另一个电梯门走了出来："各位是准备上楼吗？麻烦帮个忙，带几瓶水到楼上去。"有3个小伙子迅速接过了水瓶，去冲水，另外两个人则装作没听见，径自上了电梯。

面试结果很快就出来了，两名提前到场的应试者落聘，另3名因打水而稍迟的应试者被录用。原来这次面试的"试题"就是"联系一瓶水谈谈如何把小事情做好"，而主考官就是那位中年女人，她是公司的人事部部长。

这位部长说："我们公司的'头'有句口头禅，一个连小事情都不愿做的人，就别指望他能干好公司的大事情。"

还有一个外国的故事。阿基勃特原是美国一家标准石油公司的小职员，但他忠于职守，不论多忙，工作量多大，只要需要他签名，总要在自己的名字旁边端端正正地写上"每桶 4 美元的标准石油"的字样。时间长了，同事们便戏谑地叫他"每桶 4 美元"，而他的真名反倒没人叫了。公司董事长洛克菲勒知道这事后，非常感动，说："竟有如此不遗余力宣扬公司声誉的职员！我一定要见见他。"于是，特意邀请阿基勃特共进晚餐。在闲聊中，洛克菲勒又发现这个小伙子思维很敏捷，且谈吐不凡，于是对他颇有好感。几年后，洛克菲勒年高退休，便推荐阿基勃特接任了他的位置。于是，阿基勃特成了该公司的第二任董事长。

我们平时常说："小中能见大，一叶而知秋。"

这是再简单不过的生活哲理。一个人不管理想有多高，本领有多大，但在涉世之初，在客观条件未具备之前，都必须老老实实地从低门槛跨起，从一件件小事情做起，并努力把它做好，做得极致。即使事业已经获得某种成就的人，他每天的时间表上也大都是排满了一些非常具体的小事，谁能分分秒秒、桩桩件件干的都是"大事"？反之，心高气盛，不顾主客观条件许可，一味"想远的、干大的"，其结果只能事与愿违，甚至适得其反。生活中，这类"心比天高"的落败者比比皆是。

把小事情做好，需要一种良好的心态。第一，社会分工不同，小事情总得有人干。第二，小事情如做得极致，也能成就一番大事业。第三，大和小在一定条件下可以互相转化。《北京晚报》报道，有位挪威驻华大使，每到休息日，就到长城脚下去捡垃圾。游人既惊奇又感动，连连向他跷大拇指，他淡淡一笑说："保护环境卫生我也有责任哩！"外国人尚且如此看重"小事"，我等何而不为？把小事情干成大事业的例子也不胜枚举。柳传志从中国科学院计算机所"下海"，由摆摊卖牛仔裤、为别人安装电脑这些小事做起，缔造了"联想"。袁隆平几十年如一日，在一粒粒稻子、种子上惨淡经营，终成"杂交水稻之父"。鄙人所在县城有一家中外合资瓶盖厂，产品远销海内外三十几个国家和地区，年产值过亿元，但在创业之初，只有三四个人，"老板"还是个下岗工人。

可见，小事情能看出大境界，小事情能悟出大道理，小事情能隐藏大机遇，小事情能成就大事业。

狄更斯说："无论我在生活中试图干什么事情，我都全力以赴地干好它……无论我献身于何种事业，我都毫无保留地献身于它……无论干大事还是干小事，我总是一丝不苟，兢兢业业。"这应当被看作是我们的座右铭。

（刊《人事管理》2002 年第 8 期"卷首"）

居家有道（四则）

学会"突围"

家很有意思。有时家是个"安乐窝"，温馨而宁静，有时家又像个"怪圈"，充斥着烦恼和无奈，甚至弥漫着火药味。前者吸引我们"进去"而乐此不疲，后者迫使我们"出来"，一如从围城中"突围"。

家庭中的"突围"是经常有的。家中有父母、妻儿、兄弟、姐妹、妯娌……都是些有血、有肉、有思想、有个性的人。大家常年生活在一起，难免"舌头要跟牙碰"。而且，家也并非真空，"外面一阵风，屋内窗帘动"，就像安泰不能离开土地一样，你也不能保证永远不会陷入家庭的某种包围之中。而每当这时候，你就需要采取"突围"的行动。

"突围"，不是家人之间的唇枪舌战，也无须仿效大作家托尔斯泰为寻找新生活而离家出走。"突围"其实是一种摆脱或释然。

当你置身于家人的呵斥或抱怨声中，你就要做一次很大度的"突围"。或忍让，或幽默，或自谦，从而化干戈为玉帛，让家人重新绽放出笑脸。

我的一位姐姐，那年丈夫开车横穿马路，不幸遭遇车祸，当场死亡。事后姐姐竟怪罪于我，说我没有替他男人找一份好的工作才惨遭如此噩运云云。面对这样的指责和抱怨，我该如何应对？是愤怒？是委屈？是吵架？这些自然都不是明智之举，正确的做法是，从亲人的抱怨声中"突围"，即忍让、理解、宽容，并耐心地说理。其实，姐姐也是一时的冲动，没过几天，她就主动向我道歉，承认自己是"一时口误"。

再有，当你被金钱和物欲的绳索所束缚时，你就要做一次灵魂的"突围"。冷眼看世俗，不以物喜，不以己悲，从而坚定自己的信念，保持高尚的情操。

不怕你笑话，我在家庭最困难时，养过鸡，养过娇凤鸟，还计划和同事学习养貂。总之，一度钻在"钱眼"里。后来，多亏一把火（鸡场电灯泡爆炸引起火灾）把我"烧"醒了！我反复拷问自己："我这是在干吗呀？难道穷得晕头转向了吗？我的理想呢？我的初心呢？我的事业呢？"于是，我在灵魂受到拷问后，幡然醒悟，终于走出"误区"，回归正轨，一门心思扑在了工作和事业上。

还有，当你陷入了某种畸形爱情的纠葛里，你就要作一次道德的"突围"，温习一遍"老祖宗"的古训，静听一下妻儿的哀怨，从而用理智的钢刀斩断情感的乱麻。

听说过一个故事，有一位老板在北京开一家土菜馆，妻子在浙江老家专门负责为其提供菜源。因为夫妻长时间分居两地，老板丈夫恋上了店里一位年轻的女会计，正当他有"非分之想"

时，家里发生了一件事。老母亲突然脑中风，瘫痪在床，生活完全不能自理！老板儿子匆匆赶回老家，眼前的一幕让他震撼。妻子和母亲睡在一张床上，共盖一个被窝，还不时地把婆婆搂在怀里，吃喝拉撒全由妻子照料。再想到妻子长年累月为他供货奔波忙碌的辛劳，他愧疚不已！"我是个畜生！"他骂自己。此后，他和妻子的情感又重新回到了"原点"。

毋庸讳言，这位老板做了一次成功的"突围"。

"突围"是一门"治家"的艺术。这需要理智和勇气。而每当获得一次成功的"突围"，你的家庭肯定会吹入一股春风，平添一份温馨。

或许，家的魅力就在于斯。

（刊《服务导报》2003 年 1 月 30 日）

让对方 "对"

近日在网上浏览到一篇《夫妻生活的"维修"清单》的文章，其中有一条是要求夫妇双方都要做到的，即不要事事指责对方，都是对方的不是，有时要故意放他（她）一马，让对方"对"。乍看起来，这有点强人所难，但仔细想想，又觉得颇有道理，甚至还是夫妻间和睦相处的"秘诀"呢！

试想，丈夫或妻子，一方总强调自己什么都对，对方什么都错，这样的夫妻关系肯定"比例失调"。而两口子经常为琐事互责对方，动辄这也不好，那也不是，如此家庭十有八九是不幸福的。

我认识一对年轻夫妇，平时他俩在一起总爱互相"抬杠"，一个不服一个，于是吵吵闹闹成了家常便饭。有一次，两人又为上小学二年级的儿子星期天补数学课还是英语课，发生了争执，彼此互不相让，最后竟演变成一场不大不小的"战争"。周围的邻居啼笑皆非，说："这两口子，怎么就不能心平气和地商量商量呢？"

让对方"对"，首先是一个"让"字。窃以为，这个"让"字要得。让，就是忍让、退让、谦让。让一步海阔天空。这种"让"，当然不只囿于丈夫，也不只囿于妻子，而是要求夫妇双方都能身体力行。道理很简单，夫妻不是陌生人，更不是仇人、敌人，能厮守到一起，总有一定的缘分，爱是夫妻俩牵手的纽带。要珍惜这份情缘，忍让一点有何妨？再者，既然是夫妻，一般而言，"大方向"都是一致的，没有根本的利害冲突，用一句民间的俗话说，让给对方，其实是"肉烂在锅里"。

让对方"对"，是对对方的一种包容。人的文化程度有高有低，生活阅历有深有浅，认知能力有强有弱。夫妻也如此，对事物看法不一，处理问题有时疏漏，在所难免。做一个好的伴侣，就要宽以待人，学会包容对方。既要包容对方的优点，也要包容对方的缺点。既要包容对方顺耳的话。又要包容对方逆耳的话。既要坦诚地说出自己的看法，又要尽可能多地给对方以肯定。有经验的丈夫或妻子许多总这样，耐心地听取或征求对方的意见，有时自己的意见明明比对方高出一筹，他（她）也不固执己见，而是微笑着，很大度地作些让步——让对方"对"。即使是原则性的问题，他（她）也能注意"悠"着点，采取"迂回战术"，最终找到彼此的共同点。这种"包容"，其实并没有使自己失去什么，反而还能获得对方的尊重、夫妻的和睦和家庭的温馨。

让对方"对"，还是给对方的一种激励。我的一位同事就有过这样的体验。他与妻子结婚多年，一直被妻子"宠"着、"惯"着，洗衣、买菜、做饭，都是由妻子包揽。近年来，由于受到周围"模范丈夫"的影响，他也开始隔三岔五地帮妻子做些家庭杂活。尽管笨手笨脚，但聪明的妻子从来不会讥笑他，更不会作河东狮吼，而是一个劲地表扬他，鼓励他，说他"能干""一天比一天进步"云云。倘若丈夫不小心把饭菜烧煳了，她还会换一个角度来让丈夫"对"，说："嗨，刚开始总是这样的，我以前还烧煳过多次！"在妻子的不断激励下，我的这位同事做家务活的积极性倍增，烹调技术也大有长进，家里有时来了客人，都是他里外忙碌，烧菜做饭有板有眼，真的成了同事们眼中的"模范丈夫"。

总之，让对方"对"，是一种姿态，一种胸襟，一种涵养，同时，许多时候，还是一种智慧。

夫妻是自己家庭的缔造者。如果把家庭比作一部机器，维修这部"机器"是夫妻双方共同的事情。著名女作家毕淑敏说过："爱在什么时候，都会需要技术的……同时我们无论在什么时候，都更看重那技术之下的、深埋于雄厚土壤中的爱的根须。"让对方"对"，是夫妻俩治家的一门"技术"，归根结底，还是靠爱心来支撑。夫妻俩都能做到互相谦让，遇事都尽可能地做到让对方"对"，相信这部家庭的"机器"，一定会运转得和谐又欢快。

制造快乐

居家过日子，有快乐，也有烦恼。有高潮迭起，也有风平浪静甚至无聊的时候。在家庭里制造快乐，能使平淡的日子生机盎然，让晴朗的阳光镀亮每个家庭成员的心灵。

我就是个喜欢在家庭里制造快乐的人。

与妻、与子相处多年，我制造的快乐故事多矣。例如，我酷爱读书看报，拨弄花草，很少做家务事，大凡洗衣、做饭、修理家用电器等，都由妻包揽。但她并不抱怨我，因为在她忙碌的间隙，我会时不时地讲些笑话故事给她听，她每次听了，都咯咯地笑个没完。再有，她要是买了件新衣服，穿上身后，都要让我当裁判："哎，怎么样？"我说："好看哩，这衣服就像专门为你订做的。"她听了，就很得意。

即使在儿子女儿面前，我也总喜欢扮演个"大孩子"。老作家汪曾祺有句名言："多年父子成兄弟。"我很欣赏这句话，也很欣赏这样的父子关系和家庭氛围。当然，这得放下长辈的架子，抛开"尊严"。

记得是很多年前的事了，那时我还在县城工作。有一天傍晚，我准备到浴室去洗澡，但妻和女儿都没下班，便突发奇想，在一张纸上画了几幅漫画。第一幅是我拎只塑料袋，里面装了衣服、肥皂盒。第二幅是我推着自行车出门。第三幅是用箭头指向我要去的四德泉浴室……妻和女儿回家后，在茶几上发现了这几幅漫画，连眼泪都笑出来了。吃晚饭时，女儿对我说："爸，你这人怎么像小兵张嘎似的？"

在家庭里制造快乐，语言是"基本功"。或放大，或缩小，或辛辣，或俏皮……全靠即兴发挥，临场活用。有人也想在家庭里制造快乐，甚至用个本子记录一长串"锦言妙语"，但就是不会用、用不上，记了白记。可见这不是一日之功。我制造快乐的语汇举不胜举。如把自行车的链条说成"拉链"，把粗而长的项链说成"呼啦圈"，把老婆每月发给我的零花钱说成是"藏富于民"，把妻子为儿子儿媳带孩子说成是"被需要的幸福"，把老人眼角的鱼尾纹说成是"笑出来的光芒"……在我们家里，老人、儿孙我是不分辈分的，一律统称"伢子"，老伴就嗔怪我："不讲规矩，没大没小的。"怪也没用，我还是这样照呼不误，现在竟成"常态化"了。

快乐的语言源于快乐的心态。家庭生活中总会有些不顺心、不愉快的事。你就得通过制造快乐，加以化解。有一次，妻外出购物时，不慎丢失了钱包，回家后不停地唉声叹气，虽然我也为之惋惜，但我不放在脸上，而是笑嘻嘻地端张凳子坐在她旁边，讲了个"塞翁失马"的故事给她听，最后我说："你不就丢了个小小的钱包吗？可你却捡回了一样宝贝。"她不解，问："我捡回什么了？"我故意卖关子，停顿一会，说："你捡回了警惕性和今后防身的技巧，这是花多少钱买不到的，舍得，舍得，有舍才有得。"妻听罢，说："也是的。"于是，家庭里又恢复了快乐和温馨。

父母善于制造快乐，也会"传染"给孩子们呢。我那儿子、女儿，也渐渐地掌握了这门"技能"。每次他们带着孩子回家，我们家就出现了快乐的小高潮，或打牌，或吹拉弹唱，或外出游玩……天天歌舞升平，笑口常开。有年五一节，我和妻到丹阳岳父母家小聚，儿子也从南京赶来凑热闹。那时儿子在读大三，正需要一副像样的近视眼镜，而丹阳的眼镜市场是很有名的。那天，刚一见面，儿子就一本正经地对我们说："爸、妈，这回你们可有机会了！"我和他妈一怔，问："什么机会？"他笑嘻嘻地说："你们不是很关心我的近视眼吗？这回就满足你们的心愿吧！"乐得我和妻哈哈大笑，没说的，高高兴兴地花了 1000 多元钱给他买了一副很帅的进口眼镜，还觉得真的了却了一桩心愿呢！

（刊《银潮》2002 年第 9 期）

难得糊涂

我不赞成一个男人在家庭里对什么事都"明察秋毫"，甚至为点鸡毛蒜皮的小事与妻与子斤斤计较、争执不休。男人要有男人的气概。男人要有男人的胸怀。小肚鸡肠，应与男人无缘。

我也不喜欢一个妻子"严管"丈夫的故事。当经理的丈夫为公司的事整天在外奔忙，妻子规定他每天必须三次用手机向她报告"行踪"。有时丈夫单位少发了点奖金，妻子事后一定要弄个"水落石出"。甚至家里的电话铃响了，也必须先由她接听，如果是女人的声音，她就要坐在丈夫旁边"监听"。我以为，这不是一个正常的女人。夫妻间最要紧的是相互信任。把自己的丈夫当成"假想敌"，整天神经兮兮的，四处"布控"，看起来很精明，很爱丈夫，其实损害的恰恰是夫妻间"最要紧"的东西。夫妻间倘若"认真"到这种程度，那是十分悲哀的。

扬州八怪之一的郑板桥有一句名言，叫"难得糊涂"。我的理解，这话有两种解释：一种可理解为——很少有糊涂的时候，即时时处处都很精明；另一种可理解为——糊涂很难得，不易做到。我猜想，郑板桥这句话的意思是后者。

"难得糊涂"有点类似"大智若愚"。这种"糊涂"不是昏庸，不是傻冒，不是愚昧，相反，它是一种气度，一种修养，一种智慧。俗话说："水至清则无鱼。"世上有些事情必须是非确凿，泾渭分明，而有些事情却不必过分顶真，甚至还需装点糊涂。

"难得糊涂"不仅是为官处世之道，居家过日子同样可以借鉴。夫妻长年累月厮守在一起，总有说错话或做错事的时候，就是再好的夫妻也在所难免。在这种情况下，只要不是天塌下来的事情，不是原则问题（当然原则问题也要讲究方式方法），一方不妨来点糊涂——佯装没看见或没听见，即不把那张"纸"捅破，不使对方的过失显山露水。许多美满幸福的家庭，其实幕后都有不少"装糊涂"的故事。我有一位文友，不久前发誓戒烟，可三天不到，烟瘾又上来了，挨不住，躲进卫生间里抽。其妻虽闻到了烟味，却佯装不知，还特地跑到超市为他买瓜子，并一个劲地表扬他有毅力，像个男子汉……丈夫既感激又惭愧，终于一鼓作气戒掉了烟。

电视剧《激情燃烧的岁月》里有两句台词，大意是，两口子过日子不能像对待工作那样公事公办。这话说得很对。家事和公事毕竟是两码事，尤其是夫妻之间。美国有位专家断言，在所有婚姻中，不幸婚姻占50%，而破坏爱情的"魔鬼"是——非难、责怪。这些非难、责怪常常不是因为某一方有什么恶行，而是家庭中那些说不上嘴的琐事提供了导火线。如果一方能学会装点糊涂，那么许多非难、责怪就不会发生，不幸婚姻自然会大大减少。既如此，我们何乐而不为呢？

当然，装糊涂不是打"肚皮官司"，更不是想"留一手"等"秋后算账"，而是为了给对方留点面子，给矛盾缓解留点余地，给家庭生活增添点"朦胧美"。其实，你装糊涂，对方也不呆，他（她）是会打心眼里感激你的。因而，有时还会成为增进夫妻情感的一个机缘。英国历史上有一位杰出的首相格莱斯顿，他在国会里是一个非常苛刻的辩论家，但在家里却经常装糊涂。有一次，家人不小心撞碎一只贵重的花瓶，他不但未谴责，还佯装没听见，吹着悠闲的口哨跑到花园里去散步。他因这种宽容大度赢得了整个家庭乃至佣人的尊敬。

所以，"难得糊涂"就家庭而言，实际上是一种大度和宽容，关键是爱心在起作用。夫妻之间能坚持以爱为中心，以彼此的宽容和包涵为基本点，这样的家庭才是值得羡慕的。

（刊《爱情婚姻家庭》2003 年第 2 期）

趣说"必胜客"

刚从苏北小县城来到南京生活，就像当年陈奂生进城，闹过不少笑话，其中之一，就是关于必胜客。我是在一个偶然的场合看到这个词的。最初以为，这大概是种礼仪用语，后来又怀疑是地名，就像南京的"燕子矶""孝陵卫"什么的。哪晓得都不是。因为某日读到报上一篇文章，其中有"我一边浏览着报纸，一边品尝着必胜客"的句子，方知必胜客原是一种可以食的东西。然，这种食品是什么样子？吃起来是什么滋味？不得而知。

在家不敢问儿女，怕他们笑话。那天到新街口玩，一抬头，瞥见中央商场旁边有一家必胜客店，里外人头攒动，热闹非凡，心里一喜，决定过去看看。站在门口的迎宾小姐见有客人来，连忙笑脸相迎："先生，里面请！"我犹豫一下，找个借口说："我要找我们的人。"说着，快步向里面走去，一边走，一边四处搜索着，因为是"找人"，自然不好在一个目标上锁定，而只能是远距离地走马观花了。

"先生，您的人找到了吗？"

我一扭头，发现刚才迎我进门的那位小姐还一直跟在我后头。心里老大不快，怎么这样呢？盯我的梢啊！但又一想，真正的必胜客还没看仔细呢，就这样被扫地出门啊？罢罢罢，不入虎穴，焉得虎子？这回干脆眼福、口福一齐饱吧。于是我咬咬牙，对小姐说："不找他们了，给我来一份必胜客！"我把"必胜客"三个字叫得特别响。但小姐似乎没听懂，说："先生，必胜客的产品有好多种呢，请问您要哪一种？"我木讷，吃必胜客还有这么多弯弯绕啊？便胡乱地指着菜单上的一个品种说："就是它吧！"小姐说："好的，请稍等。"

也就是几分钟时间吧，那尤物就闪亮登场了。但见浑身的珠光宝气，色彩十二分的斑斓，凑近看，似有一圈很精致的条状东西，包在饼边里，饼底还铺上酱和多种美味馅料，后来了解，这是必胜客店刚刚推出的一种叫"芝心比萨"的新产品。自然按捺不住，咬了一口，却当即噎住。天，这是什么玩意儿？有点儿松，又有点儿黏，还有一股子说不出来的味道，怪怪的。而且，吃必胜客时，必须使刀叉，这对于平时用惯竹筷的我，无异于像赶鸭子上架。好不容易蚕食了近半，便有点想当"逃兵"的意思，忽一想，钱既已掏出去了，不吃岂不冤枉？再说，有服务员正看着我呢，别让人家看出我是土包子。这么一想，又装出挺绅士的样子，于是，继续……

这是我第一次和必胜客零距离接触。恐怕还有好多人没吃过必胜客吧。告诉你吧，就是一种洋快餐，或者叫洋点心，就像肯德基、麦当劳一样，也是"舶来品"。

必胜客不是随便想吃就能吃的，也不是人人都能吃得起的，一次要花好几十块钱呢！对于我来说，偶尔为之尚可，经常光顾可吃不消，何况我这回吃是假，尝是真——"尝"者，花钱长见识是也。

（刊《扬子晚报》2006 年 12 月 11 日）

背后有眼

知道背后有双眼睛，你就不会忘乎所以。

我记得，刚当兵那年，第一次站岗的那天晚上，月光皎洁，树影婆娑。我荷着冲锋枪，兀立在哨位上。也许是我把注意力都集中在了正前方，以致连长查岗从背后走来，我竟没有发觉。连长提醒我说："当兵的人，要时刻保持高度警惕性，尤其站岗放哨时，背后要有双眼睛。"我把连长的话牢牢地记在心里，此后，再轮到我站岗时，总是"眼观六路，耳听八方"，从没有过一次闪失。

无独有偶，回到地方后，我也遇到过类似的提醒。

那年，我刚来到一个执法单位，分管人事秘书工作。有一次，我到下面的一个基层所检查工作，刚下车，发觉左边一只脚的皮鞋开了口子。好在镇上鞋店多的是，所长就急派人替我买了一双。几天后，"一把手"局长找到我，问："听说你最近买了双皮鞋？"我说是的，并抬起脚给局长看。"给钱了吗？"局长用疑问的眼神看着我。我说一拿到皮鞋我就给了。局长又问："谁能证明你给钱了呢？"我说我有发票啊，说着，将那张买皮鞋的发票翻出来给局长看。局长这才松了口气，说："把过钱就好，把过钱就好！不过，我还是要提醒你，干我们这一行，背后总会有双眼睛在看着你。"

哦，又是"背后有眼"！我心里咯噔一下，多少年前连长提醒过我的话，重又在我耳边响起。这难道是巧合吗？不！连长说的"背后有双眼睛"，是要我提高警惕，防止敌人从背后袭击。局长说的"背后有双眼睛"，是要我自觉接受别人的监督，永远保持一个执法者、一个公仆应当具备的清正廉洁的品格。都是讲的"背后"，但异曲同工，都是做人处世的法宝啊！

这些年，我一直牢记"背后有双眼睛"这句话，不管职务有多大变化，不管手中握有多少权力，不敢有丝毫的麻痹、懈怠。我心里清楚，背后有双眼睛在看着自己呢！

背后那双眼睛，很可能是关心我、爱护我的眼睛，希望我一身正气，两袖清风。

背后那双眼睛，也可能是窥视我的眼睛，希望我走上邪道，栽进泥坑。

背后那双眼睛，更多的时候，是我自己的一种感觉，感觉是在人心里，因此背后那双眼睛，其实是自己审视自己、自己检查自己的"后视镜"。人们照镜子一般只照正面，而"后视镜"却能照见身后的一切。经常想到背后有双眼睛，做人处世就会走得正、行得端，从而留下一路坚实的脚印。

（刊《倡廉》2003 年第 4 期"卷首"）

放弃和获取

　　有位朋友姓尹，是丹阳人。有一次，他在与我谈起他已故的父亲时，热泪盈眶。他说，父亲留给我的最宝贵的财富，就是学会放弃。

　　朋友父亲的一个学生，在北大读书，因为品学兼优，又是党员，毕业前夕，首都某大机关拟录用他。该学生拿不定主意，打电话来征询恩师的意见。朋友的父亲问："你想立志在仕途发展吗？"学生答："无此奢望。"朋友的父亲又问："你对自己的专业感兴趣吗？"学生答："当然。""那你还犹豫什么？"朋友的父亲说，"放弃！"后来，这个学生真的回到了家乡，从事他所热爱的专业，并有所建树，成了该领域著名的中青年专家。

　　我感动于朋友的父亲有如此超凡脱俗的胆识，更感动于他那令人振聋发聩的"放弃"的忠告！他虽然没有给学生以咄咄逼人的说教，却在关键时刻，帮助他把握住了自己的命运！

　　据说，非洲热带丛林里有一种贪吃坚果的猴子，它有一种习性，不肯放弃已经到手的东西。于是，当地的人在捕捉它们时，就想出一个办法，制作一个小木盒，盒子上方开一个小口，在里面放些猴子爱吃的坚果。猴子将前爪伸进去，抓住了坚果，就忘乎所以，再也舍不得丢掉，直到被人擒住。这虽然是讲猴子的事，但对人类也不无启迪。古往今来，只想获取，不想放弃，恨不得天下财富尽收囊中，天下美女都依偎左右，为此，不择手段，贪赃枉法，最后导致身败名裂，甚至"丢掉脑袋"的又何止万千！"终朝只恨聚无多，及到多时眼闭了。"那些贪官含泪滴血的痛悔，莫不如此。

获取难，放弃更难。这首先是由人的本性决定的。"不满是向上的车轮。"人总是企盼富有，追求圆满。这一点无可厚非，否则，社会哪来发展前进的动力？市场经济固然带来社会的进步和物质的丰富，但也难免会使一些人精神支柱倾斜，是非标准模糊，甚至道德伦理缺失。于是，只想到"该出手时就出手"，却想不到该放弃时要放弃。

当然，这里说的放弃，不是放弃一切，有些东西无论如何，是坚决不能放弃的，那就是党性、原则、人格、国家和人民的利益……

获取是一种追求，一种满足，一种快乐。放弃是一种境界，一种超脱，一种智慧。苏格拉底偶逛市场时，大吃一惊："天哪，这里竟有这么多我不需要的东西！"我们不是苏格拉底那样的智者，当然也讲不出他那样幽默的话来，但我们必须记住，做一个清醒的人，不要一味地只想到获取，还要理智地学会放弃，倘如此，打造出来的人生才会更精彩。

（刊《倡廉》2003 年 5 期"卷首"）

当你嘲笑自己时

年轻时，我和妻都很单纯，单纯得就像一张白纸。有两件事，都和煤炭——生活用煤有关。

30多年前，我在县委宣传部当"临工"。有一天，组织部的一位姓杨的科长找我谈话，说准备派我去乡下工作，问我有什么想法。那时，爱人刚招工进城，我和两个孩子都还是农村户口，按有关规定，单人户口是不发给煤炭证的，所以我们家日常烧的煤球、煤饼都是求人批条子。妻是外地人，又向来羞于找人，这种事自然由我出面。倘若调我下乡，最大的难题就是家里没煤烧。我把这个困难对杨科长讲了，他回答得很干脆："这还不好办吗？马上我打电话给王森（当时物资局局长），给你解决200斤！"我如释重负，二话没说，第二天就高高兴兴地背着行李去了乡下，这一去，就是三年。事后有同事笑话我："于宇这人真单纯，他不向组织上要求解决孩子的户口，却只要了一张煤炭条！"是呀，孩子户口一进城，烧煤问题不就一劳永逸了吗？但我当时压根儿就没往这方面想。

另一件事，是我妻子。那年冬季搞征兵，她被借调到县征兵办公室打字。有一天傍晚，我从乡下回城，发现家里连一块煤饼都没有了，没有煤，全家人晚饭怎么烧？情急之下，忽然想到妻的打字室旁边堆有许多取暖用的煤饼。于是，我便在接妻下班时，悄悄拿了两块带回家救急。没想到，妻知道后，就像犯了什么大错似的，气得一夜没睡着觉，任我怎么检讨都没有用。第二天，我找人批了 50 斤的煤炭条，买完煤，刚要走出煤石公司大门，妻忽然停了下来，她从竹篓里拿出两块煤饼放到炭库门口，说是我昨天拿了公家两块煤饼，这就算还了公家。

多少年过去了，这些"陈芝麻烂豆子"的事，我和妻还经常提起。有时，我问妻："唉，我当时怎么就那么单纯呢？"妻也说："是呀，那时我怎么对两块煤饼这么较真呢？"

不用说，我们都在嘲笑当年的自己。

有一句话说："当你嘲笑自己时，就说明你进步了。"

我们不禁扪心自问："我们是进步了吗？"

前不久，女儿经历的一件事，给我们很大启迪。那天，女儿到银行取款时，营业员操作不慎，多给了她 6000 元。打的回家的路上，女儿整理挎包时发现了，她想也没想，立刻请司机掉头，把钱如数退还了那家银行。我和她妈都夸奖女儿做得对，女儿的回答却很简单："应该的嘛，人要讲公德、讲良心。"

女儿面对金钱所持的一颗纯真的心，与我和妻当年面对煤饼所持的一颗纯真的心，何其相似！便想到，我们今天在夸奖女儿的同时，不也是对当年纯真的我们的一种肯定吗？

于是提醒自己，当你嘲笑自己时，未必就都是进步，甚而至于，有些被我们嘲笑的，恰恰是人的生命中最本真、最美好的东西。

不忘初心，立德守本。无论何时何地，是为自勉。

（刊《银潮》2007 年第 9 期）

贪官叹（杂文诗）

日也惶惶

夜也惶惶

——担心纪委来人约谈

——害怕媒体人肉搜索

真个是风声鹤唳、四面楚歌

上帝呀！何时我才能

　　　饭吃得进　觉睡得香

前天某部长被查

昨日某书记被抓

老虎苍蝇一齐打

城门失火　池鱼遭殃

丧钟一阵更比一阵响

哎哟哟！莫非真应了那句老话：

　　　人为财死、鸟为食亡

收受的巨额贿赂
　　一桩桩都露了馅
玩腻的风骚情人
　　一个个被曝了光
"正人君子"终究被打回原形
成了逐臭的苍蝇、贪婪的恶虎、
　　落魄的色狼

说什么后台可以撑腰
说什么铁哥们可以护驾
还有谁说，打老虎只是走走过场
这些统统都泡了汤
君不见　反腐败风正劲　雨正狂
呜呼！贪官我
自知不会有好下场！

（刊《中国纪检监察报》2012 年 8 月 15 日）

声音

机关里从早到晚都弥漫着声音。这些声音，有来自各个楼层的办公室，有来自院落、走廊、洗手间，也有从外面通过大门和窗户裹挟进来的。

"啪——"水瓶胆爆炸的声音。

"叮铃铃——"电话铃响起的声音。

"突突突——"摩托车发动的声音

"咯噔咯噔——"皮鞋落地的声音……

声音此起彼伏。有悦耳的，也有刺耳的。

记不清是哪一天了，但那"声音"还在我耳边缭绕。那是一个下午，我正在办公室看文件，忽然传来一阵哭闹声。探头一看，一位妇女披头散发地出现在走廊上。原来她在某商店买了几瓶假药，索赔不成，还挨了打，要求执法者主持公道。于是，接待她的工作人员忙开了，端凳的端凳，倒茶的倒茶，安慰的安慰，打电话的打电话……不用说，整个下午，我耳朵里都是声音。

这就是机关。

机关里不能没有这些声音。

我曾做过一次实验，用手把耳朵紧紧地捂起来，感觉一下，没有声音会是个什么情景。结果让我很害怕：没有声音，办公室就像死水一潭；没有声音，机关就没有了人气；没有声音，眼前的一切都成了幻影。都说"宁静可以致远"，其实宁静是指心静，而声音是不可或缺的，人不可能生活在绝对无声的"宁静"之中，就像不能离开阳光和空气一样。

声音人人都能听见，但不是人人都能听得懂声音。"吏呼一何怒，妇啼一何苦"，这是诗人杜甫听出的声音。"衙斋卧听萧萧竹，疑是民间疾苦声"，这是爱民官吏郑板桥听出的声音。"九州生气恃风雷，万马齐喑究可哀"，这是清末改革派龚自珍对声音的感悟。古时候的人尚能听得懂声音，何况 21 世纪机关里的今人乎！

机关是社会的细胞，也是政治、经济、文化等"主机"的"软件"。这里汇聚着各种声音。有来自"上头"的声音，也有来自"下头"的声音，还有自身运转时发出的声音。无论这些声音来自哪个方位，其主旋律无疑是改革之声、发展之声、廉政之声、爱民之声！

有位哲学家和文学家说过："谁能倾听大自然的语言，谁就能获悉真理。"机关里的声音也是大自然的"语言"之一。谁能听懂机关的声音，那他一定就是个德者、能者、智者。

静下心来，认真倾听倾听声音吧！

（刊《党建导刊》2003 年 11 期）

椅子的几种坐法

　　办公室的座椅，有点像女人的时装，不断变幻着花样。最初是木椅（也有方凳的），后来是沙发靠背椅，再后来就是旋转椅、多功能椅——座椅是懂"行"的人设计出来的，于是与之相适应的，就有许多种坐姿——

　　直姿，即上半身直挺着。这是一种传统的正规的坐姿。古人不是讲究"站如松，坐如钟，卧如弓"吗？这"坐如钟"就是直姿。直姿现在久违了，因为它落后、呆板、僵化，有悖于现代办公族的灵性和洒脱。

　　仰姿，是人的上身仰在椅背上，大腿往二腿一跷，头向后倾。这种姿势曾经流行过一阵子。所谓"一杯茶，一支烟，一张报纸看半天"，大多是采取这种坐姿。

　　转姿，即坐的椅子是旋转着的，这颇适应现代人的审美情趣。人坐在沙发椅上，可以多角度、全方位地浏览外面的世界。早晨看日出，傍晚看晚霞，晴天看飞鸟，雨天看彩虹……

　　半卧姿，顾名思义，这已经不是"坐"了，但也不是躺，是介于坐和躺之间的那种。不过，采取这种姿势，得有个先决条件，就是椅子。这种椅子，必须是一切座椅优点之集大成者，是一种科技含量很高的多功能椅。它既有坐的功能，又有躺的功能，还有立体式旋转的功能。而且，靠背、坐垫、卧垫都无一例外与沙发相似。人"嵌"在椅子上和躺在床上几乎没什么两样，甚至比床更方便、更惬意。你高兴起来，可以跷起二郎腿抖抖；烦闷起来，可以转动着看风景；看得眼睛疲劳了，还可以扳动"机关"，让身体半卧在软绵绵的沙发上，然后，再找一张报纸把脸盖住。嘿，别人还以为你是在看报或思考着什么重要问题呢！

　　以上几种坐姿，有的已经基本消失，有的尚有部分"剩余"，有的正在蓬勃兴起。不过，这都取决于单位的风气，还要看上班族们的精神状态……

（《喜剧世界》2001 年第 12 期）

官腔可憎

官场上的陋习，不只是官话、官架子，还有官腔。何谓官腔？顾名思义，是指某些当官的人惯使的一种腔调，一种语气，百姓称之为"调门"。官腔与官话有联系也有区别。官腔一般无实际内容，如"嗯啊"之类，而官话则是官场上的一种语言，它有内容，只不过假、大、空罢了。有一首讽刺诗《不知所云》，很好玩："今天，啊！/这个……这个……啊！/我只强调一点，/强调一点，啊！……"——这就是官腔。其特点是，居高临下，慢条斯理，搔首弄姿，装腔作势。

官腔不是每个当官的人都有。在我们周围，许多当了"大官"的人，就很少有官腔。他们当中，语气谦和、平易近人者有之，睿智幽默、谈笑风生者有之，十几年、几十年乡音不改者有之。这些人未必不受到人们的尊敬。但也有一些当了官的人，甚至是刚出茅庐的"芝麻绿豆官"，官腔的陋习很重，往往很简单的一句话，从他们口腔里出来，不是"跑调"，就是像绕口令似的。群众戏言他们："好像连话都不会说了。"

打惯官腔的人，往往自己不知道后果。我妻子有次从广场晨练回家，脸上余愠未消，问其何故，她说是路上遇见一位现今当了大官的原同事，她主动上前搭讪，可对方鼻子哼哼的，只勉强回赠她"嗯啊"一串官腔。我笑，说："不会吧，他恐怕是认错人了，你别往心里去。"可是，几天后，我和妻在路上又遇见了此君。此君的表情和语气，与吾妻上次所遭遇的如出一辙！这才恍然领悟了那句老掉牙的话，人是会变的！不过，这种"变"是相对的，有条件的。对吾等小卒之辈，"变"出一副官腔，怪也不怪。倘若此君遇见一个比自己更大的官儿，他也许会"返璞归真"，腔调立马就"变"得谦卑和温顺。而这并非一日之功。

官腔可憎。让人听之如闻蚊蝇嗡嗡叫，浑身起鸡皮疙瘩，不自在，不舒服，甚至要作呕。它无形中在人与人之间，制造了一种隔膜。不久前，去某地搞调研，"聆听"过当地一位领导作报告时的"风采"。此君也不过30来岁，据说刚升官不久，却不知从哪里学"道"成功。讲话时，语气怪怪的，"嗯啊"声不绝于耳，还不时地敲击桌子。别人的感受我不知道，反正我听起来觉得有点毛骨悚然。可见，官腔其实一点也不好听，倒不如平平和和、原汁原味地来得亲切、自然。

官腔很重的人，一般都不能正确认识自己。

旧话本小说里有一篇《钱多处横丁白带》，讲述一个叫郭某的富商，花钱买了个刺史的官做，他从此便一下子如在云里雾里一般，官腔十足，气色骄傲，旁若无人。别人说他生来就是个做官的料子，许多人"胁肩谄笑"，随他怠慢，只消"略略眼梢带去"，就算是十分殷勤好意了。后郭某因祸潦倒江湖。在别人眼里，"状貌气质，也就是些篙工水手之类，并无二致"。其实，这个官员，篙工，也就是同一个人而已。

喜欢打官腔的人，就有点类似这位郭某，虽然他的官衔不一定是花钱买的，但"一当官就变阔，一阔就变调"，却是通病。此为"小人得志"也。有些人原本没有官腔，是后来学会的。他们以为，当官的不带点官腔，就没有官样子，没有派头，没有了权威。殊不知，这样的官腔，非但显示不了你的身份，反而暴露了你的轻佻和无知，别人在一旁窃笑，你还被蒙在鼓里呢！

总而言之，当官的人，既要练心，练脑，也要练练口舌——不是练官腔，而是要练平实，练大众的口气。

（刊《银潮》2008 年第 3 期）

善调杂音

有一位党委书记，上任伊始，就与自己"约法三章"。每周集中阅处一次人民来信，每月召开一次基层干部群众座谈会，每季度征求一次离退休老干部的意见……社会舆论反映，现在市领导离群众越来越近了。

在此之前，这个地方政局不稳，民怨沸腾，领导班子说话没人听，上访者、闹事者此起彼伏。可是现在，再也没有那样的情况，党委、政府制定的"富民强市"方针，变成了全体干部群众的自觉行动。

有人问这位书记："为什么现在你们能一声喊到底呢？"

他说："其实，能一声喊到底的，不是某个人也不是某级组织的声音，而是经过调试后汇聚起来的众人的声音，真理的声音。"

这位书记的话对人颇有启迪，一个人或一级组织的声音毕竟有限，也不见得说的话办的事都能代表真理，只有虚心听取群众的声音、方方面面的声音，并经过认真的"调试"，才能集思广益，汇聚人心，形成雷霆万钧般的强音。

毋庸讳言，改革开放以来，广大人民群众的民主意识、参政意识，普遍有了增强。特别是近年来，随着各项改革措施的陆续出台和实施，社会各界反响强烈，议论的热点问题很多。这些议论，从某种意义上讲，也就是"杂音"。杂音有顺耳的也有不顺耳的，有正确的也有不正确的。这是很正常的现象。领导者的责任，就是要认真倾听并加以引导。就像那位书记说的，对杂音进行"调试"。

需要"调试"的杂音，其实绝大多数是天籁之声，如合理的批评、建议和要求等。这些批评、建议和要求，很可能与领导者的想法不合拍、不一致，甚至相悖，这很正常，更不可怕，真理只有一个，正确地"扬弃"就是了。怕就怕"小家子气"，一语不合，面红筋跳，一着受阻，捶胸跺足，甚至采取"顺我者昌、逆我者亡"的错误举动。这不仅形成不了真理的强音，还会使杂音越来越多，最终导致另一种可怕的"强音"。

即使对那些不健康的噪音、靡靡之音，也需要理智地面对，正确地疏导。相信经过反复的"调试"，定能变害为利，融入到事业的主旋律中来。

清人龚自珍诗云："九州生气恃风雷，万马齐喑究可哀。"只允许一种声音，既不符合唯物论，也不符合辩证法。事物总是相伴相生、相反相成。没有矛盾，就没有事物发展的动力，没有杂音，就不会有认识上的差异，差异即矛盾。真理总是在同谬误的碰撞中显示其力量和生命力的。没有一点杂音的生活，无论对一级组织还是对单个的人，都是非常可怕的。有一位乡党委书记，自称"老子天下第一"，满以为自己很有"权威"，说话一言九鼎，哪晓得前脚刚调走，后脚检举揭发他问题的人民来信满天飞。

　　对待杂音，我国有许多古训，如"防民之口，胜于防川"，如"当局者迷，旁观者清"，如"兼听则明，偏信则暗"。牢记这些箴言吧，它会使我们耳聪目明，并使事业顺畅发展。

（刊《党建导刊》2003 年第 5 期）

酒滋味

　　我年轻时不会喝酒，连啤酒也不喝。后来所以喝上酒，是被人"逼"出来的。记得第一次在乡下喝酒时，几个人按着我，不喝，他们就往我嘴里硬灌。没办法，龇牙咧嘴地喝下去一口。有了第一次，就有了第二次，第三次……渐渐地，我就由怕喝酒变成了会喝酒到喜欢上酒啦！但那时工资低，买不起整瓶的酒，想喝，就买几分钱一两的散装酒。深刻地记得，有一次买酒差2分钱，在家翻箱倒柜地找，最后还是女儿眼尖，在床底下发现了"惊喜"。

　　喝酒的次数多了，对酒就有了研究。这才知道，适量饮酒有益于健康，还能激发灵感，增添豪情。传说李白斗酒诗百篇，又知道武松醉打蒋门神，还听说已故的高邮籍大作家汪曾祺也爱喝酒——馋酒，怪不得他创作的美文让人"啜"得如醉如痴！也才知道，茶有茶道，酒有酒道，酒要细品慢啜，才能真正喝出味儿来。还知道："杯中乾坤大，酒里日月长"的道理。

　　屈指一数，我已喝了近30年的酒了！其总量大概可用"吨"计吧？这都"起源"于那该死的第一次！

经常喝酒的人，难免会醉酒。醉酒的样子千姿百态，有哭的，有笑的，有满嘴滔滔不绝、一派胡言的，也有一声不吭、呼呼打鼾的……而无论哪种醉态，都不会十分好看。历史上的贵妃醉酒，千古流韵，但那是文人"包装"出来的艺术品，天晓得杨贵妃那天到底醉成什么样子！

而且，酒喝多了，既伤身子，又易误事，还会遭到家人抱怨。所以有人说："喝酒有一益无百害，醉酒有百害无一益。"善哉斯言！

经常喝醉酒的人，醉后总发誓戒酒。其实，戒酒要发什么"誓"？戒酒不像戒烟。美国作家马克·吐温说："戒烟是再容易不过的事了，我已戒过 100 次。"相比之下，戒酒就比戒烟更容易。我的计划是 101 次。所以，每次酒性过去之后，我总是自打耳光说："戒什么酒？我说过戒酒了吗？"

哎，酒这么容易戒怎么又戒不掉呢？思想起来，原因有三。一是客观环境所逼，从事办公室工作，经常陪客，不喝点酒不成"敬意"。二是态度暧昧，觉得酒不像烟，烟有尼古丁，酒就没听说过有什么"钉"啊"刺"的，当属"保护对象"。再说，人有喜怒哀乐，酒能帮人消愁，又能给人助兴，还能为人壮胆，少了酒，日子还有什么情趣？三是老婆"管教"不严，比如，我每逢高兴或烦恼时，乃至既无高兴又无烦恼时，都想喝点酒，妻总一次又一次地"宽大为怀"，绝不会死抱住酒瓶不放的，可见酒没戒掉，责任不全在我。

不过，现在情况有了局部的变化，最大的变化是，我不再从事办公室工作了，这就少了滋生酒瘾的"环境和氛围"。其次，单位也有了禁酒令，白天不许喝酒，陪客也不例外。但尽管如此，酒的诱惑还会经常有的。再说，白天禁止喝酒，晚上呢？单位不许喝酒，回家呢？在家不让喝酒，外出呢？

前不久，我应邀去大连参加笔会。北方人性格特豪爽，期间，免不了觥筹交错，我有几次被"灌"得摇摇欲坠。回来后，便又老调重弹——戒酒！不过，这回有点不一样，像是有了股激情，还模仿陆游的《钗头凤》写了一首词以自律："中国酒，外国酒，麻辣酸甜样样有。白天喝，晚上喝，一杯在手，神仙生活。错！错！错！醉倒过，呕吐过，伤心伤肝罪受够。老婆怨，孩子说。尊严丧尽，如之奈何？莫！莫！莫！"

词虽写得不怎么样，但酒后能吐出点"深刻"来，便知酒距逃离我的日子不会太久了。

（刊《新闻周刊》2001 年 12 月 28 日，《乡土》2002 年 12 期）

向蚊子宣战

　　我最怕蚊子，也最恨蚊子，不是一般的恨，简直是深恶痛绝！你看，夏天每到傍晚，这该死的小畜牲就钻出来了，或在你的头顶盘旋，或在你的腿裆间穿行，或在你的耳畔萦绕，讨厌死了！最可恶的要数黑麻蚊。这种蚊子，全身乌黑，有极细的小白点，别看它个头很小，却非常强悍，"嗯嗯"的叫声让人毛骨悚然，稍一大意，它便神不知鬼不觉地"吻"你一口，当你发觉时，它早已摇晃着富态的身子逃之夭夭。下面就是你来"善后"了，如丧考妣地跺脚，龇牙咧嘴地挠痒，枉费口舌地哀叫……

　　可能是血型使然（据说 B 型血最惹蚊子），我是蚊子的重点美食对象。有一次，我曾亲眼看见一只黑麻蚊从我妻子的两腿间拐弯抹角地绕过来，像幽灵似的贴在我的右腿上，屁股撅上天，正欲作案，被我兜头一巴掌拍成了齑粉。妻揶揄道："你这人太好了，蚊子怎么不叮我专叮你呢？"是呀，太气人了！我于是发誓向蚊子宣战！

　　在实践中，我逐步摸索出了一套鏖战蚊子的办法，除了药

377

喷烟熏等突击性手段外，更多的是靠双手劳作。当蚊子一出现在我的视线里，我先屏住呼吸，作壁上观，看它停靠在什么地方，停稳了，便蹑手蹑脚地靠近它，再扬起事先准备好的湿毛巾，给它以致命的一击。再一个就是"跳打"（手脚并用）。这可是我的绝活——先看清蚊子飞行的方向后，再粗略估算一下它的飞行速度（这都要在十分之一秒钟内完成），然后，歇斯底里地跳起来迎头一掌，嚯，十有八九能打中。所以，我在家里跳打蚊子的威望极高，妻和孩子们可望而不可即，而我却每每捷报频传。

　　有一天，一位朋友来我家赏花，也被无情无义的蚊子咬了几口。朋友提醒我说，你家的院子和阳台湿度太大，又不通风，易生蚊子哩！他一句话倒提醒了我。是呀，这么简单的道理我怎么没想到呢？蚊子和环境密切相关哩，不然，蚊子为什么总在夏天出现，在阴暗潮湿的地方肆虐呢？乍看起来好像是蚊子专与人作对，实际上是人无意中养蚊子咬自己。而且从生物学的角度看，蚊子吸人血与人吃动物的肉性质是一样的，都是基于生存的本能。就是说，适宜的环境提供了蚊子孳生的条件，蚊子（雌蚊）为了活命和繁衍后代，就要千方百计地吸人畜的血，而人为了自身的卫生和健康，就不得不对蚊子作殊死的追打。这便是一幅合乎逻辑的生存竞争图。

　　由是观之，向蚊子宣战的最好的办法，还是要努力营造一个不让蚊子孳生的环境。当然，这样的环境不能靠临时突击，而要在平时营造，也不要等蚊子成了群才营造，而必须在蚊子出现前就动手，这也叫未雨绸缪吧。就说我家吧，门口的臭水沟，应定期疏通，使之绿水长流。院里的地面须经常打扫，使之清洁干燥。花草再精减一些，使之通风透光……我后来这样做了，蚊子的确大大减少。当然，也有隐藏得很深的蚊子，还有时不时从外面飞进来的蚊子，那也不要紧，形成不了气候，发现一个消灭一个就是了，不然，我那一手"跳打"蚊子的绝活岂不荒废了？

（刊《检察日报》2002 年 5 月 25 日）

我的文学梦

有位外地的朋友收到我寄赠给他的文学作品集后，连忙打电话来问我："你是作家？"

我笑："作家不敢当，我只是爱做文学梦。"他听罢，就很兴奋，还鼓励我说："好好写，说不准能好梦成真。"

其实，我想当作家、诗人的"野心"，由来已久。记得刚上小学四年级的时候，我就萌发了当作家、诗人的冲动。那是由读《西游记》《水浒传》和《唐诗三百首》等引起的。有一次，我问父亲："真有孙悟空、鲁智深吗？"父亲上过几天私塾，肚里有点墨水，说："是人编出来的。"我又问："书都是人编出来的吗？"父亲说："当然。"再问："编书写诗的都是些什么人啊？"父亲答不上来，我只好请教老师。老师告诉我："编书写诗的人就是作家，像吴承恩、施耐庵、李白、杜甫就都是些大作家大诗人。"我听罢，就对作家和诗人羡慕不已，并发誓要圆这个梦。

我想当作家和诗人的笑话故事多矣！譬如，为了体现作家、诗人的"派头"，我特意用父亲的刮胡刀把脑袋剃成秃顶。

我以为，秃顶的人最聪明，最有天才，作家、诗人恐怕都是秃顶。但"人工制造"的秃顶以后还会长出头发来的，不会一下子就长齐，长到半茬子，头顶就成了"梯田"。这下可遭罪了。同学们都紧紧抓住我的"头发问题"不放，这个到我头上薅一把，那个把纸团扔进我的"梯田"里，气得我两眼直翻，却又无可奈何。又譬如，当作家和诗人就得有作品。这个，我听老师不止一次地说过。于是，我就开始向报刊投稿。天晓得，我投的第一篇稿子，竟然是一首"七律"！那天，我不知从哪里弄来一份《人民日报》，副刊上面登着几首律诗。尽管我翻来覆去看不懂，尽管我连律诗的起码常识都不甚了了，但我也想试试。报上登的诗不是每首八句吗？我也凑八句，写的什么内容，记不得了，我只记得，"诗"写成后，自感文字浅显，便翻开字典，挑出意思相近、笔画多的生僻字词，逐一替换。可想而知，这能有什么好结果吗？唉，当时就这么无知和幼稚！

但有了这些经历，我好像变得有点儿"老实"起来。特别是长大成人以后，我终于懂得涉足文学这一行的艰辛！当作家、做诗人得有真本事。作家和诗人的真本事，不只是要有广博的知识，还要有丰厚的生活积累，还得吃苦熬夜，还要能耐得住寂寞……于是，我开始拼命地读书，并注意留心观察生活、观察事物，当然，我还继续学习写作，向报刊投稿……

15岁时，我在家乡的《高邮报》上，发表了一首诗，题目叫"水田"，只有短短的十几行，其中有些字词和句子，都是编辑改写的。严格说，这不能算是我的处女作。

1962年，我背着一大捆书和稿纸，踏入军营，继续冲刺自己的文学梦。随着政治觉悟的提高和生活阅历的拓展，我的文学创作也有了质的飞跃。记得当兵的第二年起，我就开始接二连三地在《人民前线》《解放军报》《解放军文艺》《解放日报》《新民晚报》上，发表诗歌、小说和散文，《解放军文艺》发表我的反映侦察兵生活的组诗后，还通报表扬了我。从此，我"圆梦"的热情和劲头愈加高涨啦！

但实事求是地说，真正使我的"文学梦"圆得有声有色，还是1989年调入工商行政管理机关以后。工商系统也是个大学校、大熔炉呵！这里既有紧张热烈的工作节奏，又有多彩多姿的基层生活，还有许多可歌可泣的英雄模范人物。再有，我所在的单位职工素质高，守纪律，有文化。置身在其中，不仅能陶冶意志、品格，还能源源不断地获得写作的素材和灵感。说真的，这十几年，我总有一种"如鱼入水"的感觉！尽管我长期负责的是人事秘书和纪检监察工作，尽管一年365天有忙不完的杂事、碎事、麻烦事，但我还是抑制不住心中喷发的激情，抽出身来，奋力笔耕，通过各种形式，讴歌工商，赞美工商。儿子于雷在为我新出版的文集《我心飞翔》写的序言中说："父亲长期在机关工作，更多时候，他的写作不得不屈从于工作自身的需要而带有非纯文学的因素。但是，这种在'夹缝'中写作的状态，客观上促使他成为一位多面手。"是的，在工商系统的那些年，我不仅写诗，写小说，写散文，写生活随笔等文学作品，也写新闻、通讯报道和理论文章，甚至机关文书、工作报告等。后者看起来与文学创作无甚瓜葛，但它们其实是相通的。因为这二者都离不开丰厚的生活积累，都贯穿着对文字的驾驭和对书写的热爱。当然，我最钟情、最投入的，还是文学创作，因为，"文学梦"是我人生的另一个梦想。

有道是"一分耕耘，一分收获"，抑或是"勤能补拙"吧，经过几十年的努力，我已在全国各类报刊，发表1000多篇（首）

诗歌、小说、散文等文学作品，曾先后获第二届、第四届汪曾祺文学奖，并于1992年、2012年出版文学作品集《回首集》《我心飞翔》等。

如此说来，我的"文学梦"或"作家梦"似乎已经"圆"了。可我不这么认为。

前些年，有几位作家协会的朋友，得悉我至今未加入作协，有点诧异，便几次动员我写个申请，他们替我交上去，还答应帮忙，云云。我在心里很感激他们，但每次都笑而不答，其实我心里有"底"呢！第一，我年纪大了，反倒对名和利看得很淡。第二，我的作品还不够档次，不仅没有"大部头"，精品也很少。第三，梦就是目标、追求，我不想草草"圆梦"而失去目标，放弃追求，还是给自己留点空间，以便日后继续努力吧。所以，直到退休后，我仍然未递交加入作协的申请。尽管就差这"临门一脚"，但我并不遗憾，因为我心中的那个目标还在，那个"梦"还在！

狄更斯说："追求一个明确的目标，绝不会误入歧途。"善哉斯言。

（刊《中国工商报》2005 年 1 月 19 日，编入本书时有增补）

跋

于雷

爸爸今年 79 岁，眼前的这本《夕照街》来得颇具时效性。该书是他对自己大部分生活和工作点滴的回顾，堪称其本人的"追忆逝水年华"。给新书寻一个恰当的标题并非易事，为此全家老小没少争执。既不可做作，又不能缺乏内涵，务必在朴实与华彩之间抵达某个黄金中间值。爸爸是个简单的人，即便再有价值的东西，他也未必愿意大肆渲染和包装。这不，上一本书就有不少出彩之处，却愣是被命名为"我心飞翔"——毕竟爸爸并不在意面子上的事儿，里子好便是好，何况让自己的心"飞翔"起来到底还带着一种接近太阳、拥抱光明的信念，哪里来的羞答答呢？正因为如此，爸爸向来不服老，因而在笔下也不惧老，他甚至一度打算将新书的标题定为"致八十岁青春"。这个"未遂"的命名本可以一扫"夕照街"的感伤印象，但今年的 4 月 22 日晚 9 时 22 分，妈妈因病先行离我们而去，空前改变了整个家庭结构，迫使我们从未有过地开始认真思考生存和死亡的意义。没有了妈妈，"七个宝"（我们的家庭微信群）剩下六个，爸爸不禁泪目唏嘘，"现在突然有了一种紧迫感"。可不是吗？过去的日子似乎是停滞的，如同皱纹一般需要耗费数十年的生长才能克服胶原蛋白的顽强抵抗。而此刻，剩下的岁月成了洗碗池中的漩涡——你能清晰地目睹它每一秒的变化。一个微缩的液态龙卷风，傲慢地扭动腰姿，加速奔向下水口，只等着最后那一声刺耳的终结。

妈妈的离去对我们整个家庭来说是无法承受的极致创伤，对爸爸而言尤为如此，而"夕照街"这个标题现在看来则显得格外恰当。爸爸和妈妈在一起生活了半个多世纪——从城里到乡下再回到城里，经历了各种酸甜苦辣。从苏南到苏北再回到苏南，一起携手走过了千山万水，谁先走都是对另一半的残酷。事实上，《夕照街》里远不止于"致八十岁青春"那样的乐观主义，它在不经意间亦流露出对"人生苦短"的感喟和无奈。书中有不少以"老"字当先的文章：《倚老说老》《机关三老》《老照片》《老有所爱》《老人出游》《老爱情》《老家·老房子》。爸爸是一个由乐观与悲观杂糅而成的矛盾体，在饭桌上总爱说："我老啦！""我都快八十啦！"可一提起笔便似乎换了一个人，连八十都算是"青春"，这样的情绪博弈持续很多年，直到妈妈离开的那一刻。近三个月来，爸爸不再"说老"，也不再"致青春"，生命本身成了一个极具现实意义的哲学问题，而这也是爸爸口中的"紧迫感"赖以产生之缘由。人终究会老——"老"这个字眼渐渐地从它的修辞内涵转化为真真切切的肉身意义，纵使有再大的野心，也难逃它所引发的困惑。这种困惑曾为世界文学中的"老年作品"提供了些许灵感。莎士比亚的《李尔王》、海明威的《老人与海》、福克纳的《在我弥留之际》、叶芝的《当你老了》、多丽丝·莱辛的《爱之习惯》、朱利安·巴恩斯的《柠檬桌子》……老年文学是"成长小说"的一个相对边缘的亚文类，书写者似乎不算太多。若有，则大抵将老者描述得疯疯癫癫，甚或有几分病态。相较而言，《夕照街》透露出更多的恬淡和释怀；没有抱怨，也没有贪婪，更没有莱辛从老年生存状态中所发现的因身心分裂（"心有余而力不足"）所导致的困惑。暮年之际的人群多少带着些希腊悲剧的英雄主义色彩，"向死而生"的哲学智慧在个人与命运的对抗中前所未有地得以彰显，如朱利安·巴恩斯在《柠檬桌子》上留下的坦荡，"当我老了，走过了跋山涉水的一生，我的灵魂终于变得广阔而平静"。

　　《夕照街》的文学性带有时代的烙印，有些早期作品在今天看来似乎略显"落伍"，但恰恰是这点看似"落伍"的痕迹成就了它的历史性。譬如1965年发表于《解放军文艺》的战斗诗歌《雨夜蛙声》就有着浓浓的革命气息，但作者将"夜蛙"与"侦察兵"加以类比的奇思妙想与布满风声雨声的"锅底般的漆黑"却依然渗透出潜在的文学价值。相比之下，2004年发表在纯文学刊物《雨花》上的一组7篇回忆童年农村生活的散文（《推磨》《春碓》《踩车》《撑船》《蒲鞋》）读来则更具真正的文学性，也是我看到过的最像职业作家的爸爸。古希腊人认为诗人的能力常源自天赋，就像荷马在史诗中描绘战车的细致入微非缪斯女神协助而不可得。虽有所夸张，但我似乎从爸爸对拉磨和春碓的结构描述中看到了神来之笔。爸爸的文学能力多数不是课堂里所学，而是凭借一种说不清的生活直觉去进行书写，那些文字不懂得花招，尽是些老实巴交的门外汉，可是组合到一处便让人闻到了米香，望见了炊烟，听到了淙淙的水流。我在读爸爸的那些文字之际时而忍俊不禁，时而掩卷沉思，它不同于我读过的任何文学作品，毕竟它刻画的是那个熟悉的身影，记录的是我们这个家庭的琐事和片段，而我们显然也是它最合格的理想读者。《夕照街》的书稿整理工作一度因妈妈的离世而陷入中断，而我知道读书人有一个化解悲伤的秘密武器——将写作当成医治创伤的疗法。尚未揩干泪痕的爸爸却说"现在哪里还有精神写东西？"我理解爸爸的心情，也懂得写作在此刻是残酷的。可是，最具哲学力量的举措往往注定是悖论性的，面对残酷的最佳方式恰恰是残酷本身——不回避重新端详妈妈的音容笑貌，不惧怕再次窥探那些为云烟尘封的往事。只有敢于接受一切，妈妈才会真正回到并活在我们身边，而不只是将她留在暗无天日的陈旧记忆之中。

《夕照街》的出版是爸爸和我们共同见证奇迹的时刻，那是"七个宝"在缺失一个之后又重新变为"七个宝"的伟大瞬间。我的信念是，妈妈绝不是留驻在曾经和过去，正相反，她在未来的远方守候着我们的再次重逢。《夕照街》是爸爸获得第二次生命的契机，是一个年迈的侠客在告别金戈铁马之际立于山巅仰望星空的剪影。不妨回到开篇处的"银发风景：卷首——优雅地转身"当中所留下的宣言书："像一首很经典的诗／朴实而含蓄／删去所有的虚词／与大树站在一起／与夕阳融为一体／拐杖——撑起一片深邃。"

2022 年 7 月 12 日

（作者系北京外国语大学教授、博士生导师）